AF397990

WELLENSANG

EINE LIMFJORD-SAGA

~

HISTORISCHER ROMAN
VON ANNA EICHENBACH

Über die Autorin

Anna Eichenbach wurde 1994 im Münsterland geboren. Seit dem Abitur studiert sie mit Hingabe Geschichte, wird aber nicht müde, sich auch in ihrer Freizeit mit Büchern zu beschäftigen. Für sie gibt es nichts Schöneres, als in phantastische Welten und vergangene Zeiten einzutauchen – und ihre Leser in eben solche zu entführen. *Wellensang – Eine Limfjord-Saga* ist ihr Debütroman.

1. Auflage | November 2019
ISBN 978-3-943531-84-8
© Burgenwelt Verlag | Jana Hoffhenke
Hastedter Heerstr. 103 | 28207 Bremen
Alle Rechte vorbehalten

Lektorat: Juliane Stadler
Umschlaggestaltung | Illustration: Detlef Klewer
Satz | E-Book-Realisierung: Eridanus IT-Dienstleistungen
www.burgenweltverlag.de | www.facebook.de/burgenweltverlag

Wenn alte Wellen singen,
von Kampfesruhm sie künden,
der nach langer Überfahrt,
nur dem stärksten Krieger harrt.

Gullbringa

Turid schlang den Umhang aus grober Wolle enger um den Leib. Eine silberne Fibel hielt ihn über ihrer rechten Schulter zusammen. Der Wind blähte die rotschwarzen Segel der *Gullbringa* und zerrte an den Strähnen, die sich aus ihrem schweren Zopf lösten. Beinahe zärtlich raunte ihr die Brise Versprechungen von Freiheit und Abenteuern zu, weckte alte Erinnerungen und Sehnsüchte, die sie tief in ihrem Innern vergraben gehabt zu haben glaubte. Die Seeluft schmeckte salzig auf ihrer Zunge.

Gischt tanzte in weißen Flocken auf den Wellenkämmen, während das Schiff durch die Gewässer des Kattegatt glitt. Der geschnitzte Falkenkopf am Steven blickte weit in die Ferne, wo die grünen Hügel Nordjütlands aus den Fluten stiegen.

Turid schien die Einzige an Bord zu sein, die ihre Ankunft in Limgard nicht herbeisehnte. Kurz huschte ihr Blick zu der hölzernen Truhe mit den verschlungenen Schnitzereien. Erst wenige Tage waren vergangen, seit Helga ihr geholfen hatte, Kleider und wenige Habseligkeiten zusammenzupacken. Alles was Turid besaß, beschränkte sich auf den Inhalt eben dieser Kiste.

Wehmut ergriff sie, als sie an den Tag ihrer Abfahrt dachte. Helga, ihre Kinderfrau, hatte sie lange und fest an ihr Herz gedrückt. Turid vermochte sich an keinen Tag zu erinnern, an dem Helga nicht um sie gewesen wäre. Es fiel ihr schwer, ihre engste Vertraute zurückzulassen. Und auch Helga hatte sichtlich mit ihren Gefühlen gekämpft: Lange schaute sie Turid an, strich sanft über ihre Wange und hauchte ihr schließlich einen Kuss auf die Stirn. Helga hatte kein Wort gesagt, vielleicht aus Angst, dass ihre brüchige Stimme die Tränen verriet, die sie nur mühsam zurückhielt.

Lange hatte Turid zurückgeschaut, als die *Gullbringa* im ersten Licht des Tages auslief. Hatte die verschlafenen Langhäuser betrachtet, über denen sich Rauchfahnen träge in die Morgenluft erhoben, den Anblick des Dunstes, der sich am Ufer des Fjordes kräuselte, in sich aufgesogen, und beobachtet, wie die kräftiger werdenden Sonnenstrahlen ihn mit sachten Fingern auseinanderzupften.

Nach und nach leerte sich der Steg des kleinen Anlegehafens, kehrte der Alltag allmählich in Dorsteinn ein. Helga war die Letzte, die dem Schiff des Jarls nachblickte. Langsam war sie, war Hordaland hinter ihnen verblasst, bis sich das Meer zu allen Seiten bis zum Horizont erstreckte. Tief. Rau. Unergründlich.

Doch wenn Turid nun sah, wie das Land, das noch am Morgen kaum mehr als ein dunstigblauer Schemen gewesen war, näher rückte, breitete sich ein Kribbeln in ihrer Magengegend aus. Leichter Schwindel ergriff sie, wenn sie daran dachte, was sie in Nordjütland erwartete. Seit sich die ersten Landmarken aus dem Morgennebel schälten, ergriff eine freudige Erregung die gesamte Mannschaft. Überdies bescherte Njörd ihnen günstige Winde, die die Segel der *Gullbringa* füllten und das Schiff über die See trieben.

Furchtlos wie immer hatte Halvdan den Steven ein Stück weit erklommen. Einen Arm um das Holz geschlungen stand er da, stolz und aufrecht, und sah voraus. In Kindertagen hatten sich die Geschwister oft um diesen Posten gebalgt, wenn ihr Vater sie mit auf Reisen nahm, als hofften sie, das Ziel um eine halbe Schiffslänge früher zu erreichen als der andere. Sie ließen sich Gischt in die vom Fahrtwind geröteten Gesichter wehen, beugten sich so weit nach vorn, wie sie es eben wagten. Beinahe war es so gewesen, als wären sie das Schiff, wenn das Wasser unter ihnen dahinzog. Immer hatte Halvdan dafür Sorge getragen, dass seine beiden jüngeren Geschwister nicht über Bord gingen. Nun beanspruchte er den Platz am Steven für sich. Alles an ihm – von seiner Haltung bis hin zu dem Kettenhemd, das er auf einem Raubzug erbeutet hatte und das seine stattliche Gestalt funkelnd umhüllte – verriet den Krieger.

Vaters ganzer Stolz, dachte Turid voller Bewunderung. Als ältester Sohn Eiriks war es wahrscheinlich, dass er ihm eines Tages ins Amt des Jarls nachfolgte.

Deshalb fiel das Los, eine Weile in Limgard zu leben, auf Turid. Wenn die Nornen am Schicksalsbrunnen zu Wurzeln der Welteneshe ein günstigeres Schicksal für Sturla, den Mittleren der drei, gesponnen hätten …

Ein Horn schallte über den Kattegatt. Das dumpfe Dröhnen ließ Turid wohlig erschaudern. *Das Horn von Limgard.*

Erneut klang ein erhabenes Schmettern über die See, brachte Bewegung in die Mannschaft der *Gullbringa*. Das Segel wurde gerefft. Die Fahrt verlangsamte sich. Die Männer nahmen ihre Plätze an den Rudern ein, bewegten das Schiff das letzte Stück des Weges allein mit der Kraft ihrer Arme.

Neugierig lehnte sich Turid über die Reling. Ein Dorf schmiegte sich in saftiges Grün. In einem Bogen öffnete sich das Ufer zur Mündung des Fjordes, der sich als funkelndes blaues Band weit ins Landesinnere schlängelte, bis er hinter einer Erhebung aus Turids Blickfeld verschwand. Begleitet vom Ächzen der Ruderstangen steuerten sie geradewegs auf den Hafen zu, hinter dem sie bereits einzelne Gebäude unterscheiden konnte. Angelockt vom Ruf des Hornes strömten mehr und mehr Menschen auf den freien Platz zwischen Anlegesteg und einem der Langhäuser, um die Gesandtschaft aus dem Norden zu empfangen.

Turid war sicher, dass die Verzierungen aus Goldbeschlägen, die sich einmal um den Schiffsrumpf wanden, schon von weitem Eindruck auf die Schaulustigen machten, zumal wenn sie das Sonnenlicht warm und glänzend zurückwarfen. Ihnen verdankte das Schiff seinen Namen: *Gullbringa. Goldbrust.*

Mit Fug und Recht – und einem gewissen Stolz – konnte man behaupten, dass sie das prächtigste Schiff in Eiriks Flotte war und bei den Jarls an der norwegischen Westküste weithin bekannt. Sie war die Art Schiff, die man wählte, wenn man neue Bündner suchte oder alte Verbindungen auffrischen wollte.

Ein Schiff eines Königs würdig.

Sicheren Schrittes bahnte sich Halvdan einen Weg über die Planken, ein verschmitztes Lächeln auf den Lippen.

»Schon aufgeregt, Schwesterchen?« Er streckte seinen Kopf in Turids Blickfeld. Sanft, aber bestimmt schob sie seine breite Gestalt zur Seite. »Du etwa?«

Lachend schüttelte der Nordmann den Kopf. »Thorgrim wird uns einen gebührenden Empfang bereiten. Und …« Er verstummte, blickte über die Schulter zum Bug, vor dem das Dorf am Horizont stetig näher rückte.

»Was und? Sag schon!«

Halvdans Miene war steinern, als er sich Turid zuwandte.

»Es sieht ganz danach aus, als fänden sich auch einige stattliche Krieger am Steg ein – und manche von ihnen sind gewiss im richtigen Alter, sich eine Frau zu nehmen.« Ein Grinsen erhellte sein Gesicht, als Turid die grünen Augen zu Schlitzen verengte und ihn zornig anfunkelte.

»Ich wollte es nur erwähnt wissen«, erklärte er und hob beschwichtigend die Hände. »Für einen Augenblick vergaß ich, dass dein Herz frostiger als der Fimbulwinter ist.«

Turid hob eine Augenbraue. »Tauen wird es wohl erst zu Ragnarök.«

»Wenn überhaupt«, setzte Halvdan nach.

»Solltest du nicht vor mir daran denken, dich zu vermählen?« Ihr Tonfall war herausfordernd, das Kinn trotzig gereckt.

Halvdan lachte. »Ich bin jung, Turid. Älter zwar als du, doch immer noch jung genug, um …«

»… dir ungestraft die Hörner abstoßen zu dürfen?«

Halvdan überlegte einen Wimpernschlag lang, ehe er nickte.

»Gut, dass mein Herz nicht so rasch entflammt wie deines.«

»Wenn du wüsstest, was dir entgeht«, wandte ihr Bruder ein. »Gegen ein kurzes, loderndes Feuer, das dein Innerstes verzehrt, ist nichts einzuwenden. Selbst wenn die Glut rasch erlischt.«

»Wenn jeder Mann diese Ansicht teilt, lobe ich mir mein Fimbulwinterherz.«

»Irgendwann wird es auch dir so ergehen, Turid. Und wenn dereinst deine Enkel auf deinem Schoß sitzen, wirst du dich an mich und dieses Gespräch erinnern und sagen: Der gute Halvdan hatte recht und ich habe mich geirrt.«

»Mit irgendwann meinst du gewiss zur Zeit von Ragnarök. Oder früher. Mein Herz könnte zu tauen beginnen, sobald du Vater Nachkommen schenkst.«

Auch wenn Halvdan Turid gern und unermüdlich daran erinnerte, dass sie sich allmählich um einen Mann kümmern sollte, waren die Sticheleien doch bloß Ausdruck seiner Sorge. Er wollte sie nicht allein sehen, ohne jemanden an ihrer Seite, der auf sie achtgab, für sie sorgte, wenn er selbst eine Familie gründete. Auch Eirik war es ein dringendes Anliegen, seine einzige Tochter versorgt zu wissen. Der Jarl ginge jedoch nie so weit, sie bloß der Politik wegen zu vermählen. Einige Männer – bewährte Krieger, wohlhabende Händler –, die sich durch eine Heirat in seine Sippe eine bessere Stellung erhofften, waren beim Jarl von Hordaland vorstellig geworden. Das alles scherte Eirik wenig. Ihn kümmerte nur, dass Turid glücklich war.

Und am glücklichsten bin ich allein.

»Ich denke«, erklärte Eirik, über den Zank seiner Kinder lachend, »dass es wohl kaum einen Mann gibt, der unsere Turid bändigen könnte.«

»Wahre Worte«, bestätigte Halvdan und stimmte in das Lachen seines Vaters ein, dass sein Kettenhemd leise klirrte.

»Und wenn schon«, entgegnete Turid achselzuckend und brachte die Männer umso lauter zum Lachen. »Ich bleibe dabei: Mein Frostherz kann höchstens durch deine Heirat erwärmt werden, Halvdan.«

»Vater, es ist hoffnungslos. Welcher Mann, der noch bei Sinnen ist, holt sich so ein Weib freiwillig auf den Hof?«

»Halvdan!« Turid versetzte ihm in gespielter Empörung einen Hieb gegen den Arm.

»Grob und ungehobelt bist du auch noch«, murmelte er und zerzauste ihr liebevoll das Haar. Dann entfernte er sich, gönnte Vater und Tochter ein letztes Gespräch, ehe die Betriebsamkeit des limgarder Hofes und die Verpflichtungen eines Jarls Eirik für sich beanspruchten.

Gemeinsam schauten die beiden auf den Kattegatt hinaus, den die kräftigen Ruderschläge aufwühlten.

Ich werde sie vermissen, Vater und Halvdan und Helga.

»Weißt du, warum ich dich nach Nordjütland schicke?« Eiriks Frage linderte die Wehmut, die Turid zu übermannen drohte, ein wenig.

»Als Zeichen des Vertrauens.«

Eirik nickte. Ein ernster Zug lag um die Mundwinkel des Jarls. »Und damit du lernst.«

Fragend blickte sie zu ihm hoch. Der nahende Lebenswinter überzog bereits einige Strähnen seines dunklen Haares mit Raureif. Sanft legte er seine große Hand auf die ihre, als er mit Blick auf den Horizont erklärte: »Manch einer wirft mir vor, dass ich meinen Kindern die strenge Hand, mit der ich Hordaland führe, nur selten habe angedeihen lassen.«

»Sei nicht so hart mit dir, Vater.« Seine Worte verwunderten Turid, wusste sie doch, dass Eirik nur auf die Meinung weniger etwas gab.

Er lachte kurz auf. »In gewisser Hinsicht haben sie Recht.« Eirik verstummte. In seine sonst so entschlossen funkelnden Augen schlich sich ein betrübter Ausdruck, während ihn seine Gedanken von Bord der *Gullbringa* trugen.

»Was denken diese Männer denn, was ich noch zu lernen habe?« Turid war sich sicher, wer ihrem Vater diesen Floh ins Ohr gesetzt hatte. »Du hast uns alles beigebracht, was wir zum Leben brauchen: Fischen, Reiten, Jagen, wie man Axt und Schwert führt und im Kampf einen kühlen Kopf bewahrt. Du hast uns gelehrt, besonnen zu sein, gütig, die Götter zu ehren und ihnen für das zu danken, was sie uns gewähren. Halvdan, Sturla und mir – uns fehlte es an nichts.«

»Doch, das hat es, Turid.« Er lächelte traurig. »Euch hat eine Mutter gefehlt.«

Turid schluckte. Einen Herzschlag lang schloss sie die Augen. Das Gesicht einer Frau mit einem liebevollen Lächeln blitzte in ihren Gedanken auf. Das Antlitz ihrer Mutter, das Turid nur aus Eiriks seltenen Erzählungen kannte, in denen er die Erinnerung an sie lebendig hielt.

Die Götter spielen ein gar grausames Spiel.

In eben jener Nacht, in der sie dem Jarl eine Tochter schenkten, raubten sie ihm mit unnachgiebiger Hand sein Weib.

»Aber Helga …« Turid verstummte.

»Helga tat ihr Möglichstes, aber auch sie konnte den Einfluss deiner Brüder auf dich nicht mindern. Dass dir der weibliche Einfluss in deiner Kindheit weitestgehend gefehlt hat, ist oft mehr als deutlich.« Seine Stimme war voller Zuneigung und nahm seinen Worten die Schärfe.

»Ich danke den Göttern jeden Tag, dass sie mir mit der Tochter auch einen dritten Sohn geschenkt haben.« Er lachte, drückte ihre Hand. Auch Turid schmunzelte.

Sein dritter Sohn. Ein interessanter Gedanke.

»Also stimmt, was Halvdan gesagt hat: Nur ein Wahnsinniger nimmt sich ein Mannsweib wie mich zur Frau.«

»Kein wahnsinniger Mann, nein. Ein Mann, der selbstbewusst genug ist, neben einer Frau wie dir zu bestehen.«

Bis ich dem begegne, vergeht die Welt im Ragnarök, dachte sie bei sich.

»Du bist mir gut geraten«, erklärte Eirik plötzlich und strich ihr eine Strähne aus der Stirn. »Du bist genau wie deine Mutter. Eigensinnig und stur. Sie wäre stolz auf die junge Frau, die du heute bist. Ich bin es ebenso. Nicht viele wagen es, Björn herumzukommandieren.«

Schmunzelnd schaute Turid zu dem Krieger, auf den Halvdan gerade einredete. Björn war kein Mann vieler Worte. Auf den ersten Blick mochte er mürrisch und abweisend scheinen, doch wenn man sich die Mühe machte, ihn kennenzulernen und seine raue Schale anzukratzen, zeigte er sich als verlässlicher Freund.

Eine Erinnerung drängte sich in ihr Bewusstsein: Kaum vier Sommer alt saß sie auf den breiten Schultern des Nordmannes, der durchs Langhaus galoppierte – Helga ihm hinterher, die Hände besorgt über dem Kopf zusammengeschlagen.

»Hild, Thorgrims Gemahlin, wird gut für dich sorgen und dich unter ihre Fittiche nehmen«, erklärte Eirik schließlich. Beinahe schien es Turid, als rede er gegen seinen eigenen Abschiedsschmerz an.

Sicherlich wird sie mir zeigen, wie sich eine anständige Frau zu verhalten hat.

Ihre Zweifel behielt sie für sich. Auch wenn sie noch immer nicht wusste, ob sie sich darüber freuen sollte, einige Zeit an Jarl Thorgrims Hof zu verbringen, hoffte sie, dass etwas Gutes aus dem Aufenthalt in Nordjütland erwuchs.

»Jarl, wir sind fast da«, gab Björn ihnen Bescheid. Eirik schenkte Turid ein Lächeln, das sie tapfer erwiderte. Mit einer Geste bedeutete er ihr voranzugehen. Eirik nahm seinen Platz am hinteren Ende des Schiffes ein, Halvdan stand erhobenen Hauptes zu seiner Rechten, Turid zu seiner Linken, als die *Gullbringa* erhaben auf den Steg zu glitt.

Thorgrim

Die *Gullbringa* erzitterte, als der lange Schiffskörper gegen den Steg stieß. Mit geübten Handgriffen befestigten die Männer die schweren Taue.

Turid staunte jedes Mal aufs Neue, wie reibungslos die flinken Handgriffe der Mannschaft aufeinander abgestimmt waren. Sie warf ihrem Vater einen raschen Seitenblick zu. Eirik beobachtete das Treiben gelassen. Die Schultern gestrafft und das Haupt erhoben blickte er ruhig zu der Gruppe von Menschen, die sich am Ende des Steges versammelt hatte, sobald der erste Hornstoß die Ankunft der *Gullbringa* ankündigte.

Als mache es ihm nichts aus, dass alle Augen auf ihn gerichtet sind.

Unweigerlich musste sie an die Könige und Jarls denken, welche die Skalden in ihren Liedern besangen. Durfte sie Helgas Erzählungen Glauben schenken, war Jarl Thorgrim von Limgard ein Mann von ähnlichem Format.

»Turid?«

Irritiert schaute sie sich um, benötigte einen Augenblick, bis sie verstand, dass Halvdan sie angesprochen hatte.

»Wir gehen von Bord.«

»Komme«, murmelte sie, zupfte noch einmal den Umhang zurecht und strich sich das bodenlange Leinenkleid sowie den Kittel glatt, den sie darüber trug. *Meine Hosen vermisse ich schon jetzt.*

Tief schöpfte Turid Atem, richtete sich auf, dann folgte sie der hoch aufgeschossenen Gestalt ihres Bruders.

Über eine Planke gelangte sie von Bord der *Gullbringa* auf den Steg. Ein feiner Schleier aus Gischt hatte sich auf die Bohle gelegt, machte das Holz unter ihren Füßen glitschig. Turid setzte ihre Schritte mit Bedacht, wusste, dass der ein oder andere Limgarder sie beobachtete.

Stumm dankte sie den Göttern, als sie sicher auf dem Steg stand, wo die Mannschaft bereits damit begann, die *Gullbringa* abzuladen.

Halvdan zwinkerte ihr verschwörerisch zu, beinahe als spüre er ihre Anspannung. Nebeneinander folgten die Geschwister dem Jarl. Das Holz pochte dumpf unter seinen Stiefeln.

Turid heftete den Blick auf einen Punkt zwischen Eiriks Schulterblättern. Sie bemühte sich, das flaue Gefühl in ihrem Magen zu unterdrücken, das langsam höher zu steigen und ihren Kopf mit Schwindel zu füllen drohte. Lieber hätte sie sich einer Horde Bewaffneter gegenüber gesehen, als sich auf dem ihr verhassten Feld der Politik zu bewegen. Man sagte Turid nach, nicht mit ihrer Meinung hinter dem Berg zu halten – eine Eigenschaft, die ihr nicht immer zu Gute kam.

Unvermittelt blieb Eirik stehen. Hätte Halvdan nicht rasch nach ihrem Handgelenk gegriffen, Turid wäre in ihren Vater hineingelaufen. Sie hatten Thorgrim erreicht. Ihr Bruder warf ihr einen fragenden Blick zu, als wollte er sagen: *Wo bist du nur mit deinen Gedanken?*

Angespannte Stille lag über der Begegnung der beiden Jarls. Eine Stille, die vor Erwartungen summte. Von den unzähligen Malen, bei denen andere Jarls Eirik ihre Aufwartung gemacht hatten, wusste Turid, dass es sich ihr Vater zur Gewohnheit gemacht hatte, dem anderen eine Weile lang schweigend in die Augen zu schauen, als könne er so dessen Absichten erkennen. Am liebsten hätte sie sich auf die Zehenspitzen gestellt, um über Eiriks Schulter hinweg einen Blick auf den Nordjütländer zu erhaschen, von dem Helga ihr so viel berichtet hatte.

»Jarl Eirik!« Eine Stimme, heller als Turid sie sich vorgestellt hatte, zerriss die Stille. Unverhohlene Freude schwang in den Worten.

»Jarl Thorgrim!« Eirik neigte leicht das Haupt. »Hild.«

Dann fielen sie sich in die Arme, klopften sich überschwänglich und von herzhaftem Lachen geschüttelt auf den Rücken, dass es von ihren Lederharnischen dumpf widerhallte.

Eine besondere Freundschaft verband die Männer, die sich auf einer Víking kennengelernt hatten. Eine Freundschaft, die sie über Länder und Meere hinweg verband. Auch als ihre Wege sich trennten, beide zum Titel des Jarls führten, spannen die Nornen das Schicksal so, dass sich die Lebensfäden der beiden noch oft kreuzten.

»Wie lang ist es her, alter Freund? Wie lang?« Thorgrim schob den anderen auf Armeslänge von sich, doch Turid konnte sein Gesicht noch immer nicht sehen. Ernst bemerkte er: »Du bist alt geworden.«

»Gleichfalls, Thorgrim. Doch sei gewiss: Mit dir nehme ich es immer noch auf.« Das hustende Lachen des Nordjütländers hallte über den Kattegatt.

»Das glaube ich gern.« Er klopfte seinem alten Freund auf die Schulter. »Und wer ist der stattliche junge Mann dort, der dir wie aus dem Gesicht geschnitten ist?«

»Das«, entgegnete Eirik und drehte sich halb herum, »ist mein ältester Sohn Halvdan.« Dieser trat vor, um Thorgrim und seiner Gemahlin vorstellig zu werden, und ihr Vater ging ein Stück zur Seite, so dass er Turid einen ersten Blick auf den fremden Jarl erhaschen ließ.

Helga hat nicht übertrieben. Der Jarl von Limgard besaß eine einschüchternde Erscheinung. Es war weniger seine Größe – weder war er zu groß, noch zu klein geraten – sondern vielmehr eine Ausstrahlung von Stärke, die ihn umgab. Er schien der geborene Anführer.

»Und das hübsche junge Mädchen mit dem abwesenden Blick?«

Mit dem Zeigefinger winkte der Jarl sie zu sich heran. Sein Gesicht verriet Entschlossenheit und Stärke. Ein Eindruck, den die Augenklappe, die er über dem linken Auge trug, verstärkte. Er hatte es auf einer Víking verloren – und um ein Haar noch weit mehr, wären Eirik und Halveig nicht zur rechten Zeit zur Stelle gewesen.

Er räusperte sich vernehmlich. Leise lachend schüttelte Halvdan den Kopf.

Selbstsicher, doch mit wild pochendem Herzen und zugeschnürter Kehle trat Turid vor, verneigte sich leicht. »Jarl Thorgrim.«

Unerschrocken hielt sie seinem Blick stand, in dem sich Erkennen und Wehmut spiegelten.

»Du musst Turid sein. Ich habe …«, er suchte nach geeigneten Worten, »… *einiges* über dich gehört.«

»Das kann ich mir vorstellen«, entgegnete sie, das Kinn vorgestreckt. »Ich von dir ebenso.«

Thorgrim Einauge lachte sein hustendes Lachen und zwinkerte ihr
zu.

»Dies ist meine Gemahlin Hild.«

Turid wandte sich der zierlichen Frau an der Seite des breitschultrigen Kriegers zu und verneigte sich erneut.

»Willkommen in Limgard, Turid.« Hild neigte das Haupt. Ihre Züge
waren von sanfter Anmut, die Augen strahlend blau und von milden
Fältchen umgeben, die ihrem Blick umso mehr Wärme verliehen. Ein
dünner Silberreif hielt ihr golden glänzendes Haar zurück.

»Du hast ein hübsches Gesicht«, bemerkte Hild lächelnd. Sie wechselte einen raschen Blick mit Eirik. Mehr musste sie gar nicht sagen.
Turid wusste auch so, was die andere dachte. *Ich sehe Mutter so ähnlich.*

»Komm, Turid«, meinte sie dann und schüttelte den Kopf, als versuche sie, ihre trüben Gedanken abzuschütteln wie ein streunender
Hund lästige Flöhe.

Mit einem gewinnenden Lächeln, das von Herzen kam, hakte sie
sich bei Turid unter und nahm sie mit sich.

»Sorg dich nicht, Liebes«, raunte sie ihr zu, während die Schaulustigen respektvoll vor ihnen zurückwichen. »Dir wird es hier an Nichts
mangeln.«

Die Männer blieben am Steg zurück, in ein Gespräch vertieft, das
sie später, wenn die Themen bedeutender wurden und nicht länger für
jedes neugierige Ohr bestimmt waren, ins Langhaus des Jarls verlegen
würden.

Eben dieses betrat Turid nun durch das weit geöffnete Tor. Gedankenversunken glitten ihre Finger im Vorübergehen über das
Schnitzwerk an den Türpfosten. Wie oft ihre Mutter Halveig wohl hier
vorbeigegangen war? Gewiss hatte sie sich häufig hier aufgehalten.

Kaum, dass sie den ersten Schritt auf die Dielen gesetzt hatte, schlug
ihr die Hitze des Langfeuers entgegen. Es verlief in einer mittigen
Rinne von einem Ende der Methalle bis zum anderen und füllte diese
mit wohliger Wärme. Erst jetzt bemerkte Turid, wie tief ihr Wind und
Feuchtigkeit, denen sie an Bord der *Gullbringa* ausgeliefert gewesen
war, in die Knochen gedrungen waren.

»Willkommen in unserem Heim«, erklärte Hild strahlend und löste sich von ihr, »das auch dir in nächster Zeit ein Zuhause sein wird.«

Fast wie an Vaters Hof, stellte sie fest, als sie weiter in den Raum trat. Über die gesamte Länge der Halle befanden sich niedrige Podeste entlang der Wände, die zum Verweilen einluden oder eine Lagerstatt für die Nacht boten. Teppiche und Felle hingen an den Wänden.

»Üblicherweise verbringen wir Frauen unsere Tage hier und weben Segeltuch für die Schiffe oder Stoffe für Gewänder«, erklärte Hild, »aber nun …«

Turid wusste, was sie meinte. Tische und Bänke, die man bereits für das Festmahl zu Ehren des Jarls von Hordaland herbeigeholt hatte, füllten das Langhaus. Eine junge Frau, kaum älter als Turid, deckte Becher und Holzteller ein. Kurz hielt sie in der Arbeit inne, als sie die Fremde bemerkte, und schenkte ihr ein scheues, aber warmes Lächeln.

Turid hörte kaum hin, was Hild ihr erzählte. Es ging um Gelage, die sie hier abhielten, hohen Besuch, den sie in diesen Hallen empfangen hatten, doch ihre Gedanken kreisten um die junge Frau.

»… und bald werden wir erneut einen Grund zum Feiern haben, wenn unsere Männer von der Víking zurückkehren.«

Hild schaute sie erwartungsvoll an.

Sag was, dummes Ding, schalt Turid sich stumm.

»Solche Ereignisse feiern wir zuhause auch. Also am Hof in Dorsteinn.« Sie biss sich auf die Zunge, doch Hild lächelte mild.

»Komm, ich zeig dir dein Lager.« Nur ein dünnes Weidengeflecht trennte den Raum, in den die Gemahlin des Jarls sie nun führte, von der Halle. Je nachdem, wie Turid den Kopf wandte, konnte sie durch die Lücken einen Blick auf das Geschehen auf der anderen Seite erhaschen. Weitere kleine Kammern waren durch ähnliche Wände oder Vorhänge aus schweren Stoffen abgetrennt.

»Hier wirst du schlafen«, bemerkte Hild zufrieden, als sie Turid zu einem der hinteren Räume führte, der eine einfache Lagerstatt beherbergte.

»Ich werde veranlassen, dass man dir deine Sachen bringt. Ruh dich bis zum Essen aus, es ist gewiss nicht wenig, was da heute auf dich einstürzt.« Verständnis lag im Blick der Blonden, dann wandte sie sich zum Gehen. »Weißt du«, bemerkte sie über die Schulter gewandt, »du ähnelst ihr sehr, deiner Mutter.« Erinnerungen huschten über Hilds Züge.

»Das sagt Vater auch, aber ... er spricht nicht gern von ihr.«

Die andere nickte verstehend.

»Wie ... wie war sie?«, wagte Turid schließlich zu fragen. So viel Helga ihr auch erzählt hatte – Hild kannte ihre Mutter aus der Zeit vor Eirik, bevor sie Limgard verlassen hatte und nach Hordaland ging.

Die Gemahlin des Jarls schenkte ihr ein warmes Lächeln. »Stolz. Stur. Thorgrim erzählte mir einst, sie habe ihn an eine Walküre erinnert, als er ihr zum ersten Mal begegnete. Das dachte ich auch, als ich sie sah.«

Turid presste die Lippen zu einem Strich. *Vater zuliebe verließ sie ihre Heimat.*

Sie wusste nur Weniges über Halveig, denn Eirik sprach nicht oft von ihr. Eine Schildmaid sei sie gewesen, stamme aus einem Dorf in der Nähe von Limgard. Eine enge Freundin Thorgrims – irgendwann Gemahlin des Jarls Eirik von Hordaland. Doch wie sie sich kennen und lieben gelernt hatten, hatte Vater niemandem erzählt.

»Ich kannte sie gut«, meinte Hild sanft. »Deshalb weiß ich, dass sie ihre Freude an der mutigen, jungen Frau hätte, die ich nun vor mir sehe.«

Dankbar drückte Turid ihre Hand. »Hild, es ... ist wirklich schön hier«, sagte sie rasch mit einer Spur Verlegenheit in der Stimme. »Ich bin dir dankbar, dass du mich so freundlich empfängst.«

»Liebend gern, Turid. Du bist Thorgrim und mir mehr als herzlich willkommen und ich hoffe, dass du dich rasch einlebst«, sagte Hild und ließ sie allein.

Turid sank auf ihr Lager und barg das Gesicht in den Händen. Die Limgarder Männer waren also unterwegs. Ein Dorf voller Frauen wartete auf Turid. Ihr Magen zog sich zusammen. Schon immer war es ihr leichter gefallen, mit Männern zurechtzukommen als mit Frauen. In Dorsteinn waren es neben Helga fast ausschließlich wortkarge Krieger, mit denen sie Umgang pflegte. Es war ihr zuwider, das eine zu sagen, aber etwas anderes zu meinen, wie Weiber es für gewöhnlich taten. Manchmal wünschte sie sich etwas mehr des besonderen Geschicks ihres Vaters, der immer zu wissen schien, wie er jeden Menschen behandeln musste.

Nimm dich zusammen, Turid Eiriksdóttir. Für deinen Vater – und für Hild!

Die Gemahlin des Jarls strahlte solch eine herzliche Wärme aus, dass es Turid selbst warm ums Herz wurde, obwohl die Götter es nicht immer gut mit Hild gemeint hatten. Ihre Verbindung mit Thorgrim war nicht mit einem Erben gesegnet worden. Einige Kinder hatte sie tot geboren, die beiden, die durchkamen, hatte Odin auf Víking vor der Zeit in seine Hallen gerufen.

Die Geräusche aus dem Nebenraum wurden stetig lauter, während Turid ihren Gedanken nachhing. Erneut erschien Hild vor ihr.

»Ist es Zeit für die Feier?«

Hild nickte und streckte ihr die Hand entgegen, welche sie mit einem Lächeln ergriff.

Vielstimmiges Murmeln, unterbrochen von gelegentlichem Gelächter, erfüllte den Hauptraum, der vor Leben summte. Unter den zahlreichen Männern und Frauen, an denen vorbei Hild sie zur Tafel des Jarls führte, entdeckte Turid neben Björn einige bekannte Gesichter von der *Gullbringa*.

Die Stimmung im Langhaus war ausgelassen. Man feierte nicht nur den Besuch eines alten Verbündeten, sondern auch die Erneuerung der Freundschaft der beiden Dörfer, die durchs Meer getrennt und doch miteinander verbunden waren.

Als Zeichen dieser Zusammengehörigkeit bleibe ich hier, in Thorgrims Obhut ... und damit ich lerne.

Turids Laune hellte sich schlagartig auf, als sie Halvdan entdeckte. Die Wangen gerötet, schenkte er ihr ein strahlendes Lächeln und hob den Becher zum Gruß.

»Du musst wissen, Eirik, ein Teil der Männer ist zur Zeit noch auf Raubzug.« Thorgrims Stimme verriet seinen Stolz, als Hild und Turid ihre Plätze an der Tafel einnahmen. »Und einige von ihnen«, er senkte die Stimme, obwohl seine Worte im Lärm des Langhauses ohnehin kaum zu vernehmen waren, »erscheinen vielversprechend, was meine Nach…«, er unterbrach sich. »Lassen wir das. Trübe Gedanken haben an einem Abend wie diesem nichts verloren. Nicht, wo wir uns so lang nicht gesehen haben.«

Er winkte die junge Frau heran, die Turid während der Vorbereitungen zum Fest gesehen hatte, und ließ sie seinen Becher auffüllen. Der Jarl erhob sich – und mit einem Mal verstummten Gespräche und Gelächter.

»Freunde, lasst uns trinken. Auf unseren Bund mit Hordaland und auf Jarl Eirik.« Er wandte sich dem Dorsteinner zu: »Möge Odin dir ein langes Leben gewähren, alter Freund!« Er nahm einen kräftigen Schluck aus dem Becher, während sein Wunsch vielstimmig wiederholt wurde.

Herb rann das Starkbier Turids Kehle herab. *Ja,* dachte sie, *hier kann ich es eine Weile aushalten.*

Odin geweiht

Rorik tauchte unter dem Axthieb seines Gegners weg, der ihn nur knapp verfehlte. Sein dunkles Haar klebte ihm in der Stirn, wo sich Schweiß mit dem Blut der Erschlagenen mischte. Kräftig trommelte sein Herz gegen Rippen und die darüber liegende Lederjacke, die ihn vor leichteren Hieben schützte.

Mit einem wütenden Brüllen fuhr der Mann herum, funkelte Rorik aus zu Schlitzen verengten Augen an.

»Hast wohl noch immer nicht genug, was?«, brummte er und wog die Streitaxt in der Hand.

Sein Gegenüber warf ihm Worte in einer fremden Zunge entgegen, deren Sinn spätestens dann klar wurde, als er ihm vor die Füße spuckte.

Gemächlich lockerte Rorik seine Nackenmuskulatur, ging federnd in die Knie, Schild und Axt zur Seite gestreckt, und offenbarte dem anderen seine Brust.

Na komm schon. Er leckte sich über die Lippen. Salz und Metall füllten seinen Mund. *Worauf wartest du?*

Wie ein wütender Bulle stürmte der Mann auf ihn los, die Axt mit beiden Händen hoch über den Kopf erhoben.

So ist's gut.

Im letzten Augenblick wich Rorik mit einer leichten Drehung zur Seite aus. Seine Axt beschrieb einen blitzenden Bogen, durchtrennte Muskeln und Sehnen, als sie dem Angreifer in die Kniekehle fuhr. Brüllend sank dieser nieder. Ein weiterer Axthieb und sein jämmerliches Wimmern verstummte.

»Tapfer, wirklich«, murmelte Rorik, »doch töricht.« *Hätte er nicht zu den Waffen gegriffen …*

Rorik wusste nur zu gut, dass er ebenso gehandelt hätte, wäre sein schlimmster Albtraum über See gekommen, hätte seinen Hof und seine Sippe bedroht.

Das Klirren von Metall, das auf Metall traf, erfüllte die Luft. Einige Schritte entfernt verstrickten die Bewohner des Küstendorfes Roriks

Gefährten noch immer in ein Handgemenge. Dieser Ort war das letzte Ziel ihres Raubzugs entlang der Küste, ehe sie wieder nach Hause segelten. In dem Durcheinander von glänzenden Äxten und hölzernen Schilden glaubte Rorik, Sveins blonden Haarschopf auszumachen.

Grimmig lächelnd überwand er die kurze Distanz, die sein mutiger Gegner ihn von den anderen fortgetrieben hatte. Mit einem Aufschrei warf er sich in die Flanke der Dorfbewohner. Seine Axt sang, als sie das Blut eines weiteren Mannes zu kosten bekam.

Im Rausch wütete Rorik unter den Fremden, deren Gesichter für ihn zu einer ununterscheidbaren Masse verschmolzen. Bis er in ein Antlitz blickte, blutjung, die Augen schreckensweit.

Thor, dem Kerl wächst nicht mal der erste Bartflaum!

Roriks Zögern verleitete den Jungen zu einem ungestümen Angriff. Überrascht musste er einen Fuß weichen, fing den Hieb mit dem Axtschaft ab. Geistesgegenwärtig riss Rorik den Holzschild hoch, rammte den metallen gefassten Rand unter das Kinn seines Gegners. Der Unterkiefer brach mit einem lauten Knacken.

Benommen ging der Jüngling in die Knie und Rorik beendete seine Qualen. Schon wirbelte er herum, als er den Luftzug eines herabfahrenden Hiebes im Nacken spürte. Leblos kippte ein Dörfler zur Seite.

»Gern geschehen«, rief Svein über den Lärm des Kampfes hinweg. Gesicht und Bart des Blonden waren rot von Blut, sein Grinsen beinahe wahnsinnig.

Rorik erhielt keine Gelegenheit, ihm zu danken. Der nächste Mann, der für die Sicherheit seiner Liebsten stritt, bedrängte ihn.

Erst nach einer Weile, als kein weiterer Gegner auftauchte, ließ Rorik die Waffen sinken.

Sein Brustkorb hob und senkte sich unter schnellen Atemzügen, während er den Blick über das Schlachtfeld schweifen ließ.

Unter den Gefallenen, die wie achtlos weggeworfene Holzfiguren auf dem Feld lagen, machte er vereinzelt auch Kameraden aus. Männer, mit denen er noch am Morgen gescherzt hatte. Mit denen er aufgewachsen war. *Wäre Svein nicht gewesen, würde ich nun mit ihnen in Valhalla speisen.*

Die Gesichter seiner Kameraden, die mit leerem Blick in den wolkenlosen Himmel starrten, mahnten Rorik, dass auch er sterblich war. Raben ließen sich zwischen den Gefallenen nieder, begannen sich krächzend um die fettesten Brocken zu streiten, wenngleich sie an diesem Tag genügend Nahrung finden würden.

Gewiss sind Hugin und Munin, Odins Raben, unter ihnen, geben den Männern mit den Walküren Geleit nach Valhalla. Wir alle haben unser Leben dem Kriegsgott geweiht.

»Tapfere Krieger«, bemerkte Svein, als er neben Rorik trat. Geronnenes Blut klebte in seinem blonden Bart und den buschigen Brauen, überzog sein Gesicht mit einem rotbraunen Muster, gleich einer Maske, die seinen Zügen einen umso wilderen Ausdruck verlieh.

Rorik schüttelte den Kopf, verscheuchte seine trüben Gedanken.

Erst der Rausch, dann die Reue? Konnte es denn wirklich Reue sein, was er empfand? Vielmehr erinnerte ihn jeder Kampf, jeder Gefallene an die Gunst der Nornen, die ein weiteres Mal entschieden hatten, seinen Lebensfaden noch nicht zu durchtrennen.

Er wollte etwas sagen, sich bedanken, doch Svein kam ihm zuvor: »Schon gut.« *Bis in den Tod haben wir uns als Jungen am Fjord geschworen.* Freundschaftlich stieß er Rorik mit dem Ellenbogen in die Seite. »Du weißt genau, dass ich dich nicht einfach in den Tod gehen lassen würde.«

»Gleichfalls«, entgegnete er und stimmte in das Lachen seines Freundes ein. Schon seit Kindertagen waren die beiden unzertrennlich.

»Thorgrim wird mächtig stolz auf uns sein. Wir haben reiche Beute gemacht«, bemerkte Rorik, als sie sich vom Schlachtfeld entfernten, den Tod und die Raben hinter sich ließen.

»Einauge? Ist das dein Ernst?« Svein lachte. »Bevor ich auch nur einen Gedanken daran verschwende, ob der Jarl zufrieden sein wird, kommen mir ganz andere Dinge in den Sinn.« Ein fiebriges Funkeln trat in seine blauen Augen, als er mit einem verschwörerischen Zwinkern meinte: »Ich freue mich schon auf die Limgarder Frauen.«

»Svein. Immer nur das eine im Kopf.« Rorik lachte dröhnend.

»Wird das jemals anders sein?«, meinte eine Stimme hinter ihnen, so tief und rau wie das Meer. Die Nordmänner wandten sich um, ließen Hakon in ihre Mitte treten. Mit hinter dem Rücken verschränkten Händen sah der Schiffsführer zum Horizont, wo in der Ferne ihr Boot lag. Sie hatten die *Windpferd* nach der Landung mit Hilfe von Stämmen in ein kleines Wäldchen gezogen, um sie vor neugierigen Blicken zu verbergen, während die Männer aus Limgard einen Vorstoß ins Landesinnere wagten.

»Heute Nacht bleiben wir auf einem der verlassenen Höfe und morgen machen wir uns auf den Rückweg.«

Hakon nahm einen Schluck aus dem Trinkschlauch, den er mit irgendeinem Gebräu aufgefüllt hatte, das ihm wohl am Morgen auf einem der Höfe in die Hände gefallen war, ehe die Dorfbewohner die Fremden bemerkt und ihre Verteidigung formiert hatten.

»Vier unserer Männer hat Odin zu sich gerufen«, meinte er, als er den Trinkschlauch an Svein weiterreichte.

»Gute Männer«, erklärte dieser und nahm einen Schluck.

»Und nun speisen und feiern sie an Odins Tafel mit ihren Ahnen.« Rorik hob den Schlauch gen Himmel, prostete seinen Kameraden zu.

Wir werden uns wiedersehen Männer, dachte er.

Die Krieger von Limgard

Daran erinnere ich mich, als wäre es erst gestern gewesen«, meinte Thorgrim lachend und nahm einen Schluck aus dem Becher.

»Das waren Zeiten«, murmelte Eirik mit schwärmerisch verklärtem Ausdruck.

Halvdan und Turid wechselten einen Blick. Es war wirklich eine Freude, den Jarls zu lauschen, wie sie in gemeinsamen Erinnerungen schwelgten, sich entlegener Gefilde, Überfahrten über sturmgepeitschte Meere und Raubzügen entsannen, als das Leben noch vor ihnen und die Welt zu ihren Füßen lag.

»Weißt du, woran wir merken sollten, dass wir alt werden?«, fragte Eirik unvermittelt, ließ den Angehörigen beider Sippen an der üppig gedeckten Mittagstafel jedoch keine Gelegenheit zu einer Antwort. »Wie die Waschweiber schwätzen wir von vergangenen Taten, während die jungen Kerle tun, was wir damals taten.«

»Und uns nacheifern, teurer Freund«, ergänzte Thorgrim lachend. »Aber … ja, ein wenig vermisse ich es schon, in die Ferne zu ziehen. Das Leben am Hof hat mich träge werden lassen.« Sacht tätschelte er sich auf die leichte Wölbung, die sich unter seinem Hemd abzeichnete. »Machen wir uns nichts vor: Nicht mal ein Blinder zieht eine Axt mit schartigem Blatt einer neuen vor.«

»Neue Äxte müssen sich ihre Scharten erst verdienen«, kam es Turid über die Lippen.

Wundervoll, wie du deine Zunge im Zaum halten kannst. Du befindest dich hier nicht an Vaters Hof, schalt sie sich stumm.

Thorgrim schaute sie mit seinem verbliebenen Auge ruhig an. »Sprich weiter.«

»Nun ja, die alten Äxte leisteten vielen Kriegern ausgezeichnete Dienste. Ihre Schäfte sind robust, liegen gut in der Hand – mögen sie auch fleckig sein von Blut und Schweiß. Mit Stolz betrachtet man derlei Waffen, denn sie erzählen von Heldenmut und ehrenvollem Kampf.«

»Erzählen können sie. Doch sie sind bloß noch Zierrat, der für seine eigentlichen Aufgaben längst ausgedient hat«, bemerkte der Jarl von Limgard. Er lehnte sich zurück, drehte den Becher in der Hand, während er Turids Ausführungen lauschte.

»Das meine ich nicht«, erklärte diese. »Sie sind Vorbilder, denen es nachzueifern lohnt. Sie müssen sich nicht mehr beweisen, sondern schauen den Jungspunden dabei zu, wie sie sich ihre Scharten verdienen, und teilen ihre Erfahrungen mit ihnen.«

Ein Schmunzeln ließ Thorgrims Mundwinkel nach oben zucken.

»Eine vortreffliche Beschreibung. Wenn …«

Ein schmetternder Hornstoß schnitt ihm das Wort ab.

»Jarl Thorgrim! Jarl!« Kleine Füße trommelten über die Dielen. Keuchend und mit hochrotem Kopf blieb ein Knabe von vielleicht sieben Sommern in respektvollem Abstand vor der Tafel stehen. Er wartete geduldig, bis Thorgrim ihm mit einem Wink zu sprechen bedeutete.

»Die *Faxi Byrjar*, Jarl … Man kann ihre Segel in der Ferne strahlen sehen.«

Thorgrim horchte auf. »Die *Windpferd*?«

Der Junge nickte eifrig.

»Die Männer kehren von der Víking zurück«, freute sich Hild.

Wie auf ein Zeichen hin erhoben sich die Männer und die Gemahlin des Jarls, folgten dem Knaben nach draußen. Rasch stopfte Turid sich noch den letzten Bissen ihres Hasenbratens in den Mund, ehe sie den anderen nachging.

»Natürlich«, bemerkte Halvdan, als er seine Schwester genüsslich kauen sah.

»Was denn?« Sie schluckte. »Hätte ich es liegen lassen und mit halb gefülltem Magen wen auch immer empfangen sollen?«

»Ach, Schwesterchen …« Er legte den Arm um ihre Schulter, während sie sich einen Platz in der Menschentraube suchten, die sich nach dem Hornsignal am Steg gebildet hatte. »Alte Äxte müssen sich nicht mehr beweisen …« Lachend schüttelte er den Kopf.

»Sag nicht, dass ich besser den Mund gehalten hätte.«

»Du? Wohl kaum.«

Schweigend warteten sie. Turid stellte sich auf die Zehenspitzen, wollte einen Blick auf das Schiff erhaschen, das über den Kattegatt glitt, doch immer wieder reckten sich neugierige Hälse in ihr Sichtfeld, bis sie genervt aufgab.

Lediglich Hilds schlanke Gestalt konnte sie im Gedränge ausmachen. Ihr Haar glänzte in der Mittagssonne wie flüssiges Gold.

»Thorgrim und Hild haben einen Narren an dir gefressen«, raunte Halvdan ihr zu, als die ersten freudigen Rufe laut wurden. Die *Windpferd* war angelandet. »Wer weiß, vielleicht werden dich die beiden nie wieder ziehen lassen.«

Eine Erwiderung auf den Lippen drehte sich Turid halb zu ihrem Bruder herum, doch dieser deutete mit einem kurzen Ruck des Kinns voraus. Männer trugen schwer beladene Kisten an ihnen vorbei ins Langhaus des Jarls. Was die Truhen bergen mochten, konnte Turid nur mutmaßen. Dem zufriedenen Ausdruck auf den Gesichtern ihrer Träger nach, musste ihr Inhalt von großem Wert sein. Oft sprach Thorgrim von den Kriegern, die sich im Sommer aufgemacht hatten – immer voller Stolz.

Wer bei ihm wohl in so hohem Ansehen steht?

Allem Anschein nach ließ der Jarl es sich nicht entgehen, jeden seiner Männer persönlich in Empfang zu nehmen.

»Thorgrim spricht gerade mit einem Glatzkopf. Der Schiffsführer, wenn mich nicht alles täuscht«, berichtete Halvdan flüsternd, was seine Schwester nicht sah.

Als sich die ersten Dörfler vom Steg entfernten, verlor auch Turid allmählich die Geduld. Dennoch hinderte eine gewisse Neugierde sie am Gehen.

Weitere Männer verließen die *Windpferd*, bahnten sich ihren Weg an Turid und Halvdan vorbei.

Mit etwas Abstand folgten Thorgrim, Hild und Eirik in Begleitung eines Kerls, dessen kahl geschorener Schädel in der Sonne glänzte. Zwei weitere gingen hinter ihnen. Ein Hüne mit leicht gewelltem dunkelbraunem Haar hatte den Arm freundschaftlich um die Schulter eines Blonden gelegt. Sie sprachen miteinander, scherzten und lachten.

Kurz sah der blonde Nordmann in ihre Richtung. Der Blick seiner blauen Augen ließ Turid bis ins Innerste erbeben. Doch bereits einen Schritt später nahm der Krieger keinerlei Notiz mehr von ihr.

»Wieder daheim«, bemerkte Svein und streckte die vom Rudern müden Arme, als er auf den Steg trat. Jarl Thorgrim hatte Hakon bereits mit Beschlag belegt und in ein angeregtes Gespräch verwickelt. Ein Fremder stand bei ihnen.

Hakon platzt gewiss vor Stolz, dem alten Einauge zu berichten, was für reiche Beute wir gemacht haben.

Rorik klopfte gegen die Bordwand der *Faxi Byrjar*. *Seine Art, dem Schiff und den Göttern für die sichere Überfahrt zu danken.* Svein gab im Gegensatz zu seinem Freund nichts auf solche Rituale. *Odin wird mich zu sich rufen, wenn es ihm beliebt. Ob auf rauer See, im Kampf Mann gegen Mann oder …,* ein breites Grinsen erhellte sein Gesicht, *zwischen den weichen Schenkeln eines Weibes.*

»Wenn du so grinst«, bemerkte Rorik und legte Svein den Arm um die Schulter, als sie zum Langhaus gingen, »kann ich mir vorstellen, woran du schon wieder denkst.«

Sie hatten keine Augen für die Menschen, die sich am Steg eingefunden hatten, um sie zu begrüßen. Sveins Lächeln wurde noch breiter. »Ist das verwunderlich? Wir waren lange auf See. Weit und breit nur schwitzende, stinkende, bärtige Kerle.«

Lachend warf Rorik den Kopf zurück.

Unter den Schaulustigen bemerkte Svein eine junge Frau. *Na, wer bist du denn?* Braunes Haar, das schimmerte wie mit Kupferfäden durchwirkt, rahmte ihr schmales Gesicht, auf dessen Zügen ein ernster, beinahe feindseliger Ausdruck lag. *Käme sie aus Limgard, wüsste ich das.*

»Hörst du mir überhaupt zu?« Roriks blaue Augen schoben sich in sein Blickfeld und vor die Fremde.

»Was?«, murmelte er gedankenverloren.

In gespielter Empörung schüttelte Rorik den Kopf. »Mann, du scheinst tatsächlich an nichts anderes zu denken.« Er verstummte prompt, als sie den Hauptraum des Langhauses betraten, stellte eine wichtige Miene zur Schau.

Hakon und Thorgrim sprachen noch immer miteinander. Mit unverhohlenem Stolz zeigte der Glatzköpfige auf die Holzkisten, welche die Männer von Bord der *Windpferd* und in die Methalle gebracht hatten.

Ein blonder Krieger stand am Feuer und starrte in die Flammen. Svein atmete tief durch, straffte die Schultern und trat gemessenen Schrittes an ihn heran.

»Vater.« Er ballte die Hand zur Faust und verwünschte sich stumm dafür, dass seine Stimme so schwankte. Langsam wandte sich der Angesprochene um.

»Svein.« Gleichgültigkeit trug den Namen. Mit grauen Augen, um die sich tiefe Furchen gruben, musterte Oleif seinen Sohn. Ein harter Zug lag um die Lippen des Älteren.

»Wir sind von der Víking zu…«

»Rorik!«, fiel Oleif Svein ins Wort. Seine Augen weiteten sich und die Andeutung eines Lächelns ließ seine Mundwinkel zucken.

»Sei gegrüßt, Oleif.«

»Lass dich ansehen …«, murmelte der Nordmann und hielt den Jüngeren auf Armeslänge von sich. Stolz schimmerte sein Blick, als er Rorik kurz an sich zog und ihm überschwänglich auf den Rücken klopfte.

Svein schluckte hart.

»Deine …«, Oleif stockte, verbesserte sich, »*eure* Rückkehr erfüllt mich mit Freude.« Kurz glitt sein Blick zu Svein. »Ihr erfüllt mich mit Stolz.«

»Natürlich«, murmelte Svein, dann entschuldigte er sich und verließ unter einem Vorwand das Langhaus.

Mehrmals ballte er die Hand zur Faust, stieß schnaubend die Luft aus, dass seine Nasenflügel zitterten, bis er sich wieder gefasst hatte. Er würde sich gewiss nicht die Blöße geben, sich anmerken zu lassen, wie sehr ihn die Zurückweisung seines Vaters schmerzte. Oleif war ein Mann, der seine Gefühle nur selten zeigte und es anderen Männern als Schwäche auslegte, wenn sie es taten.

Man könnte denken, Rorik sei sein leiblicher Sohn und ich bloß ein Findelkind ... Dabei ist es andersherum.

Schon von klein auf hatte eine tiefe, innige Freundschaft die Knaben verbunden. Roriks Vater Ivar, ein Freund Oleifs, kehrte eines Tages nicht von einer Víking heim. Roriks Mutter hatte so unter dem Verlust gelitten, dass sie ihrem Gatten irgendwann aus freien Stücken über die goldene Brücke nach Helheim folgte.

Daraufhin nahmen Oleif und seine Frau den Waisen bei sich auf, behandelten ihn wie einen eigenen Sohn – und darüber hatte Oleif im Laufe der Zeit wohl vergessen, dass er bereits einen Sohn hatte.

Entschieden schüttelte Svein den Kopf. Er würde Oleif schon noch beweisen, dass er seinen Respekt genauso verdiente wie Rorik. Aber fürs erste ... sein Blick fiel auf eine junge blonde Frau, die sich auffällig lang am gegenüberliegenden Haus aufhielt, ihm verstohlene Blicke zuwarf. Sie kam ihm bekannt vor, doch er wusste nicht mehr, ob er schon einmal näher mit ihr zutun gehabt hatte.

Er leckte sich über die Lippen, dann hielt er mit selbstsicheren Schritten auf sie zu. *Was soll's. An die Namen der meisten erinnere ich mich am nächsten Morgen ohnehin nicht mehr.*

Was ihm jedoch nicht mehr aus dem Kopf ging, das waren grüne Augen und Haar, das wie Kupfer schimmerte.

Ich muss herausfinden, wer sie ist – und wer der Kerl an ihrer Seite war, der mich so warnend angeschaut hat.

Den Becher mit beiden Händen fest umklammernd, starrte Turid ins Feuer, bis die Flammen rote Punkte vor ihren Augen tanzen ließen.

Der Platz neben ihr war frei. Noch vor wenigen Augenblicken hatte Halvdan dort gesessen, doch der ... *Ja, wo steckt mein Bruder eigentlich?*

Turid ließ den Blick durch die Methalle schweifen, die vor Leben pulsierte. Zu Ehren der Männer, die nun an Odins Tafeln speisten, und um einen erfolgreichen Raubzug zu feiern, hatte Thorgrim zu einem Gelage geladen, das selbst die Feier zu Eiriks Ankunft in den Schatten stellte.

Halvdan konnte sie nirgends entdecken. Ein Tisch in der Ecke fesselte ihre Aufmerksamkeit. Der Glatzkopf, der Blonde und der Dunkelhaarige, die Turid mittags am Steg gesehen hatte, grölten und zechten, als gäbe es kein Morgen.

Männer! Innerlich verdrehte sie die Augen. Während sie an ihrem Becher nippte, beobachtete sie die drei verstohlen, wie sie ein ums andere Mal Mädchen zu sich lockten.

Männer! Turid musste gar nicht hinhören, um zu wissen, was sie den jungen Dingern erzählten, wie sie mit ihren Taten prahlten. *In Dorsteinn ist es genauso.*

Unvermutet fing der Blonde ihren Blick auf. Ein Lächeln huschte über sein Gesicht, als er den Becher zum Gruß hob.

Ertappt wandte Turid sich ab, schob das plötzliche Glühen ihrer Wangen auf die Hitze des Feuers.

»Das sind Hakon, Rorik und Svein«, raunte eine Stimme neben ihr und ließ sie zusammenzucken.

»Ach so«, entgegnete sie gespielt gleichgültig.

»Ich dachte, du würdest es wissen wollen«, erklärte die Frau, die am Tag ihrer Ankunft die Tafel eingedeckt hatte, und sank mit einem tiefen Seufzer auf die Bank. »Ich habe die heimlichen Blicke bemerkt, die du ihnen zugeworfen hast.«

Turid hob eine Augenbraue. »Ich weiß nicht, was du meinst.«

»Gewiss.« Lachend nahm die andere ihr den Becher aus der Hand und trank einen Schluck.

»Ich bin Hafrún«, murmelte sie, den Becher an den Lippen, über dessen Rand hinweg sie die drei Männer und dann wieder Turid beobachtete.

Als Turid sich vorstellte, nickte die junge Frau wissend. »Jarl Eiriks Tochter.«

»Eben die.«

»Stimmt es, dass du wie ein Junge aufgezogen wurdest?«

Erschrocken schlug Hafrún sich die Hand vor den Mund. »Verzeih, das war unangemessen.«

Turid lachte. »Das war es nicht. Es ist größtenteils wahr.«

Die Augen der anderen funkelten neugierig. Ihr ovales Gesicht war weder sonderlich auffallend, noch sonderlich schön, doch die junge Frau besaß eine innere Wärme, die ihr deutlich ins Antlitz geschrieben stand. Auf seltsame Art fühlte sich Turid ihr verbunden.

»Weißt du«, bemerkte sie und nestelte an ihrer Schürze, »die Frauen haben schon vor deiner Ankunft über dich geredet. Da habe ich Einiges aufgeschnappt.«

Das kann ich mir vorstellen. Die Worte ihres Vaters kamen ihr in den Sinn, dass es manche nicht guthießen, wie er sie erzogen hatte. Turid fühlte sich einmal mehr bestätigt, dass es leichter war, mit Kriegern als mit einem Schlag tratschender Frauen Umgang zu pflegen.

»Hast du bemerkt, dass Svein ab und an zu uns herüberschaut?«

»Nein.« Rasch nahm Turid ihr den Becher aus der Hand und nahm einen kräftigen Zug, um das Kribbeln, das sich aus ihrer Magengrube in ihrem Körper auszubreiten drohte, wieder herunterzuspülen. »Selbst wenn«, schob sie schroff nach.

Ein Lächeln zuckte um Hafrúns Mundwinkel. Sie schien Turid die Gleichgültigkeit nicht abzukaufen, doch ging nicht weiter darauf ein. Stattdessen erklärte sie: »Den Dreien eilt ein gewisser Ruf voraus.«

»Welcher Ruf?«, erkundigte sich Turid beiläufig und widerstand dem Drang, sich umzublicken.

»Oh, sie sind wahrlich tapfere Männer, ziehen jeden Sommer auf Víking und wüten unter ihren Gegnern, als lenke Odin persönlich ihre Waffen.«

Turid erlaubte sich nun doch, heimlich herüberzuschauen. *Sie saufen und prahlen vor den Frauen mit ihren Taten wie jeder andere Krieger.*

Dennoch konnte sie nicht leugnen, dass es da etwas gab, was die drei von anderen Männern unterschied. *Ihre Freundschaft?*

Hafrún fuhr indessen unbeirrt fort: »Wie du siehst, reißen sich die Frauen darum, ihre Gunst für eine Nacht oder länger zu gewinnen, aber …«

Turid horchte auf.

»Sie sind jung, stehen in der Blüte ihrer Kraft und …«

»… wollen sich die Hörner abstoßen?«, ergänzte Turid mit Blick auf den Dunkelhaarigen, der gleich mehreren Mädchen schöne Augen machte.

»Woher …?«

»Mein Bruder ist etwa im selben Alter.«

»Männer!«, kam es ihnen beiden gleichzeitig über die Lippen und sie lachten herzhaft.

»Für Rorik und Svein mag das gelten, aber Hakon …« Sie seufzte. »Er ist … anders.« Ein schwärmerisches Funkeln trat in Hafrúns Augen.

Na sieh mal einer an.

»Welcher von den Dreien ist Hakon?«

»Der Kahlgeschorene. Wenn du ihn bei Tag siehst, musst du auf die Hautbilder auf seinem Schädel achten. Nach seiner ersten Víking hat er damit begonnen, sie sich stechen zu lassen: Einen Finger breit für jeden Mann, den er erschlagen hat.« Bewunderung und Respekt schwangen in ihren Worten mit.

»Er ist der Schiffsführer?«

Hafrún nickte. »Der Blonde, Svein, und der Dunkelhaarige, Rorik, sind schon seit ihrer Kindheit unzertrennlich. Und … Ich möchte dich nicht warnen, aber die beiden sind nun mal …«

»Draufgänger? Weiberhelden? Hurenböcke?«

»So könnte man sagen. Aber da sie dir sowieso gestohlen bleiben können …« Hafrún lächelte.

Und wie sie mir gestohlen bleiben können, dachte Turid, als sie sich noch mal umwandte und sah, wie Rorik gleich zwei Weiber im Arm hielt.

Von Wolle
und Webschiffchen

Mit geübten Fingern führte Heather das Webschiffchen über die gesamte Länge des Webstuhles. Munter sprang es über die wollenen Wellen, zog Bahn um Bahn, unermüdlich, ließ das Gewebe Zoll um Zoll wachsen.

Wie die Fischerboote vor der Küste, befand sie, während sie den Faden über der einen und unter der anderen Kette entlangführte und ihn schließlich mit dem Webschwert festschlug. Im Lauf der Zeit waren Heather die Bewegungsabläufe in Fleisch und Blut übergegangen. Wenn Margret sie nicht daran erinnerte, dass Feierabend war, hätte Heather die ganze Nacht hindurch gewebt. Ein ums andere Mal vergaß sie über ihrem Webstuhl die Zeit, eine leise Melodie summend.

Sie konnte von Glück sagen, dass sie eine Anstellung bei Margret bekommen hatte. Durch geschickte Heirat hatte diese einen Gatten mit einem Händchen für Schafzucht gefunden. Zunächst hatte sie die Wolle selbst versponnen und gewebt, einzelne Tücher auf dem Markt verkauft. Doch durch Margrets Verhandlungsgeschick war ihr kleines Unternehmen gewachsen, so dass sie neben Heather noch eine weitere Weberin beschäftigte.

Heather erfüllte es immer wieder von Neuem mit Freude, wenn unter ihren Fingern aus dünnen Fäden ein festes Tuch entstand. Den Zuverdienst konnte ihre Familie gut gebrauchen. Und Margret wurde nie müde, die besondere Gabe ihrer Angestellten hervorzuheben. Selbst die aufwendigsten Motive gingen ihr rasch von der Hand, als müssten sie bloß aus den Fäden befreit werden, in denen sie schon eingeschlossen waren. Dass ihre Tücher auf dem Markt gute Preise erzielten und sich vor allem bei den vornehmeren Damen großer Beliebtheit erfreuten, erfüllte Heather mit gewissem Stolz.

Was gäbe ich darum, ein Kleid aus solchem Stoff … aus meiner eigenen Hände Arbeit zu tragen. Leisten werde ich es mir nie können.

Die Tür zur Webstube stand einen Spalt breit offen. Leise vernahm Heather das Rascheln von Stoffen aus dem Nebenraum, den Ann vor einer Weile betreten hatte. Ann, die Tochter eines Großgrundbesitzers, die kaum einen Schritt ohne Begleitung ihrer Dienerin tat.

Als sei sie etwas Besseres, nur weil ihr Vater Land besitzt.

Sie seufzte. Natürlich war Ann etwas Besseres. Natürlich kam es darauf an, über welche Ackerflächen, über wie viele Ochsen und Pferde man verfügte.

Während Heather am Webstuhl arbeitete, Tuch aus unscheinbaren Fäden wob, vergaß sie die Welt vor der Tür. Es gab nur sie, den Webstuhl und das dünne Garn, das unter ihren Fingern tanzte.

»Hast du nichts Edleres?«, schnappte Ann. Obwohl Heather die Unterredung ignorieren wollte, drangen die Stimmen immer lauter an ihr Ohr.

Rascheln, als Margret ihr ein anderes Tuch reichte.

Heather sah Ann deutlich vor sich, wie sie mit ihren hageren Fingern über das Gewebe strich, es mit ihren tief in die Höhlen gesunkenen Augen begutachtete. Wie sie sich schließlich an die gekrümmte Nase fasste, die ihrem Gesicht etwas Raubvogelhaftes verlieh.

»Diesen hier nehme ich, sechs Ellen davon«, verkündet eine näselnde Stimme bestimmt.

»So viel haben wir …«

»Dann sorg dafür, dass du bald so viel hast, Margret!«, gebot die andere herrisch. Schritte.

»Aelfric«, flötete Ann mit einer Liebenswürdigkeit, die man ihr kaum zutrauen mochte. Das Knarren der Tür, als sie ins Freie trat.

»Margret, hast du das Wams für das Hochfest fertig?« Die Stimme des Neuankömmlings jagte Heather einen Schauder über den Rücken.

»Natürlich, ich hole es sofort.«

Stille, nachdem Margrets Schritte verklangen. Unbeirrt webte Heather weiter, ließ das Schiffchen über die Wollwellen tanzen.

Schwere Schritte. Das Knarzen der Tür. Kühle Finger, die über ihren Nacken strichen. Heather versteifte. »Wie ich sehe«, bemerkte Aelfric und wickelte sich eine ihrer dunklen Strähnen um die Finger, »bist du wieder fleißig.« Langsam glitt seine Hand ihre Schulter herab. Heather spürte die Hitze seiner Haut an ihrem Hals, auf ihrem Schlüsselbein. Als habe er sich verbrüht, ließ Aelfric von ihr ab, kaum dass Margret aus dem Lager zurückkehrte.

Stur starrte Heather auf ihre Arbeit, ignorierte das leise Gespräch der beiden, das Gefühl, das Aelfrics Berührungen auf ihrer Haut hinterlassen hatten.

Weben. Einfach nur weben.

Das nächste, was sie wieder bewusst wahrnahm, war Margrets erschöpftes Seufzen.

»Liebes«, sanfte Finger nahmen ihr das Webschiffchen aus der Hand, »das genügt für heute.«

»Ich könnte noch …«

Die Fältchen um Margrets Augen vertieften sich, als sie lächelte. »Wenn du morgen wiederkommst, gibt es noch genug zu tun.«

Heather seufzte, als der Zauber des Webens von ihr fiel. Mit einem Mal schien ihr die Welt größer, ihre Sorgen drückender. Mit wenigen Handgriffen hatte sie die Früchte ihrer Arbeit auf dem Tuchbaum aufgewickelt. Seufzend lockerte sie die müden Glieder und zog den Gürtel nach, der ihr schlichtes Kleid hielt. In weiten Falten hing es von ihrem hageren Körper.

»Wie immer: Rasch und gründlich«, lobte Margret, als sie einige Münzen aus der Geldkatze und in Heathers Hand zählte. »Für deine Arbeit und das Garn, das du gesponnen hast.«

Das kühle Metall vermochte ihre Sorge ein wenig zu lindern.

»Die hier habe ich für dich bereitgestellt«, bemerkte Margret mit Blick auf einen Korb, der randvoll mit Schurwolle gefüllt war.

»Das gesponnene Garn bringe ich dir in ein paar Tagen«, versicherte Heather ihr.

»Lass dir Zeit und … nimm auch das hier mit.« Sie drückte dem Mädchen einen Kanten Brot in die Hand. »Der Bäcker hat ihn mir geschenkt, als ich ihm erzählte, dass du heute vorbeikommst.«

Scheu lächelte Heather und bedankte sich höflich, wie ihre Mutter es sie gelehrt hatte. Die Sonne hatte ihren Zenit überschritten, als sie die Kiepe schulterte und auf die Straßen von Awesgrove trat.

Beschwingt machte sie sich auf den Weg nach Hause, überlegte, wie sie ihrem Vater erklären könnte, dass sie Brot mitbrachte. Harold war ein stolzer Mann. Almosen nahm er nicht an. Die wären etwas für die Bettelarmen, pflegte er zu sagen, für diejenigen, die zu schwach seien, ihren Lebensunterhalt mit eigenen Händen zu bestreiten.

Stolz und stur. Das trifft dieser Tage am ehesten auf Vater zu.

Ein Mann, dem die braune Kutte wild um die Knöchel schwang, kreuzte ihren Weg.

»Gott zum Gruße, Bruder Cuthbert«, grüßte Heather freundlich.

Wie vom Donner gerührt hielt der Mönch an, kam einige Schritte zurück. »Heather, wie ich sehe, bist du wieder arbeitsam.« Mit einem Tuch tupfte er sich Schweiß von Stirn und Tonsur. »Wie geht es deinem Vater? Schont er sich, wie ich es ihm riet?«

»Er denkt nicht im Traum daran. Du weißt, wie er ist.«

Seine Stirn kräuselte sich, als er kurz in Gedanken versank. Mit den Fingern spielte er an der Kordel, die seine Kutte hielt. »Unbelehrbar«, murmelte der Mönch kopfschüttelnd.

»Obwohl Roland, Walter und ich uns redlich bemühen, ihm Arbeit abzunehmen, fällt es Vater schwer, sich Ruhe zu gönnen.«

»Ihr seid gute Kinder«, bemerkte Cuthbert und berührte Heather kurz am Arm. Die flüchtige Geste war voller Zuspruch. »Ich würde gern mit dir schwatzen, aber … Bestell deinem Herrn Vater Grüße.«

»Das werde ich«, versicherte Heather, doch der Mönch eilte schon weiter. Lachend schüttelte sie den Kopf. Noch nie hatte sie einen Mann Gottes gesehen, der so in Eile war wie Cuthbert.

Auch Heather setzte ihren Weg fort, schritt durch das Stadttor und folgte dem gewundenen Weg, der sie zum Hof ihres Vaters führte. Von halbhohen Mauern umgeben blickte ihr Awesgrove von seinem Hügel aus nach.

Sanft fiel das Gelände zu ihrer Linken ab, bis das hohe Gras einem Kiesstrand wich. Bis zum Horizont erstreckte sich die See. Die Sonne ließ die Wellen funkeln, als tanzten abertausende Sterne auf ihren Kämmen, die bei Tagesanbruch auf den Meeresgrund gesunken waren. Schafe, die auf saftig grünen Wiesen weideten, blökten aufgeregt, als

Heather an ihnen vorbeikam. Schließlich führte der Weg sie zu einem kleinen Hof, hinter dem ein Wäldchen seine leuchtenden Blätter gen Himmel reckte.

Schon von Weitem hörte sie das unverkennbare Schaben eines Wetzsteins auf Metall. Sie folgte dem Geräusch bis hinter den windschiefen Stall.

»Du bist früh.« Der Landmann ließ die Sense sinken und wandte sich zu Heather um.

»Margret sagte, für heute hätte ich genug gearbeitet«, erklärte sie und fügte hinzu: »Ach, bevor ich es vergesse: Bruder Cuthbert lässt dich grüßen.«

Harold schnaubte belustigt. »Ich kann mir denken, was er noch gesagt hat.« Schweiß glänzte auf seinem Haupt, das nur noch von einem spärlichen Haarkranz gekrönt wurde. Er raufe sich so oft die Haare, pflegte er zu sagen, dass sie ihm allmählich ausgingen.

»Er hat gar nicht so Unrecht«, sagte Heather vorsichtig.

Harold schwieg, hielt das Sensenblatt prüfend gegen den Himmel.

»Wo sind Roland und Walter?«

»Deine Brüder sind bei Edmund. Sie haben das Pferd mitgenommen, um seinen Acker zu bestellen.« Sein Tonfall verriet unverhohlenen Ärger.

»Mach du aber bitte nicht mehr so lange, ja?« Rasch gab sie ihm einen Kuss auf die Wange, versuchte, sich nicht an Aelfrics Besuch in der Webstube zu erinnern.

»Ich arbeite, bis alles erledigt ist«, entgegnete er barsch. Seufzend ließ Harold die Sense sinken und rieb sich die Nasenwurzel mit Daumen und Zeigefinger. »Ich meine …«, setzte er versöhnlich nach, »es ist ja nicht mehr lange, bis wir ein zusätzliches Paar helfender Hände auf dem Hof haben.« Harold schulterte die Sense und machte sich auf den Weg. Seine Tochter sah ihm nach, bis er in der Ferne immer weiter schrumpfte. Das linke Bein zog er nach, als wäre eine schwere Eisenkette darum gewunden.

Seufzend wandte sich Heather ab. Wenn ihre Brüder und ihr Vater von der Arbeit heimkehrten, sollten sie das Abendessen auf dem Tisch vorfinden. *Erst Mutters Fiebertod, dann der Unfall … Die letzten Jahre haben Vater verändert, ihn zu einem stillen, gebeugten Mann gemacht.*

Als Harold vor ein paar Jahren am Markttag überschüssige Erträge in Awesgrove verkaufen wollte, war er von einem durchgehenden Pferd niedergetrampelt worden. Beim Sturz brach er sich das Bein. Obwohl sich der Bader und Cuthbert des Verletzten angenommen hatten, war der Knochen schief zusammengewachsen. Während Harolds Genesung hatten Heather und ihre älteren Brüder den Hof weiterzuführen versucht, doch ohne die Arbeitskraft und Erfahrung ihres Vaters warf das Land nur geringe Erträge ab.

Und wie es im Leben nun mal war: Die fettesten Ratten kamen dann aus ihren Löchern, wenn sie eine sichere Mahlzeit witterten. Nur war in diesem Fall die Ratte hoch zu Ross auf ihren Hof geritten. Edmund, der durch gute Heirat zu Geld und Besitz gekommen war, hatte in seiner Nächstenliebe und Selbstlosigkeit die Pacht erhöht, als er von Harolds Unglück erfuhr. Vor Jahren schon hatten Harolds Vorfahren den Hof und ihre Ländereien an Edmunds Familie verloren. Den Grund kannte niemand mehr, jedoch hatten sie seit dieser Zeit das Land, das ihnen einst gehörte, pachten müssen. Noch heute sparten sie sich die Zinsen vom Mund ab oder arbeiteten auf Edmunds Feldern, um einen Teil der Schulden zu tilgen, die nach Harolds Unfall aufgelaufen waren.

Ein Teufelskreis. Die Zinsen wuchern schneller, als wir sie abarbeiten können.

Heather betete jeden Abend zum Herrn, der Hof möge nicht in Edmunds gierige Finger fallen. Diesen Verlust würde ihr Vater nicht verkraften. Der Landmann war bei Weitem nicht der Einzige in der Umgebung von Awesgrove, der unter Edmunds Knechtschaft stand.

Zu viert würden sie die Arbeit auf ihren eigenen und den fremden Feldern nicht stemmen können. *Zeit für ein weiteres Paar Hände.*

Abschied

Gib auf dich Acht, Schwesterchen«, meinte Halvdan mit ernster Besorgnis, »auf dich und dein Fimbulwinterherz.«

»Versprochen.« Turid stellte sich auf die Zehenspitzen, hauchte ihm einen Kuss auf die Wange. Sein rauer Bart kitzelte an ihren Lippen.

»Vergiss nicht, mir rechtzeitig Bescheid zu geben, wenn du dir endlich eine Frau nimmst«, setzte sie keck nach.

»Wie könnte ich!« Lachend zog er sie erneut an sich. »Ich habe geschworen, immer auf dich aufzupassen«, murmelte er an Turids Ohr.

»Sorg dich nicht. Ich kann gut auf mich Acht geben.«

»Vielleicht ist es genau das, was mir Sorgen macht.«

Turid rollte genervt mit den Augen. Dann trat Halvdan zur Seite, machte seinem Vater Platz.

»Turid, Liebes.« Eirik legte eine Hand an ihre Wange. »Mögen die Götter und Thorgrim«, kurz huschte sein Blick zum Jarl von Nordjütland, »über dich wachen, bis die Nornen entscheiden, dass sich unsere Lebensfäden erneut kreuzen. Es wird nicht für lang sein.«

Turid nickte, kämpfte die widerstreitenden Gefühle nieder, die in ihrem Innern tobten. Die vergangenen Wochen an Thorgrims Hof zusammen mit Halvdan und Vater waren schön gewesen. Hild tat überdies ihr Möglichstes, damit Turid sich so rasch wie möglich einlebte. Sie hatte geglaubt, sie könne es eine Weile in Limgard aushalten – bis der Abschied von ihrer Familie nahte.

Turid wusste längst nicht mehr, ob sie stark genug war. Sie hoffte es. Redlich würde sie sich bemühen, ihren Vater stolz zu machen.

Unerwartet brachen sich ihre Gefühle Bahn und sie warf sich Eirik an die Brust. Irritiert benötigte der einen Augenblick, ehe er sie in die Arme schloss. »Ich hoffe, die Götter achten ebenso auf dich und Halvdan.«

Langsam löste Turid sich aus der Umarmung. Der Blick ihres Vaters war voller Wärme und Liebe. Dann wandte er sich an Thorgrim: »Sorg gut für meine Turid, alter Freund, sie ist mein Augenstern.«

»Das werde ich«, beteuerte der Jarl und griff das Handgelenk des anderen im Kriegergruß. Ernst sahen sich die Männer an, Thorgrim nickte entschlossen.

Erneut wandte sich Eirik seiner Tochter zu: »Leb wohl, Turid.« Er küsste sie aufs Haar.

»Leb wohl, Vater.«

Damit drehte sich der Jarl von Hordaland um, ging an Bord der *Gullbringa*, die mit frischen Vorräten bestückt worden und bereit zum Auslaufen war.

Halvdan blickte sich noch einmal um, als er den Männern folgte. Er hob die Hand zu einem letzten Abschiedsgruß und Turid erwiderte ihn mit schwerer werdendem Herzen.

Mit kräftigen Ruderschlägen löste sich die *Gullbringa* vom Steg. Langsam nahm das Schiff an Fahrt auf und glitt aus der Bucht des Limfjords.

Eine Weile noch stand Turid am Hafen und schaute dem golden schimmernden Heck nach, während die *Goldbrust* ihr den Rücken kehrte und im Morgengrauen am Horizont zu einem dunklen Punkt schmolz.

»Turid?« Thorgrim und Hild schienen schon vor einer Weile gegangen zu sein. Es war Hafrún, die sie angesprochen hatte. Die junge Frau trug einen geflochtenen Korb im Arm. »Magst du mich auf den Markt begleiten? Ich habe noch Erledigungen zu machen.«

Seufzend löste Turid sich vom Anblick des Horizonts und schaute in Hafrúns offenes, freundliches Gesicht. »Das würde ich gern.«

Seine Beine waren heute nicht die zuverlässigsten, das bemerkte Rorik, sobald er im Morgengrauen nach draußen trat. Mit einer fahrigen Bewegung raffte er das Hemd mit dem Gürtel, zupfte sich einen Strohhalm aus dem Haar. Vorsichtig lugte er nach links und rechts, dann entfernte er sich so schnell wie möglich vom Stall.

Es muss ja nicht gleich jeder wissen, dass ich letzte Nacht nicht zuhause geschlafen habe. Er legte großen Wert darauf, das Lager vor seiner Errungenschaft der vorangegangenen Nacht zu verlassen – im Zweifel war es immer besser so.

Roriks Magen knurrte und erinnerte ihn daran, dass er jetzt brav am Steg stehen und den Jarl von Hordaland verabschieden sollte.

Er beschleunigte seine Schritte. Als er auf den Markt bog, wo die Händler bereits ihre Waren feilboten, wusste er, dass es für den Abschied zu spät war.

Schade. Dieser Halvdan ist ein guter Kerl. Rorik hatte zwar nur wenige Worte mit ihm und Jarl Eirik gewechselt, doch hatten beide einen bleibenden Eindruck hinterlassen. *Gradlinige Männer, aufrecht und tapfer.*

Der Jarl hatte seine Tochter in Thorgrims Obhut gegeben. Die wunderlichsten Dinge waren Rorik über sie zu Ohren gekommen: Ein Mannsweib sollte sie sein, verschlossen und mürrisch. *Wie viel Wahres wohl im Geschwätz der Frauen steckt?* Er brannte darauf, es herauszufinden, doch bislang hatte er die Fremde allenfalls aus der Ferne gesehen. Erneut knurrte sein Magen, also beschloss er, sich erst um etwas Essbares zu kümmern und sich dann wie verabredet mit Svein und Hakon zu treffen.

Der Duft frisch gebackenen Brotes stieg ihm in die Nase.

»Welch erfreulicher Anblick«, schmeichelte er und scharwenzelte um die füllige Frau herum, die eben einen mit einem Tuch abgedeckten Korb abstellte. Es duftete herrlich. »Da erblassen selbst Asinnen vor Neid, wenn sie dich sehen, Ingrid.«

Die Dicke verdrehte die Augen. »Was willst du, Rorik?«

»Ich? Etwas wollen?« Mit den Fingerspitzen hob er den Stoff an, ehe Ingrid ihm einen Klaps gab. Sein Magen grummelte protestierend.

»Ja, ich höre es schon«, seufzt sie und gab den Inhalt des Korbes bereitwillig preis.

Der Krieger schenkte ihr sein strahlendstes Lächeln, während er sich ein Stück Brot nahm.

»Und …«, begann Ingrid.

»… entlohnen werde ich dich später«, ergänzte er entschuldigend. Er wusste nicht, ob er die Geldkatze gestern Abend zuhause gelassen oder sie im Laufe der Nacht verloren hatte. *Vielleicht im Stroh …*

»Deine Güte sei dir gedankt«, erklärte Rorik überschwänglich, als er sich rückwärts vom Stand entfernte. Ingrid machte nur eine wegwerfende Handbewegung, was ihm ein leises Lachen entlockte.

In dem Augenblick, als er sich umwandte, prallte er hart mit jemandem zusammen.

»Kannst du nicht aufpassen, Tölpel?«, herrschte ihn eine junge Frau an. Sie war gut einen Kopf kleiner als Rorik, ihr braunes Haar trug sie zu einem dicken Zopf geflochten.

»Ich …«, stammelte er überrumpelt.

»Ich höre?« Ihre grünen Augen blitzten gefährlich. Die Hände stemmte sie in die schmalen Hüften.

»Ich …« *Verdammt, Rorik, so weit warst du schon!*

Es gelang ihm kaum, einen klaren Gedanken zu fassen. »Verzeihung«, murmelte er. *Kleinlaut, wie ein geprügelter Hund!*

Die Unbekannte schien nicht zufrieden. Das Kinn trotzig vorgereckt und die Lippen geschürzt, deutete sie zu Boden, auf dem sich der Inhalt ihres Körbchens verteilt hatte.

»Du erwartest doch wohl nicht, dass ich …«

Sie verengte die Augen zu Schlitzen.

»Genau das erwartest du«, murmelte Rorik, als er in die Hocke ging und alles auflas. *Und sie rührt keinen Finger.*

Mit seinem gewinnendsten Lächeln gab er ihr den Korb zurück. Wortlos nahm sie ihn entgegen, wandte sich um und verschwand erhobenen Hauptes zwischen den Marktbesuchern.

Erst jetzt sah er Hafrún, die die ganze Zeit über zugegen gewesen sein musste. Ratlos zuckte sie mit den Schultern, ehe sie der anderen folgte und ihn völlig verdutzt zurückließ.

Was für ein … Biest. Fassungslos schüttelte er den Kopf, als er seinen Weg in die entgegengesetzte Richtung fortsetzte. So hatte noch kein Weib ihn behandelt, ihn, Rorik, den Krieger, der keinem Kampf aus dem Weg ging!

Ein leichtes Lächeln stahl sich auf seine Lippen, obwohl er eigentlich vor Wut über solch eine Respektlosigkeit hätte schäumen müssen. Dennoch konnte er nicht leugnen, dass das entschlossene Funkeln in den Augen der Fremden, ihr selbstsicheres Auftreten ihm imponierten.

Sie behandelt mich wie einen dummen Jungen und was tue ich? Klemme die Rute zwischen die Beine wie ein verängstigter Hund … Seltsam nur, dass ich sie zuvor noch nicht bemerkt habe.

Nachdenklich kratzte er sich die bärtige Wange. Wenn er es recht bedachte … Sein Grinsen wurde breiter. Ein Weib wie sie eines war, wäre eine Herausforderung – in jeder Hinsicht.

Wenn sie in Hafrúns Begleitung auf dem Markt war, bedeutete das, dass sie bei Thorgrim ein und aus ging. *Und das lässt wiederum nur einen Schluss zu.* Wie ein Mannsweib hatte sie jedoch nicht auf ihn gewirkt. Vielleicht sollte er wirklich den Gerüchten über sie auf den Grund gehen oder …

»Ich sollte Hafrún fragen«, sprach er seine Gedanken aus.

»Wonach?«, kam es neugierig von der Seite, als Hakon sich neben ihn schob.

»Das interessiert mich allerdings auch«, bemerkte Svein, der den Platz an Roriks anderer Seite einnahm.

»Hab bloß laut gedacht«, wehrte Rorik ruppig ab. Svein rieb er bestimmt nicht sofort unter die Nase, dass die Neue in Limgard hübscher war, als ihr Ruf vermuten ließe.

»Gedacht also«, echote Svein und wechselte einen vieldeutigen Blick mit Hakon.

»Hört, hört«, pflichtete dieser ihm spöttisch bei.

»Deshalb bist du auch schnurstracks an uns vorbei gelaufen«, bemerkte der Blonde.

»Was das für Gedanken waren, möchte ich gern wissen«, wandte Hakon lachend ein. »Du schienst völlig versunken.«

»Das war … ist die *Gullbringa* schon ausgelaufen?«, wechselte Rorik rasch das Thema und erntete das dröhnende Gelächter seiner Freunde.

»Natürlich ist sie das«, erklärte Hakon dann. »Auch, wenn du nirgendwo aufzufinden warst.«

»Ich kann mir denken, wo du dich letzte Nacht herumgetrieben hast.« Der Blonde zwinkerte. »Jetzt aber raus mit der Sprache: Was willst du Hafrún fragen?«

In gespielter Verzweiflung ließ Rorik den Kopf hängen. »Thors Hammer! Ihr gebt wohl nie Ruhe.«

»Du kennst uns doch.« Hakon versetzte ihm einen Stoß mit dem Ellenbogen.

»Na schön«, brummte Rorik, »ich habe jemanden getroffen. Eben auf dem Markt.«

»Eine Frau.« Es war keine Frage, sondern eine Feststellung, die Svein äußerte.

»Worum sollte es sonst gehen?«, lachte Hakon. »War es die Kleine von letzter Nacht oder ihre Schwester?«

»Sie hat eine Schwester?«, fragte Rorik, ehe ihm wieder einfiel, was er eigentlich hatte sagen wollen. »Lassen wir das. Jedenfalls war da diese Frau und ich schwöre euch: Noch nie in meinem Leben habe ich sie hier in Limgard gesehen.«

Sveins Augenbrauen stießen beinahe zusammen, als er die Stirn in Falten legte.

Knapp schilderte Rorik ihre Begegnung, wie sie so herrisch und kühl mit ihm umgesprungen war. »Sie hatte dunkles Haar, ein vornehmes Gesicht. Und ihre Augen. Ihr hättet ihre Augen sehen sollen!«

»Rorik?«, erkundigte sich Hakon mich echter Besorgnis und legte ihm die Hand auf die Schulter. »Geht es dir gut?«

Barsch schüttelte er seinen Freund ab. »Macht euch ruhig lustig. Ich habe auch eine Vermutung, wer sie ist, und deshalb möchte ich mit Hafrún sprechen.«

»Natürlich nur, weil du so neugierig bist«, merkte Svein vielsagend an. Ein unbestimmbarer Ausdruck trat auf seine Züge, doch Rorik war so aufgewühlt, dass er dem kaum Beachtung schenkte.

»Du hast Glück, mein Freund. Ich kenne deine edle Unbekannte. Den Weg zu Hafrún kannst du dir sparen.«

»Tatsächlich?« Rorik bemühte sich redlich, seine Frage beiläufig klingen zu lassen, doch das Blitzen in Sveins Augen verriet ihm, dass es gründlich misslang.

Dabei geht es mir wirklich nur darum, zu wissen, ob ich recht habe.

Doch wozu? Damit er sie beim nächsten Mal, wenn sie ihn herumkommandierte, ansprechen konnte?

»Sie heißt Turid.«

Turid. Die schöne Donnergöttin. Wie passend.

»Turid Eiriksdóttir, um genau zu sein«, setzte Hakon nach.

Also doch. Rorik schluckte. »Jarl Eiriks Tochter.«

Windpferde
und Wellenträume

Hakon nahm einen kräftigen Zug, dann erklärte er mit fester Stimme: »Ich werde nochmal segeln.«

Met rann Svein durch den Bart, als er in seinen Becher prustete.

Rorik hatte die Worte seines Freundes wohl nicht gehört, zumindest zeigte er keine Regung. Seit sie im Langhaus des Jarls zusammensaßen, war der Dunkelhaarige nicht bei der Sache. Immer wieder glitt der Blick des Nordmannes durch die Halle, suchte jeden Winkel, jede Ecke ab, als hielte er nach jemandem Ausschau.

Diese Turid muss es ihm ganz schön angetan haben. Hakon lächelte mild. Er nannte Rorik schon eine Weile seinen Freund, doch so hatte er ihn noch nie erlebt.

»Bei Thors Hammer«, bemerkte Svein mit einem aberwitzigen Funkeln in den Augen. »Wenn du losziehst, bin ich dabei.«

Ganz die Antwort, die ich erwartet habe. Svein handelte oft impulsiv. Ein Mann, der seinem Instinkt folgte und nicht groß nachdachte, bevor er etwas sagte oder tat. *Wie oft er sich dafür ein Veilchen eingehandelt hat, kann ich gar nicht mehr zählen.*

Der Blonde mochte bisweilen unbedacht handeln, doch – abgesehen von Rorik – gab es keinen Mann, den Hakon lieber an seiner Seite wusste als ihn.

»So spät im Jahr wird es nicht leicht sein, Thorgrim die *Faxi Byrjar* erneut abzuschwatzen.«

Hakon zog eine Schnute. Thorgrim könnte ein Problem sein. Doch er gab sich zuversichtlich: »Ohne mich hätte die *Windpferd* längst ausgedient.«

Wie viel Zeit und Arbeit er schon in das Schiff des Jarls gesteckt hatte, um es seetüchtig zu halten. *Trotzdem muss ich ihn immer wieder um Erlaubnis bitten, wie ein kleiner Junge. Bald hat das ein Ende*, schwor er sich. Er würde ein eigenes Schiff bauen. Ein stolzes, prächtiges Schiff, das erhaben über die Wellen glitt.

»Wenn du glaubst, ihn überzeugen zu können: Nur zu, versuch es«, unterbracht Svein seine Tagträume.

»Wen überzeugen?«, erkundigte sich Rorik, der wohl nur den letzten Brocken ihres Gespräches aufgeschnappt hatte.

Hakon verdrehte die Augen. *Odin, gib, dass das bald ein Ende hat.*

Kühl strich die Abendluft über Hakons glühende Wangen, als er aus der Methalle trat. Ein Lächeln auf den Lippen schlenderte er durch die Nacht, die funkelnden Sterne waren seine einzige Gesellschaft. Angenehmer Schwindel erfasste seine Sinne, als er an den Entschluss dachte, den sie eben getroffen hatten. Lange hatten seine Freunde und er die Köpfe zusammengesteckt. Sobald auch Rorik wieder einigermaßen bei der Sache gewesen war, hatten sie alles ganz genau durchgesprochen.

Thorgrim wird die Faxi Byrjar *nur rausrücken, wenn wir gut vorbereitet sind.*

Es gab noch einiges abzuwägen und die Zeit drängte. Sie brauchten die Zustimmung des Jarls, ehe die Winterstürme ihre Unternehmung noch riskanter machten. Doch Svein und Rorik sicherten Hakon ihre Unterstützung zu – auch was das Gespräch mit dem alten Einauge anging. Dass Rorik höher als so manch anderer Krieger in Limgard in der Gunst des Jarls stand, war ein offenes Geheimnis. Aber selbst wenn Rorik sein Ansehen mit in die Waagschale warf, blieb Thorgrims Antwort schwer vorauszuahnen.

Hakon seufzte. »Es nützt nichts: Ich brauche ein eigenes Schiff.«

Lag er nachts wach, weil er nicht in den Schlaf fand, sah er das blaugrün gestreifte Segel oft vor sich. Spürte die Maserung der Planken unter seinen Fingern und wie das Schiff auf den Wellen tanzte. Nur mit einem eigenen Schiff, über das er nach Belieben verfügen konnte, überträfe er seine Ahnen. *Die Skalden werden mir in ihren Liedern unsterblichen Ruhm verschaffen.*

Freudige Erregung ließ seinen Magen flattern und er begann zu singen, was ihm in den Sinn kam: »*Faxi Byrjar*, Stolz der See, mein Herz blüht auf, wenn ich dich seh'. Über Wellen galoppierst du …«

Poltern, gefolgt von einem leisen Fluch ließen ihn verstummen. Ertappt schloss er die Augen, horchte mit pochendem Herzen, ob sich der Lauscher erneut verriete. Hakon ärgerte sich, dass jemand ihn hatte singen hören – eine Leidenschaft, der er sonst nur heimlich frönte.

Nornen, habt ein Einsehen mit mir …, wünschte er, als er in den Stall zu seiner Rechten trat. Eine Ziege meckerte protestierend, als er sich in die Richtung schob, aus der er die Geräusche gehört zu haben glaubte.

Zitternd wie ein Reh presste sich Hafrún an die Stallwand, die Augen schreckgeweitet.

»Wie viel hast du gehört?«

Röte kroch in ihre Wangen, als sie sich herauszureden versuchte: »Nicht viel … ich …«

Hakon trat dicht vor sie. »Wie viel?«, verlangte er zu wissen.

Hafrún schluckte.

Als Kinder hatten sie beide den ganzen Tag lang mit den anderen am Fjord gespielt. Als sie allmählich reifer, erwachsener geworden waren und Hakons erste Víking nahte, hatte Hafrún begonnen, ihn anders anzusehen.

Seufzend trat er einen Schritt zurück, vergrößerte den Abstand zwischen ihnen.

Erleichtert atmete sie auf. »Nicht viel, wirklich nicht.« Nervös strich sie eine Strähne hinters Ohr, dann erst wagte sie, ihm in die Augen zu sehen. »Ich habe mich immer gefragt, wann du wohl auf die Idee kämst, dein eigenes Schiff zu bauen. Schon als Knabe warst du ganz versessen darauf.«

Hakon erinnerte sich noch lebhaft daran. »Aus Ästen und Gräsern habe ich sie gebaut, mit Blättern als Segel.«

»Einmal hast du mir heimlich eines gemacht, als Thorgrims erster Sohn prahlte, kein Schiff eines Mädchens könne jemals seines in einer Wettfahrt schlagen.«

Sie lachten beide. Hakon konnte nicht mehr sagen, wann sie zum letzten Mal zusammen gelacht hatten. Ohnehin hatten sie in den vergangenen Jahren viel zu selten mehr als bloße Belanglosigkeiten ausgetauscht.

Ihm wurde schwer ums Herz, als er sich an eine Zeit erinnerte, in der er glaubte, Hafrún …

»Du singst so schön«, erklärte sie unvermittelt und wurde noch röter. »Du dichtest wohl immer noch.«

»Ach, das … hat mir bloß der Met eingegeben«, wiegelte er ab.

Scheu lächelnd legte sie den Finger an ihre Lippen. *Ich verrate es nicht weiter,* sollte das wohl heißen.

Die Ziege meckerte, als wolle sie die junge Frau erinnern, dass sie noch Arbeit zu erledigen hatte. Hakon verabschiedete sich.

»Hakon!« Unschlüssig machte sie einen Schritt auf ihn zu. »Du hast lange mit Rorik und Svein gesprochen.« Sie biss sich auf die Unterlippe. »Ich hoffe, ihr habt nichts Törichtes vor.« Ernste Besorgnis lag in ihrem Blick.

»Du kennst uns doch«, lachte er.

»Eben drum«, seufzte sie und begann, die Tiere zu versorgen.

Hakon wandte sich zum Gehen, verharrte. Er war an diesem Abend so voller Zuversicht …

»Ist noch …« Den Rest ihrer Frage erstickte er in einem Kuss. Hakon spürte, wie sie sich versteifte, ließ von ihr ab. Wortlos wandte Hafrún sich um und fuhr mit ihrer Arbeit fort, als sei nichts geschehen. Sie würdigte ihn nicht mal eines weiteren Blickes.

Hakon wusste nicht, was er sagen sollte, also ging er. *Du dummer Esel,* schalt er sich auf dem Weg zu seinem Einbaum, mit dem er ein Stück den Fjord hinauf zu seiner Hütte fahren würde. Was war nur über ihn gekommen, Hafrún einfach zu küssen?

Vielleicht lag es an seiner Aufregung wegen der geplanten Überfahrt, gemischt mit den Erinnerungen, die sie selbst heraufbeschworen hatte.

Vielleicht hatte Hakon auch einfach einen Fehler gemacht.

Fimbulwinterherz

Ungelenk führte Turid das Webschiffchen über die gesamte Länge des Webstuhls, ging in Gedanken die Lage jedes Fadens durch.

Sie war allein im Langhaus. Die Stille und die ungewohnte Arbeit ermüdeten sie rasch, zumal sie Schwierigkeiten hatte, sich die genaue Abfolge der Handbewegungen zu merken. Wann sie das Schiffchen über und wann sie es unter dem Faden hindurchführen musste, um das Gewebe dicht zu fügen.

Bei Hafrún und Hild sieht es spielend leicht aus, als koste es sie keinerlei Mühe.

Mit unvergleichlicher Geduld hatte Hild versucht, Turid in die Kunst des Webens einzuführen. Die beiden anderen Frauen waren so geübt darin, dass sie ausgiebig plauderten, während das Tuch unter ihren arbeitsamen Händen wuchs. Turid hingegen machte nur langsam Fortschritte.

Nie hätte sie sich träumen lassen, in der Halle des Jarls von Nordjütland zu stehen und Tuch zu weben, damit die Männer von Limgard auch im nächsten Frühjahr mit prächtigen Segeln auf Víking zogen.

Wie gut ich es in Dorsteinn hatte. Turid liebte es, mit ihren Brüdern auf die Jagd zu gehen. Auf einem ihrer letzten gemeinsamen Ausflüge mit Sturla hatte sie ein Reh erlegt, ihm das Fell abgezogen und später Stiefel aus dem weichen Leder gefertigt.

Oder wenn ich Holz für das Feuer schlagen durfte. Sie seufzte. Eine Axt würde sie vorerst wohl nur aus der Ferne betrachten.

Vorerst? Oder für immer?

Die Worte ihres Vaters kamen ihr in den Sinn, dass sie einiges von Hild würde lernen können – ob sie es wollte oder nicht.

Die Dielen knarrten.

Turid schickte das Schiffchen auf die nächste Bahn, schlug den Faden mit den Händen fest. Wer auch immer gekommen sein mochte, es kümmerte sie wenig. Kritisch beäugte sie das Gewebe. Selbst ein halbblinder Greis würde erkennen, dass eine andere Hand den letzten Zoll Tuch gewebt hatte.

Ein vernehmliches Räuspern. Trocken. Um Aufmerksamkeit heischend.

Turid stellte sich taub.

Der Unbekannte räusperte sich erneut. Lauter diesmal.

Genervt schloss sie die Augen, atmete tief durch, ehe sie sich mit einem besonders liebenswürdigen Lächeln umwandte. Ihre Mundwinkel sanken herab, als sie den hoch aufgeschossenen Mann erkannte, der da gekommen war.

Der Rüpel vom Markt.

Das dunkle Haar fiel in leichten Wellen auf seine Schultern. Ein gestutzter Bart bedeckte die Wangen und sein markantes Kinn. Das herausfordernde Grinsen auf seinen Lippen verriet der Jarlstochter, dass er von ihr erwartete, sich ebenso hingebungsvoll um sein Anliegen zu kümmern, wie Hafrún es gewiss getan hätte. Doch diesen Gefallen würde sie Rorik nicht tun: Demonstrativ wandte sie sich wieder dem Webstuhl zu.

»Verzeihung.« Der Tonfall bemüht freundlich.

Als Turid ihn noch immer nicht beachtete, kostete ihn die Höflichkeit mehr Anstrengung. »Ich weiß, dass du mich hören kannst.«

Turid schaute sich im Langhaus um, als wüsste sie nicht, dass sie gemeint war. Schließlich drehte sie sich doch zu ihm herum.

»Du sprichst mit mir«, gab sie sich erstaunt.

»Sonst ist niemand hier«, entgegnete der Nordmann.

»Scharfsinnig.«

Seine blauen Augen funkelten. Ein verschmitztes Lächeln lag um seine Mundwinkel, beinahe als gefiele ihm, wie sie ihn behandelte.

»Ist der Jarl zu sprechen?«

Turid schüttelte den Kopf. »Er ist verhindert.« Für sie war damit alles gesagt. Erneut setzte sie zum Weben an.

Statt zu gehen, trat der andere zu ihr.

»Mein Name ist Rorik.«

Was du nicht sagst. Sie maß ihn mit kühlem Blick, als er sich locker neben dem Webstuhl an die Wand lehnte.

»Gewiss hast du schon von mir gehört.«

»Möglich.« *Was Hafrún erzählt hat, war nicht eben schmeichelhaft.*

Er lachte. »Dann hörtest du sicher, dass mir mein Ruf als Krieger vorauseilt.«

Sie bedachte ihn mit einem Blick, der bedeuten mochte: Netter Versuch. Männer wie ihn hatte sie zur Genüge erlebt.

Rorik bemerkte, dass er so nicht weiter kam. »Und du bist?«

Ach bitte! Als ob sich in Limgard nicht rumgesprochen hat, dass die Tochter des Jarls von Hordaland an Thorgrims Hof weilt.

»Turid«, entgegnete sie barsch. Merkte er denn nicht, dass sie alles lieber täte, als mit ihm zu reden – sogar Weben?

»Von wo stammst du, Turid?«

Er merkt es nicht. Ein schlechter Lügner ist er obendrein.

»Dorsteinn.«

»Was führt so ein hübsches Weib nach Limgard?«

Turid ließ das Webschiffchen sinken. »Jedenfalls nicht das Verlangen, mit dir zu plaudern.«

Er schmunzelte, während er sie bei der Arbeit beobachtete.

Sie versuchte, ihn nicht zu beachten – was ihr leichter gefallen wäre, hätte er nicht nach einer Weile spitzfindig angemerkt: »Du bist wohl geschickter mit der Zunge als mit den Fingern, was?«

Turid blitze ihn an. »Geschickt genug, dir hiermit«, sie fuchtelte mit dem Webschiffchen vor seinem Gesicht herum, »die Augen auszustechen, bevor du auch nur eine Hand heben kannst.«

Kräftig stieß Rorik sich von der Wand ab, trat so dicht vor sie, dass sie den Kopf leicht in den Nacken legen musste, um in seine Augen zu blicken.

»Es muss kalt sein, wo du herkommst, so frostig wie du bist.« Er wollte ihr eine Strähne hinters Ohr streichen, doch sie schlug seine Hand weg. »Und frech obendrein.«

»Ich wurde nicht erzogen, den Mund zu halten.«

Ihre Blicke trafen sich. Ein Kräftemessen, bei dem keiner klein beigeben wollte.

»Richte Thorgrim aus, dass ich hier war.«

»Das werde ich.«

Rorik wandte sich zum Gehen. Als er das Langhaus fast verlassen hatte, drehte er sich um. »Es war mir ein Vergnügen, Turid Eiriksdóttir.« Damit ging er.

Turid kochte innerlich. Ihr wurde ganz anders bei dem Gedanken, dass es Frauen gab, die auf Männer von Roriks Schlag hereinfielen. Schlimmer noch: Dass es Frauen gab, die auf *Rorik* hereinfielen!

Die Gunst des Jarls

Mit vor der Brust verschränkten Armen lungerte Rorik am Steg von Limgard herum. Unauffällig reckte er den Hals, um einen besseren Blick ins Innere des Langhauses zu erhaschen.

Drei Frauen standen um einen Webstuhl, hatten ihm ihre Rücken zugewandt. Doch er hatte nur Augen für eine von ihnen, die sich etwas abseits hielt und schon seit einer Weile ein und dieselbe Stelle kehrte.

Turids Zurückweisung nagte noch immer an ihm. *Dabei habe ich es mit allen Mitteln versucht.*

Wann ihn zuletzt ein Weib abgewiesen hatte – wenn es überhaupt schon geschehen war – konnte er nicht einmal mit Sicherheit sagen.

Wie scharfzüngig sie ist.

Ihre Widerborstigkeit war unerhört, doch konnte Rorik nicht leugnen, dass er Gefallen an ihrem Gespräch vor drei Tagen gefunden hatte. Sicher gab es einen Weg, ihre harte Schale zu knacken.

»Wenn du so grinst, kann das nichts Gutes bedeuten«, bemerkte Svein in gespielter Besorgnis und fühlte Roriks Stirn. Dieser schüttelte die Hand ab und meinte: »Ihr seid spät dran.«

»Sag das nicht mir«, wehrte Hakon ab und verdrehte die Augen. »Kommt, Thorgrim erwartet uns.« Zügig schritt er aus.

»Er ist heute ein bisschen angespannt«, raunte Svein.

»Das habe ich gehört«, beschwerte Hakon sich.

Sag ich doch, formten Sveins Lippen tonlos.

Na, das kann ja was werden mit den beiden. Rorik folgte ihnen ins Langhaus, wo Hild sie freudig begrüßte und sie unverzüglich in die Gemächer des Jarls führte.

Rorik ließ es sich nicht nehmen, Turid mit einem vieldeutigen und – wie er meinte – unwiderstehlichen Blick zu bedenken. Sie zeigte sich gänzlich unbeeindruckt.

Thorgrim erhob sich aus dem mit Fellen behangenen Stuhl, umfasste die Handgelenke der Männer im Kriegergruß und forderte sie auf, sich zu setzen.

»Was ist so dringend, dass unsere Unterredung keinen Aufschub duldet?«

Hakon rutschte bis an die Kante seines Stuhls, als er zu erzählen begann.

Entspannt lehnte Rorik sich zurück, streckte die Füße weit von sich, während der Schiffsführer ihren Plan darlegte.

Warum hat Hakon darauf bestanden, dass wir ihn begleiten? Er schlägt sich wacker.

Sein Blick schweifte umher, wurde von den prächtigen Motiven des Wandteppichs hinter dem Jarl gefangen genommen.

»… wollen wir noch einmal segeln, um die Sippen an der Küste daran zu erinnern, dass wir noch immer stark und schnell sind – und jederzeit bei ihnen einfallen können«, schloss Hakon. Die folgende Stille war so unvermutet, dass Rorik aus der Betrachtung aufschreckte.

Thorgrims Miene war ungerührt.

»Und die beiden«, er deutete auf Svein und Rorik, »unterstützen dein Vorhaben?«

»Natürlich«, sprang Svein ein und verpasste Rorik mit dem Ellenbogen einen Stoß in die Rippen.

»Ganz gewiss«, pflichtete Rorik rasch bei und setzte sich auf.

Der Jarl musterte die drei skeptisch.

»Ich muss euch nicht daran erinnern, dass bald die ersten Herbststürme die See peitschen.«

»Es bleibt wenig Zeit«, gab Hakon zu, »doch das Wetter wird sich in den nächsten Wochen halten. Deshalb …«

»… solltest du rasch überlegen, ob du deine Zustimmung gibst, Jarl«, warf Svein ein und erntete einen finsteren Blick von Hakon. Rorik vermochte ein Schmunzeln kaum zu unterdrücken.

»Deshalb«, setzte Hakon erneut an, »werden wir rasch sein. Wir segeln hin, überfallen ein oder zwei Dörfer an der Küste und machen uns noch am selben Tag auf den Rückweg.«

Nachdenklich kratzte sich Thorgrim unter der Augenklappe.

»Angenommen ich gäbe euch mein Schiff: Habt ihr überhaupt eine Mannschaft?«

Gebannt blickte Rorik zu Hakon. Genau dieser Punkt stellte sie – neben Thorgrims Einwilligung – vor die größte Herausforderung.

Die Männer hatten den Sommer auf See verbracht, auf ihren Höfen gab es vieles zu erledigen, bevor der Winter kam. Obwohl das auch für Rorik galt, reizte ihn die Vorstellung, erneut auf Víking zu ziehen – und das nicht nur, weil er der Begeisterung seiner Freunde keinen Dämpfer versetzen wollte.

»Wir haben noch … einige Verluste zu ersetzen. Doch, Thorgrim, bedenke, was man sich unter den Jarls am Königshof erzählen wird, wenn du dieses Wagnis eingehst.«

»Das Wagnis, meine besten Krieger in den Tod und ein Schiff auf den Grund der See zu schicken«, schnaubte der Jarl. Er schloss das Auge, atmete durch. Sein Blick war entschlossen, als er schließlich mit fester Stimme erklärte: »Ich gebe euch die *Faxi Byrjar*.«

Hakons Gesicht leuchtete auf.

»Unter der Bedingung, dass ihr mir in drei Tagen die Namen der Männer nennt, die euch begleiten.«

Ein unverhofftes Angebot

Lustlos arbeitete Turid am Webstuhl. Ihre Schultern brannten, die Füße schmerzten vom langen Stehen und überhaupt gab es tausend Dinge, die sie lieber täte, als brav und ohne Murren zu weben.

Vater kann unmöglich gewollt haben, dass ich das hier lerne.

Wann immer sie darüber nachdachte, ob das Weben einem weiteren Zweck diente, als Tuch zu fertigen, ob es sie auch noch etwas anderes lehren sollte, fand sie nur eine Antwort.

Folgsamkeit. Dabei leistete ich Vaters Anweisungen immer folge.

Unter anderen Umständen hätte Turid sich längst in ihre Kammer zurückgezogen, sich bei Hild entschuldigt, zumal die Gattin des Jarls zur Zeit in ihren Privatgemächern was auch immer mit Thorgrim trieb.

Nun konnte sie nicht gehen. Nicht, wo Rorik, Svein und Hakon sich vor einer Weile auf einer Bank hinter ihr niedergelassen hatten, leise miteinander tuschelten und darauf warteten, dass Thorgrim sie empfinge.

Einzelne Gesprächsfetzen hatte Turid aufgeschnappt, denen nach die drei eine Überfahrt planten.

So spät im Herbst.

»… fehlt immer noch ein Mann!« Hakon war stetig lauter geworden.

Auch wenn Turid die Männer nicht hatte belauschen wollen und sich in ihre Arbeit vertiefte – nun konnte sie ihre Ohren nicht mehr verschließen.

»Sorg dich nicht. Thorgrim wird …«, wandte Rorik ein, doch Hakon fuhr dazwischen: »Der Jarl hat eine komplette Mannschaft gefordert.«

Turid verdrehte die Augen, als sie den nächsten Faden nach oben hin mit der Hand festschlug. *Erstaunlich, wie viel ihm an dieser Schnapsidee liegt.*

»Gewiss wird er es nicht so eng sehen«, beschwichtigte Svein.

Verärgertes Schnauben. »Halla wäre mitgekommen«, brummte Hakon, »aber die Walküren mussten sie ja holen.«

»Wir haben mit jedem einzelnen Mann und jeder Schildmaid in Limgard gesprochen. Wenn Thorgrim dennoch ablehnt …«, gab der Blonde zu bedenken.

»Augenblick.« Roriks Stimme nahm einen nachdenklichen Klang an. »Wir haben *nicht* jeden gefragt.« Lauter setzte er nach: »Was ist mit dir?«

Turid schlug einen Faden fest. Keine Antwort. Mit einem Mal hatte sie das Gefühl, die Blicke der Männer auf sich zu spüren.

Die Holzdielen knarrten. Ihr Herz machte einen Satz, klopfte ihr bis zum Hals.

»Was ist mit dir?« Entspannt stützte Rorik eine Hand neben dem Pfosten des Webstuhls an der Wand ab.

Sie schluckte schwer. »Was soll mit mir sein?«

»Stichst du mit uns in See?« Er wirkte ernst, zeigte keine Spur des Schalkes, der ihre letzte Unterredung geprägt hatte.

Turid verschlug es die Sprache.

Ein sachtes Lächeln stahl sich auf sein bärtiges Gesicht. *Es erfüllt ihn mit Genugtuung, mich so überrumpelt zu haben.*

»Man erzählt sich, du wüsstest mit Waffen umzugehen«, bemerkte er und setzte raunend nach, »nicht nur mit deiner scharfen Zunge und dem Webschiffchen.«

Turid verengte die Augen zu Schlitzen. »Vorsicht, Rorik. An deiner Stelle wäre ich netter, wenn du mich um so etwas bittest.«

»*Gebeten*«, er zog das Wort übertrieben in die Länge, »habe ich dich um nichts.«

»Wenn das so ist.« Sie warf das Haar zurück und trieb das Schiffchen auf eine weitere Bahn.

»Turid«, meinte er eindringlich, fasste sie am Handgelenk, welches sie ihm barsch entzog. Sie hob zu einer Erwiderung an, die sich gewaschen hatte, als Hakon und Svein zu ihnen traten.

»Meine Güte«, Hakon nahm ihr sanft, aber bestimmt das Schiffchen aus der Hand, »vergib meinem Freund Rorik. Manchmal vergisst er seine Umgangsformen.« Er bot ihr den Arm, führte sie zu einer der Sitznischen.

Er ist so höflich. Irgendwie passte Hakon nicht zu seinen ungehobelten Freunden. Turid wusste noch immer nicht recht, wie ihr geschah, als die Männer sie umringten, kaum dass sie sich gesetzt hatte.

Rorik wagte einen neuerlichen Vorstoß: »Man sagt, du habest dich schon … als Schildmaid auf der ein oder anderen Víking bewährt.«

»Sagt man das?«, gab sie sich unwissend. Den Nordmann an der Nase herumzuführen, seinen Geduldsfaden bis zum Zerreißen zu dehnen, bereitete ihr eine diebische Freude.

Andersherum tut er es genauso. »Halvdan erwähnte uns gegenüber, dass es eine Zeit gab, in der seine Schwester ihn auf Raubzüge begleitete«, warf Svein ein.

Kurz huschte Turids Blick zum Blonden, doch sie wandte sich rasch wieder den anderen zu.

»Dann kann und will ich nicht leugnen, dass es stimmt.«

»Turid, du würdest mir … uns einen großen Dienst erweisen, wenn du uns begleitest«, bat Hakon. Seine grünen Augen schauten flehentlich.

Turid rang ihrer Brust ein schweres Seufzen ab. Sie wollte die Männer zappeln lassen – allen voran Rorik seiner Unverschämtheit wegen. Dabei war sie sich ihrer Antwort selbst noch nicht sicher.

»Es ist nur so«, seufzte sie. »Ich habe Vater versprochen, damals, nachdem Sturla …« Sie brach ab, schloss die Augen.

Nach Sturlas Tod änderte sich so vieles.

Eirik war ängstlicher geworden, besorgter um Halvdan, um sie. Doch seinem Ältesten hatte er schwerlich verbieten können, auf Raubzüge zu ziehen. Seine Tochter hingegen bat er, es nicht zu tun – zumindest für eine Weile, bis Sturlas Tod ihn nicht mehr gar so sehr schmerzte.

War die Zeit gekommen, da sie nicht länger an ihr Wort gebunden war?

Vater will, dass ich lerne. Weben hatte er gewiss nicht im Sinn.

»Unser Vorhaben steht und fällt mit deiner Zustimmung«, mahnte Hakon.

»Ich dachte mit Thorgrims?«, murmelte Rorik und erntete böse Blicke.

Turid tat so, als habe sie seinen Einwand überhört.

Ein unverhofftes Angebot. Als Eirik ihr erklärte, dass er sie nach Limgard schicke, da befürchtete sie, nie wieder auf Víking ziehen zu dürfen. Nun könnte sie vom selben Hafen aus lossegeln, wie einst ihre Mutter.

Hakons erwartungsvoller, flehentlicher Ausdruck war kaum zu ertragen.

»Gut, ich komme mit euch.«

Helfende Hände

Mit einem Ruck zog Heather den groben Kamm durch die Wolle, um sie aufzulockern. Vom Zupfen und Kratzen waren ihre Finger bereits rau und gerötet. Sie war so in ihre Arbeit vertieft, dass sie erst innehielt, als das Licht zu schwinden begann und ihre Augen vom angestrengten Schauen brannten. Sie betrachtete den gefüllten Rocken, zufrieden mit dem, was sie geschafft hatte.

Morgen beginne ich mit dem Spinnen. Mit steifen Knien erhob sie sich, las summend ihr Arbeitsmaterial vom Boden auf und verstaute es an seinem Platz.

Halbleere Regale starrten ihr aus der Vorratskammer entgegen. Rasch holte sie Brot und Dünnbier, wollte lieber nicht zu genau hinsehen. *Ein trauriger Anblick.* Sie schlug die Tür zu. *Einer, an den wir uns gewöhnt haben.*

Ein Kessel hing über dem Herdfeuer, in dem eine dünne Suppe köchelte, als sie fünf Holzschüsseln deckte.

Der erste Abend zu fünft.

Sie schrak zusammen, als Roland die Tür aufriss und seinen dunklen Schopf in die Stube steckte. »In der ganzen Diele duftet es herrlich«, lobte der Älteste und trat ein.

»Und wie«, bestätigte Walter, der ihm folgte und sich in erwartungsvoller Freude die Hände rieb. Keinem von beiden käme es je in den Sinn, sich über das Wenige, das sie aufgetischt bekamen, zu beklagen.

»Wo bleibt Vater?«, wunderte sich Heather, während sie letzte Handgriffe erledigte.

»Noch mit dem Neuen draußen.« Walter seufzte und fiel auf seinen Platz.

»Scheint ein tüchtiger Bursche zu sein, der Neue«, bemerkte Roland, doch Walter verdrehte bloß die Augen.

Gegen Mittag war Harolds Gehilfe auf den Hof gekommen. Er stammte aus einem Dorf weiter im Norden.

Der jüngste Spross einer siebenköpfigen Familie, die nicht alle Mäuler zu stopfen vermag. Wenn sie daran dachte, wie es um ihre eigenen Vorräte stand, beschlich sie ein mulmiges Gefühl.

Der Neue zählte etwa so viele Sommer wie Walter, nur wenige mehr als Heather. Er hatte seine Familie aus freien Stücken verlassen, um sich irgendwo als Handlanger zu verdingen, für Essen und ein Dach über dem Kopf. Cuthbert verwies ihn an Harold.

Poltern kündigte die beiden Fehlenden an.

»Abend, Heather.« Harold trat in die Stube, winkte dem anderen, ihm zu folgen. »Nicht so schüchtern, Junge.«

Zögerlich folgte ihm ein hagerer Bursche. Weit hingen die Kleider an seinem schlaksigen Leib herab, umhüllten großzügig das Wenige, das er auf den Rippen hatte. *Der soll kräftig bei der Arbeit mitanpacken können?*

»Meine Tochter Heather, die gute Seele dieses Hauses«, stellte der Bauer vor.

Heather grüßte höflich.

Verlegen fuhr sich der Junge durchs dunkle, gewellte Haar. Seine grünen Augen musterten sie, dann senkte er den Blick.

»Das ist Aidan«, sprang Harold ein und bot ihm einen Platz an.

Stumm wie ein Fisch, dachte Heather und füllte die Schalen mit Suppe, *das kann ja was werden.*

Windpferd

Leise knarrte das Segel in der steifen Brise, die die *Windpferd* über die Wellenkämme galoppieren ließ. Meeresrauschen, Sveins Schnarchen und das Knarren der Planken verwoben sich zu einem Säuseln, das Rorik allmählich in den Schlaf wiegte. Die Augen geschlossen, lehnte er den Kopf an die Bordwand. Warme Sonnenstrahlen streichelten sein Gesicht und er träumte davon, es seien die zarten Finger einer hübschen Frau, die ihn liebkosten, über seinen Bart strichen, die Bögen seiner Wangenknochen nachfuhren …

»Mein starker Krieger«, raunte sie in sein Ohr, zog eine Linie heißer Küsse von seinem Hals über seine Wange bis hin zur Schläfe. Er spürte ihre Hand in seinem Haar, blickte in ihre strahlend grünen Augen …

Erschrocken fuhr Rorik auf. Das Herz hämmerte gegen seine Rippen. Energisch schüttelte er den Kopf, als ihm die letzten Traumfetzen wie Sand durch die Finger rannen.

Ein lebhafter Traum. Seufzend lehnte er sich zurück, fing den spöttischen Blick eben jener Augen auf, die ihm erschienen waren.

Turid rümpfte die Nase, wandte das Gesicht ab. Eine Schiffsbreite lag zwischen ihnen. Dennoch spürte Rorik die Kälte, die Feindseligkeit, mit der sie ihm begegnete.

Womit habe ich mir nur ihre Abneigung zugezogen? Ich kann es beim besten Willen nicht verstehen.

Holz knarrte, als Hakon sich leichtfüßig seinen Weg über die schwankenden Planken bahnte. Verschwörerisch zwinkerte er Rorik zu, als er sich neben Turid plumpsen ließ. Laut seufzend lehnte er sich an die Bordwand, dass sie gar nicht anders konnte, als nachzuschauen, wer ihre Ruhe störte.

Hakon ergriff die Gelegenheit beim Schopfe: »Bist du schon oft auf Víking gezogen?«

Turid schenkte ihm ein müdes Lächeln. »Ich bin sicher, dass man dir mehr als genug über mich erzählt hat.«

»Aber ich möchte deine Geschichte hören«, beharrte er. »Man sagte auch, du wärest verschlossen und mürrisch. Ein richtiges Mannsweib. Diesen Eindruck kann ich nicht bestätigen.«

Turid lachte.

Freya, sie lacht! Wenn Rorik es nicht mit eigenen Ohren gehört hätte … *Mir begegnet sie allenfalls mit einem spöttischen Schmunzeln, mit schnippischen, einsilbigen Antworten. Sie muss mich nur kommen sehen, schon erstarrt sie zu Eis.*

»Vater hat mich kaum auf eine handvoll Fahrten mitgenommen«, erklärte sie bereitwillig. »Zum ersten Mal in dem Alter, in dem die Jungen üblicherweise auf ihren ersten Raubzug gehen.«

»Schildmaiden sind in Limgard selten. Ist es nicht ungewöhnlich …«

»… dass ein Jarl seine jüngste Tochter mitziehen lässt?« Sie legte den Kopf in den Nacken, schaute gedankenverloren ins Blau, das sich weit über ihnen erstreckte. »Vielleicht«, seufzte sie, dann wandte sie sich wieder Hakon zu.

Rorik verrenkte sich den Hals, um ihrem leisen Gespräch besser lauschen zu können. Er tat so, als döse er in der Sonne, blickte jedoch verstohlen zu ihnen herüber.

Die folgenden Worte trug der Wind unhörbar aufs Meer hinaus, doch Rorik sah Turid an, dass sie in angenehmen Erinnerungen schwelgte. Ein sanftes Lächeln lag auf ihren Lippen, das seine eigenen Mundwinkel ebenfalls nach oben zucken ließ.

»… nur weil ich eine Frau bin, heißt das nicht, dass ihr Männer mich unterschätzen solltet. Ich streite eben so wacker wie euresgleichen.«

»Ich bin sicher, dass du damit«, Hakon deutete in Richtung des Kurzschwertes, das in ein Öltuch eingeschlagen vor Gischt und Salzwasser geschützt neben ihr ruhte, »umgehen kannst.«

Bestimmt ein Beutestück von Eirik, dachte Rorik, der die Waffe mit Staunen betrachtet hatte, als Turid an Bord der *Faxi Byrjar* ging – und mit einem gewissen Gefühl des Neids. Ein Schwert war eine kostbare, seltene Waffe. Eine Waffe, die man entweder erbeutete oder von einem Jarl für besondere Dienste geschenkt bekam.

Oder weil man seine Tochter ist. Ein verwöhntes kleines Mädchen, dem kein Wunsch verwehrt bleibt.

Turid schnaubte. »Das sehen wohl nicht alle auf der *Windpferd* so.« Ihr Blick huschte zu Rorik.

Erneut spürte er es, dieses frostige Kribbeln, das ihm wie Eiskristalle in die Haut stach.

»Rorik?« Hakon lachte. »Ich glaube, er meint es ernst, also … er nimmt dich ernst.« Er sah zu seinem Freund, dem es immer schwerer fiel, sich nicht zu rühren, nun, da das Gespräch auf ihn gekommen war. Hakon war sich dessen bewusst.

»Rorik ist der letzte, der etwas gegen Schildmaiden einzuwenden hat.«

»Kann ich mir vorstellen«, brummte sie verstimmt, doch Hakon überhörte ihren Einwand.

»Manchmal ist er etwas eigen, aber in ihm steckt ein guter Kern. Man muss nur Geduld mit ihm haben.«

Er stieß ihr sacht in die Seite. Statt ihm den Kopf zurechtzurücken, lächelte sie.

Sie lächelt so selten. Zum ersten Mal sah Rorik sie so unbefangen, als erlaube sie Hakon einen kurzen Blick hinter ihr so beherrschtes Ich. *Warmherzig. Es steht ihr gut zu Gesicht.*

Obwohl sie in dem derben Harnisch, mit dem streng zurückgenommenen Haar und den Waffen ernst schien, wirkte sie in diesem Augenblick jung und unbeschwert. Schneller als es Rorik lieb war, wurde ihr Ausdruck wieder distanziert.

»Na, das soll er mal beweisen«, entgegnete sie kühl, das Kinn trotzig vorgereckt.

Rorik konnte ein Seufzen nicht unterdrücken, das auch den beiden nicht entging. Er tat, als erwache er, reckte die müden Glieder und blinzelte in die Sonne.

Gefjon muss ihre schützende Hand besonders über sie halten.

Wenn er es genau betrachtete: Eiriks Tochter war der Asin gar nicht mal so unähnlich. *Warnte Odin Loki nicht davor, ihren Groll zu wecken, weil sie ebenso viel über das Schicksal der Welt weiß, wie der Göttervater selbst?*

Rorik suchte sich eine angenehmere Position. Hakon beobachtete ihn mit einem wissenden Lächeln, doch die Jarlstochter strafte ihn mit Missachtung. *Nur Turid pflegt ihren Groll mit Bedacht.*

Er bezweifelte, dass es selbst der Göttin der Liebe gelänge, Turids frostiges Herz zum Schmelzen zu bringen.

Vielleicht musste er sich langsam eingestehen, dass es an ihm lag. Vielleicht konnte sie ihn tatsächlich nicht leiden. Jedenfalls behandelte sie Hakon anders als ihn.

»Er hat mich nur gefragt, weil ihr noch einen weiteren Mann gebraucht habt, glaub ja nicht, ich wüsste das nicht«, murmelte sie, gerade so laut, dass Rorik sie hören musste. Der Blick, mit dem sie ihn bedachte, drang ihm durch Mark und Bein.

»Das bestreite ich nicht.«

Ihr Ausdruck wurde sanfter.

»Aber es ist so, wie er gesagt hat: Dir eilt ein gewisser Ruf voraus.«

Ein grimmiges Lächeln zuckte um Turids Mundwinkel. Für einen flüchtigen Augenblick erinnerte sie Rorik an die Walküren aus den Erzählungen der Alten, die gerüsteten Kriegerinnen, die den Seelen der Verstorbenen ihr letztes Geleit gaben.

Hakon deutete auf das eingewickelte Schwert, das neben ihr lag, der Blick fragend.

Sie nickte langsam.

Behutsam schlug der Kahlköpfige das Öltuch auseinander, betrachtete die Klinge, von der Rorik kaum mehr als ein Blitzen erhaschte.

»Beeindruckend«, bemerkte Hakon verzückt. »Hast du damit …« Er ließ die Frage unausgesprochen.

»Einen Mann getötet?« Turid hob eine Braue.

Das wüsste ich auch zu gern. Rorik spitzte die Ohren.

»Nicht nur einen. Aber nicht mit ihm.« Beinahe zärtlich nahm sie das Kurzschwert entgegen, schlug es wieder ins Tuch ein, das die Klinge vor Witterung und Gischt schützte.

»Ein Beutestück?«

»Sturla hat es auf seinem zweiten Raubzug erbeutet.«

Rorik schluckte. *Sturla. Ihr Bruder, den Odin vor der Zeit zu sich gerufen hat.* Er hatte sich in ihr getäuscht.

Mehr musste sie nicht sagen. Hakon verstand auch so, dass sie kein Wort über den Vorfall, das Schwert oder ihren Bruder verlieren würde.

Sie vermisst ihn. Wie sehr er ihr wohl fehlen muss, so weit von ihrer Heimat entfernt. Noch dazu auf einem Schiff voller fremder Männer, von denen die Hälfte unanständige Gedanken nährt, weil sie seit einer Weile kein anderes Weib mehr gesehen haben.

Dennoch wirkte Turid auf ihn nicht wie eine Frau, die beschützt werden musste. Sie stand mit beiden Beinen im Leben, fest und unerschütterlich, trotzte den Widrigkeiten des Schicksals und ließ sich von niemandem den Mund verbieten.

Rorik bezweifelte, dass selbst ein Weib von der Stellung Hilds es gewagt hätte, seine Meinung so unverhohlen zu äußern, wie es die Jarlstochter tat.

»… muss wirklich schön sein, dein Dorsteinn.«

»Das ist es.« Sie seufzte sehnsüchtig. Eine Weile saßen sie und der Schiffsführer schweigend nebeneinander, ehe Hakon sich unter einem Vorwand entschuldigte.

Rorik wartete, fasste sich ein Herz und erhob sich. Svein, der noch immer ruhig vor sich hin döste, drehte sich auf die andere Seite, schlief aber unbeeindruckt weiter.

Über die schwankenden Planken hielt er auf sie zu, doch Turid hatte die Augen geschlossen. Vor seinen Freunden und den Männern würde er sich sicherlich keinen Korb geben lassen.

Mutlos änderte er den Kurs, steuerte zu Hakon, der am Steven der *Windpferd* stand und vorausblickte. Der Schiffsführer begrüßte ihn mit einem dümmlichen Grinsen. »Und, Rorik?«

Er hob verzweifelt die Hände. »Du bist ehrlich. Sie ist nett zu dir. Ich bin ehrlich. Sie ist unausstehlich zu mir.«

»Vielleicht bin ich einfach nicht so ein ungehobelter Klotz wie du, mein Freund.«

Roriks Blick gab ihm deutlich zu verstehen, seine Zunge besser im Zaum zu halten.

»Gar nicht mal so dumm, dich schlafend zu stellen«, meinte Hakon lachend.

»Glaubst du, sie hat etwas bemerkt?«

»Schwer zu sagen.« Er strich über seinen Schädel. »Genug davon, mach dich lieber nützlich.« Damit drückte er Rorik einen Schöpfeimer in die Hand und wandte sich ab.

Ein angenehmes Gespräch. Turid sah Hakon nach, der geschickt wie ein Seiltänzer zum Steven schwebte, als mache ihm das Auf und Ab der Wellen nichts aus.

Sie lehnte sich zurück, schloss die Augen, um ein wenig Schlaf zu bekommen. Ihre Gedanken kreisten um die Unterredung mit dem Schiffsführer.

Hakon ist ein guter Kerl. Höflich. Zuvorkommend. Nicht so ein unge-hobelter Klotz wie Rorik.

Sie hatte erwartet, dass der Nordmann während der Überfahrt um sie herumscharwenzelte. Statt ihre Nähe zu suchen, mied er sie. Wenn sie es recht bedachte, hatte er kaum ein Wort mit ihr gewechselt, seit sie an Bord der *Faxi Byrjar* gegangen waren. Manchmal glaubte sie dennoch, er beobachte sie.

Nun tut er es gewiss noch immer.

Sie blinzelte, schielte unter ihren dichten Wimpern hindurch. Genugtuung erfüllte sie, weil sich ihre Vermutung bestätigte.

Rorik erhob sich, hielt auf sie zu. Mit einem mal schlug ihr Herz höher.

Stell dich schlafend, Turid, na los!

Der Nordmann zögerte. Er wandte sich ab und verschwand aus ihrem Blickfeld. Langsam stieß sie den Atem aus, den sie unbewusst angehalten hatte.

Er hat das Interesse verloren, weil ich so eine spröde, harte Nuss bin. Halvdans Worte kamen ihr in den Sinn. *Mein Fimbulwinterherz verschreckt wohl jeden Mann, der noch bei Trost ist. Mir soll es recht sein.*

Doch die leise Enttäuschung, die ihr Gemüt bedrückte, konnte sie sich nicht erklären.

Schildmaid

Herbststürme, pah! Missmutig lehnte Turid an der Bordwand, starrte gen Himmel. Ruhig zog die *Faxi Byrjar* unter einer in allen erdenklichen Grauschattierungen schimmernden Wolkendecke entlang, die so bleiern über ihnen hing, als müsse sie längst die Spitze des Masts berühren. Die Segel hatten sie schon vor geraumer Zeit eingeholt. Kein Lüftchen wollte sich regen, ihre Fahrt beschleunigen. Seit gestern legte sich die Mannschaft bei Tag und bei Nacht abwechselnd in die Ruder.

Njörd meint es nicht gut mit uns. Doch die Flaute war ihr ganz recht. Lieber zumindest als ein Sturm, der die *Windpferd* vom Kurs abbrächte. Kein Sturm konnte jedoch so gewaltig werden, wie das Donnerwetter, das Hakon erwartete, sobald sie in Limgard einliefen.

Thorgrim hatte der Unternehmung zwar zugestimmt, weil der Schiffsführer genügend Männer zusammengetrommelt hatte, um alle Ruderbänke zu besetzen. Dabei hatte er ihm bis zu ihrem Auslaufen allerdings geflissentlich verschwiegen, dass es Turid war, die die Besatzung vollzählig machte.

Thorgrim hat Vater versprochen, auf mich Acht zu geben. Der Jarl wollte Turid nicht ziehen lassen, doch ihr gelang es, ihn umzustimmen. Bis Eirik in Dorsteinn davon erführe – wenn es ihm jemals zu Ohren käme –, wäre sie längst wieder am Hof und würde sich darin üben, Hild keinen weiteren Kummer zu bereiten.

Nun aber saß Turid an Bord der *Windpferd,* über ihr der graue Himmel, der sie nicht weniger bedrückte als ihre Gedanken. So oft sie sich auch einzureden versuchte, dass ihr Entschluss richtig gewesen war, fühlte sie sich dennoch wie eine Verräterin. Als hätte sie ihr Versprechen Eirik gegenüber gebrochen.

Warum habe ich mich bloß darauf eingelassen?

Wem wollte sie etwas beweisen? Ganz bestimmt nicht diesem überheblichen Wichtigtuer Rorik.

»Männer!« Hakons Ruf durchbrach die Lethargie, welche Schiff und Besatzung ergriffen hatte. »Land!«

Sichtlich zufrieden eilte er die Ruderreihen entlang, dann wieder zum Steven. Seine Erregung übertrug sich auf die Mannschaft, die mit neuer Kraft das Meer mit den Rudern durchpflügte.

Ein Schemen, eine Schattierung dunkler als die Wolken, zeichnete sich blass in den Nebeln am Horizont ab. Behielten sie ihre Geschwindigkeit bei, landeten sie gegen Mittag an, schätzte Turid. Ihre Magengrube füllte sich mit einem angenehmen Prickeln, sobald die Vorfreude auch sie ergriff und alle Bedenken vergessen machte.

Das Ufer rückte näher, während die Ruderblätter einem stummen Takt folgend in die See stachen. Wie ein Mann bewegten sie sich. Gleichmäßig. Kraftvoll. Als wären sie ein Teil des Schiffes.

Svein wandte den Kopf und führte die Ruderstange im Gleichklang mit den anderen. Einige Reihen vor ihm ruderte Rorik. Immer wieder huschte der Blick des Dunkelhaarigen verstohlen zum Steven, wo Hakon, Turid und ein Knabe, der seine zweite Víking erlebte, vorausblickten.

Wem die Aufmerksamkeit seines Freundes galt, konnte sich der Blonde an zwei Fingern abzählen – sehr zu seinem Missfallen.

Svein konnte es ihm nicht verübeln. Turid war … anders. Anders als die Frauen von Limgard. Sogar anders als die Schildmaiden, mit denen er zuvor schon auf Raubzüge gegangen war. Stolz und unbeugsam stand sie am Steven. Ihre zarten Finger ruhten auf dem Knauf des Kurzschwertes, das erstaunlich gut zu ihrer schmalen Hüfte passte.

Leichtes Pochen in der Lendengegend machte Svein bewusst, dass er sie einen Augenblick zu lang betrachtet hatte.

Er biss die Zähne zusammen und ruderte weiter, den Blick starr auf den breiten Rücken des Kriegers vor ihm geheftet.

Ein Ruck lief durch die *Windpferd*, als die Männer sie an armdicken Tauen die letzten hundert Schritt ein Stück durch das seichte Wasser hinauf bis zum Strand zogen.

Turids Herz pochte. Solch eine Aufregung hatte sie schon lang nicht mehr gespürt.

Sie tat es den Limgardern gleich und war mit einem Satz von Bord. Die eisenverstärkte Kante des Rundschilds, den sie auf dem Rücken trug, stieß hart gegen ihre Schulterblätter. Bis zu den Knöcheln reichte ihr das Wasser und durch ihre Stiefel erahnte sie die Kälte.

Wenigstens sind sie dicht.

Hakon wartete, bis sich die Mannschaft um ihn gescharrt hatte, dann erklärte er mit Ingrimm: »Kurz und schmerzlos, Männer. Wie die Wölfe werden wir über sie kommen. Nehmt, was immer euch in die Hände fällt: Gold, Silber, Vorräte und dann zurück zum Schiff.«

Die Mienen der Krieger waren nicht weniger grimmig. »Noch vor Anbruch der Dämmerung legen wir wieder ab.«

»Das sollte zu schaffen sein.« Sveins Augen funkelten vorfreudig.

Sie brachen auf, Hakon an der Spitze ihres lockeren Haufens, Rorik und Svein neben ihm. Turid hielt sich dicht hinter den Limgardern.

Das Dorf, auf das sie zuhielten, lag keine Meile vom Ort ihrer Landung entfernt. Ein ausgedehnter Hof erstreckte sich auf einem Hügel, zu dessen Füßen sich einige Stroh gedeckte Häuser drängten. Das Land lag weithin offen. Sobald einer der Dörfler einen Blick zur See riskierte, würde er ihren Trupp unweigerlich entdecken.

Eine Palisade, etwa mannshoch, bot der Ansiedlung spärlichen Schutz vor heranrückenden Feinden.

»Hat sich kaum was verändert seit unserem letzten Besuch«, bemerkte Rorik und ließ sich zu Turid zurückfallen. »Dabei sollten sie es besser wissen und mit einem Angriff von der Seeseite rechnen.«

»Gut für uns«, entgegnete sie und hob den Schild vom Rücken.

Der Nordmann beobachtete sie, sagte jedoch kein Wort.

Auf Hakons Wink hin beschleunigten sie ihre Schritte. Geduckt eilten sie auf das Tor in der Umgrenzung zu, das eben breit genug war, einen Karren passieren zu lassen. Zwei-, dreihundert Schritt trennten sie noch von der Siedlung, als warnende Schreie erschallten.

»Schneller!«, rief Svein und preschte voran. Mit voller Wucht warf er sich gegen die Flügel des Holztores, das die Dorfbewohner hastig zu schließen versuchten, schob den stabilen Schild dazwischen.

Aufgeregtes Rufen signalisierte, dass die Dörfler ihre Verteidigung auf die Beine stellten. Schon brandeten zwei breitschultrige Limgarder gegen das Tor. Kalt glänzendes Metall stach durch den offenen Spalt, zwang Svein, eine handbreit zurückzuweichen, während die übrigen Jütländer nachrückten.

Ein leises Sirren mischte sich unter das Ächzen des Holzes. Ein Geräusch, das Turid nur allzu vertraut war. »Schilde hoch!«, drang ihr Ruf aus voller Kehle und sie riss ihren in die Luft. Leicht ging sie in die Knie, als sich Pfeile mit einem dumpfen Knall ins Holz bohrten.

Der Mann neben ihr nickte ihr dankbar zu.

Die Nordmänner verdoppelten ihre Anstrengung, bestürmten das Tor mit aller Kraft. Ein neuerlicher Pfeilhagel ging auf ihre Deckung nieder wie schwerer Regenguss. Schließlich hatten die Verteidiger ihnen nichts mehr entgegenzusetzen: Der Damm brach und die Flut der Angreifer ergoss sich in die Gassen des Dorfes. Der Strom der Krieger riss Turid mit sich. Männer wurden in Zweikämpfe verwickelt. Beile zuckten blitzend durch die Luft.

Ein Pfeil ging an Turid vorbei. Das Geschoss verfehlte sie so knapp, dass sie den Luftzug auf ihrer Wange spürte.

Mit einem Schmiedehammer bewaffnet stürmte ein stiernackiger Hüne auf sie zu.

Ruckartig zerrte Turid das Schwert aus der Scheide, wich dem Angriff mit einer Drehung aus. Stechender Schmerz durchfuhr ihren Arm wie ein Blitzschlag, als der schwere Hammerkopf ihren Schild streifte.

Na warte. Mit einem grimmigen Aufschrei setzte sie ihm nach, blockierte seinen Waffenarm mit ihrer Klinge und rammte ihm den metallenen Schildbuckel mit voller Wucht ins Gesicht. Verdutzt hielt er sich die blutende Nase, maß die Schildmaid mit einem verächtlichen Blick, ehe er zu einem erneuten Angriff ansetzte.

Turid nutzte ihre Wendigkeit, wich dem anderen tänzelnd aus. Als ihr Gegner an ihr vorbeistolperte, versetzte sie ihm einen Hieb mit dem Schwert. Warme Tropfen besprengten ihre Wange. Der Hüne stand nicht wieder auf.

Rorik setzte dem Fremden einen Fuß auf den Brustkorb, befreite seine Axt, die tief zwischen die Rippen des Mannes gedrungen war, mit einem vernehmlichen Knacken. Er verschaffte sich einen raschen Überblick über den Kampfplatz: Etwa eine Handvoll Verteidiger hielten ihnen tapfer stand, die übrigen waren wer weiß wohin geflohen.

Ein grimmiger Aufschrei ließ Rorik aufhorchen. *Turid!*

Die junge Frau riss den Schild hoch und brach einem Kerl wie einem Ochsen die Nase.

Na sieh einer an. Er packte die Axt fester, die Sehnen angespannt. Gerade wolte er ihr zu Hilfe kommen, da fällte sie ihren Widersacher mit einem gezielten Schwertstreich.

Rorik konnte nicht leugnen, dass er beeindruckt war.

Langsam wandte sie sich in seine Richtung. Ihr Brustkorb hob und senkte sich unter schweren Atemzügen. Wie sie so dastand, eine Wange mit dem Blut ihres Gegners besprenkelt, und ihr durchdringender Blick sich in den seinen bohrte, da war es Rorik, als habe Odin eine seiner Walküren zu ihnen gesandt.

Rasch war Svein zur Stelle, um diesen Eindruck zunichte zu machen. »Die anderen plündern bereits. Hakon will sich den Gutshof vornehmen.« Rorik folgte ihm, als der Schiffsführer auch Turid zu sich rief.

Im Gutshaus erwartete sie kein Widerstand. Niemand versuchte auch nur, sich ihnen in den Weg zu stellen.

Sie verstecken sich. Bedächtigen Schrittes folgte Turid einer schmalen Diele, von der mehrere Türen abgingen. *Wenn ich bedenke, was wir schon angerichtet haben, ist es wohl besser so.*

Die Klinge erhoben, stieß sie eine Tür auf. Die Kemenate, die sich dahinter erstreckte, war bis auf ein großes Bett und eine Truhe mit schweren Metallbeschlägen leer. Zielstrebig hielt sie darauf zu. Der Deckel der Kiste war so wuchtig, dass sie das Schwert beiseite legen musste, um ihn mit beiden Händen hochzuhieven.

Zögerlich begann Turid damit, den Inhalt zu durchsuchen. Weiche Stoffe glitten unter ihren tastenden Fingern dahin, als sie Kleider und Tücher von einer Seite auf die andere legte. Vorsichtig, behutsam, um nichts kaputt zu machen. Unablässig ging ihr ein und derselbe Gedanke durch den Kopf: *Wie würde ich mich fühlen, wenn jemand meine Sachen durchwühlt?*

Wenn die Herrin des Hauses solch erlesene Gewänder trug, dann … Turid stieß gegen etwas Hartes. Neugierig barg sie ihren Fund.

Lächelnd drehte sie ein Holzkästchen in den Händen. Golden und silbern blinkte es, als sie den Deckel hob. Perlen schimmerten matt neben Edelsteinen, die funkelten, als wetteiferten sie den Sternen nach.

Mit spitzen Fingern zog sie eine polierte Bronzescheibe aus dem Schmuckkästchen. Prüfend betrachtete sie ihr Antlitz in der spiegelnden Fläche. Grüne Augen blickten ihr ernst entgegen. Gelöste Strähnen fielen ihr wild ins Gesicht. Mit dem Handrücken rieb sie das Blut von ihrer Wange.

Sie legte die Scheibe zurück, klappte die Kiste zu und nahm ihr Schwert. Ihren Fund ließ sie vorübergehend in der Diele. Wenn sie sich auf den Rückweg zum Schiff machten, nähme sie ihn mit.

Lautes Poltern vom Ende des Flurs verriet ihr, dass die Männer noch immer nach Beute suchten. Turid glaubte, ein leises Knarren vernommen zu haben. Doch bei dem Getöse, das die anderen veranstalteten, konnte sie es nicht mit Gewissheit sagen.

Da! Da war es wieder. Ganz leise. Zwei Türen zu ihrer Linken.

Prickelnd richteten sich die feinen Härchen in ihrem Nacken auf. Mit einem Schlag war ihr Mund wie ausgedörrt.

Sie fasste das Heft fester, als sie die andere Hand an die Tür legte, die einen Spalt breit offen stand. Das Herz pochte ihr bis zum Hals.

Turid holte Atem, ehe sie hineinstürmte. Mitten in der Bewegung erstarrte sie.

Eine Frau stand in dem Raum, der offenbar als Küche diente. Ein trotziger Ausdruck lag auf ihren edlen Zügen.

Ihr müssen Truhe und Schmuck gehören.

Zwei Mägde klammerten sich ängstlich ans Kleid ihrer Herrin. Mit einer Mischung aus Sorge und Angst starrten sie auf die blanke Klinge, während die Hausherrin Turid prüfend musterte.

Ein hübsches, junges Ding. Es durchfuhr sie wie ein Blitz. *Die Männer dürfen sie unter keinen Umständen zu Gesicht bekommen.*

Sie konnte sich nur zu gut vorstellen, was die Krieger mit ihr anstellen würden.

Rasch schloss sie die Tür. Eine der Dienerinnen wimmerte, als Turid zu ihnen zurückkehrte. Sie legte den Finger an die Lippen, bedeutete ihnen, keinen Mucks zu machen. Langsam ließ sie das Schwert zurück in die Scheide gleiten. Die Edelfrau entspannte sich merklich.

Routiniert musterte Turid ihre Umgebung. Ein Mahl, noch nicht angerührt, stand auf dem Tisch. Sie schenkte den Frauen ein beruhigendes Lächeln, hoffte, ihnen etwas von ihrer Angst nehmen zu können.

»Alles wird gut. Ihr müsst bloß leise sein«, redete sie sanft auf sie ein, obwohl sie genau wusste, dass die anderen sie nicht verstanden.

Dann machte sie sich an die Arbeit. Scheppernd stieß sie einen Kessel um, fegte Holzteller vom Tisch.

Verstehen blitzte in den Augen der Gutsherrin. Sie löste sich aus ihrer Starre und ging der Kriegerin zur Hand, die Küche lautstark zu verwüsten.

Turid nahm zwei Brotlaibe aus der Vorratskammer. Der Verschlag bot genug Platz für drei.

»Los, rein da«, drängte sie. »Solange bis wir verschwunden sind.«

Schwere Schritte näherten sich.

»Schnell«, zischte sie. Die Hausherrin nickte ihr dankend zu.

»Turid?« Sveins Stimme tönte so nah, dass er schon auf der Diele sein musste.

»Ich hab alles im Griff«, versicherte sie ihm und schloss die Tür zur Vorratskammer. Eilig durchmaß sie den Raum, ließ ihn herein.

Verwundert schaute Svein sie an, die Hand erhoben, als habe er gerade eintreten wollen. »Ist …«

»Hier.« Sie drückte einen Brotlaib an seine Brust. Skeptisch zog er die Brauen zusammen.

»Mehr gibt es hier nicht zu holen«, erklärte sie und stemmte den Arm gegen den Türrahmen, als er die Küche betreten wollte.

»Sicher?«

Turid musste den Kopf in den Nacken legen, um ihm in die Augen sehen zu können.

»Unterstellst du mir, schlampig zu sein?«

»Keinesfalls.« Ein Mundwinkel zuckte zu einem grimmigen Lächeln nach oben.

»Dann …«, meinte sie leise und biss sich auf die Unterlippe.

»Ja?«, brummte er wohlig.

»… sollten wir gehen. Hakon will rechtzeitig gen Limgard aufbrechen.«

Als sie sich an ihm vorbei in die Diele schob, berührten sich ihre Körper einige Herzschläge lang. Tief sog Svein die Luft ein. In seinem Blick las Turid, dass seine Gedanken in diesem Augenblick etwas anderem als der Beute galten.

Im Feuerschein

Unruhig nestelte Svein an dem Gürtel, der sein Hemd raffte, zog den Umhang über der Schulter zurecht. Durch die offenen Tore des Langhauses konnte er den einladenden, rotglühenden Schimmer der Feuerstelle erkennen.

Fröstelnd rieb er sich die Hände. Von Tag zu Tag wurde es kälter, das Wetter trüber.

Unschlüssig blähte er die Wangen auf, ließ die Luft in einem langen Schwall ausströmen.

Was tust du hier? Lungerst vor dem Langhaus herum wie ein räudiger Dieb.

Was wäre denn schon dabei, die Halle einfach zu betreten? Zu dieser Zeit war es am Hof des Jarls für gewöhnlich ruhig. Hakon hatte das allerdings auch nicht davon abgehalten, einzutreten – nicht, ohne sich noch einmal umzusehen.

Für Geheimniskrämerei ist er nicht gerade bekannt. Die Götter allein wissen, was er wieder im Schilde führt.

Als Hakon so unvermutet aufgetaucht war, hatte Svein beschlossen, eine Weile abzuwarten. Er war nicht erpicht darauf, jemandem zu begegnen. Schon gar nicht einem seiner Freunde. Hakons neugierige Fragen wollte er nicht über sich ergehen lassen müssen – und verhindern, dass Rorik gleich am nächsten Morgen wüsste, wo Svein sich herumgetrieben hatte.

Zunächst bemerkte er nicht, dass Hakon ins Freie trat. Doch der andere war so mit sich beschäftigt, dass er seinen Freund gar nicht wahrnahm.

Unschlüssig verharrte Hakon, wo er war, eilte dann Richtung Fjord, nur um es sich anders zu überlegen und zu den Ställen zu laufen.

Svein runzelte die Stirn, doch fasste sich ein Herz, endlich zu erledigen, weshalb er gekommen war.

Die Wärme des Feuers prickelte auf seiner Haut, als er die Halle betrat. Niemand war zugegen.

Dann warte ich.

Er schlenderte ums Feuer, musterte die Webrahmen und das Gewebe, das auf dem Tuchbaum aufgewickelt war.

Leichte Schritte entlockten dem Holz kaum mehr als ein Wispern.

»Svein«, bemerkte Turid überrascht, während sie die Tafel eindeckte. Sie musste sich vorbeugen, um bis zum letzten Platz zu gelangen. Die Umrisse ihres Körpers zeichneten sich unter dem groben Stoff ihres Kleides ab.

Ansehnlich. Der Blonde kaute auf der Unterlippe, betrachtete die Rundungen ihres Leibes. Ein hungriges Verlangen meldete sich in seinem Innern. *Bei Freya.*

»… hörst du?«

Eine Hand in die schmale Hüfte gestemmt stand sie vor ihm, sah ihn fragend an.

»Was? Ich …«

»Der Jarl ist nicht zu sprechen – für niemanden.«

Ein gedämpftes Stöhnen bestätigte ihre Worte. Turid wandte den Blick ab, Röte kroch in ihre Wangen.

Sieh an, so schamhaft. Allmählich begann ihm die Sache mehr und mehr Freude zu bereiten.

»Wegen Thorgrim bin ich nicht hier.« Svein genoss den Ausdruck der Verwunderung, der über Turids Züge huschte. »Sondern deinetwegen.«

Skeptisch hob sie eine Braue. »Wenn du mich zu irgendeiner Dummheit …«

Er lachte. »Keineswegs. Ich möchte nur reden.« *Fürs erste jedenfalls,* ergänzte er im Stillen und führte sie zu einer der Sitznischen. Bewusst wählte er diejenige, die am weitesten von den Gemächern des Jarls entfernt war. Dabei zuzuhören, wie Thorgrim seine Manneskraft unter Beweis stellte, war etwas, worauf Svein ohne großes Bedauern verzichten konnte.

Nachdem sie Platz genommen hatte, setzte er sich selbst so, dass sich ihre Schenkel leicht berührten.

»Du hast dich gut geschlagen auf Víking«, bemerkte er.

Turid verengte die Augen. »Du bist wohl kaum gekommen, um mir *das* zu sagen.«

Hat sie mich so rasch durchschaut? »Stimmt. Mir geht es eher …«, er senkte den Blick, gab sich nachdenklich, zurückhaltend, »um ein Gefühl.« Svein schaute auf, suchte irgendeine Regung auf ihrem Gesicht abzulesen. »Damals hast du mich bewusst nicht in den letzten Raum des Gutshauses gelassen.«

Erinnerungen blitzen in seinen Gedanken auf. Sie vor ihm. So nah, dass er bloß den Kopf hätte neigen müssen, um ihre Lippen … Ein wohlvertrautes Pochen erwachte in seiner Lendengegend.

Turid schien an denselben Augenblick zu denken. Ihr Atem ging einen Hauch schneller.

Das untrügliche Zeichen, dass sie mir bald aus der Hand frisst. Ein paar weitere Worte, kleine Gesten, eine Schmeichelei … Sie wäre nicht die Erste, bei der er mit diesem Vorgehen Erfolg hätte – und gewiss nicht die Letzte. *Weiber sind so einfach gewoben.*

»… selbst wenn, ließe sich das nicht mehr ändern«, schloss sie.

Svein nickte. Auch wenn er nicht wusste, wovon sie gesprochen hatte: Nicken war im Zweifelsfall immer richtig.

»Ich bewundere deine Entschlossenheit, Turid Eiriksdóttir.« Wie durch Zufall legte er die Hand auf ihren Schenkel. Kurz huschte ihr Blick von seiner Hand zurück zu seinem Gesicht. Obwohl Svein erwartet hatte, dass sie ihn zurückwies, ließ sie ihn gewähren.

»Dein Mut«, er senkte die Stimme, rückte näher heran. Mit großen grünen Augen sah sie ihn an: Die Maus, die der Schlange in die Falle gegangen war.

»Turid?« Hilds Ruf zerriss die Spannung zwischen ihnen.

Die Jarlstochter sprang auf, als sei der Fenriswolf hinter ihr her.

Gedämpft hörte er die beiden Frauen miteinander sprechen.

Svein ballte die Hand zur Faust, legte den Kopf in den Nacken.

Götter, warum straft ihr mich so?

Aussichten

Ein Narr bist du, Hakon, ein törichter Narr! Der Bug zerriss den zähen Nebel, der den Gesang der Wellen dämpfte. Doch Gorm Guttormsson hielt das Schiff sicher auf Kurs, als zöge im Hafen von Haithabu jemand an einem Tau, das um den Steven geschlungen war.

Haithabu. Das pulsierende Handelszentrum im Süden Dänemarks.

Hakon konnte von Glück sagen, dass Gorm mit dem letzten Schiff in diesem Jahr nach Limgard gekommen war. Sofort hatte er die Gelegenheit beim Schopfe gepackt, einen alten Freund in seinen Heimathafen zu begleiten.

Den Winter woanders zu verbringen, täte ihm gut. Er könnte endlich den Kopf frei bekommen. Und hatte er Guttorm, Gorms Vater, dem berühmten Schiffsbauer, nicht ohnehin versprochen, ihn zu besuchen?

Hakon seufzte schwer. Wem wollte er etwas vormachen? Seine Reise nach Haithabu war nichts anderes als eine Flucht. Genau wie damals, vor ein paar Sommern, als er Limgard für eine Weile den Rücken gekehrt hatte.

Ein Narr und ein Feigling bist du. Er konnte seinen Problemen nicht aus dem Weg gehen. Spätestens wenn er im Frühjahr das erste Schiff gen Heimat bestiege, müsste er sich ihnen stellen.

Ich werde ihr ins Gesicht sehen und sagen: »Hafrún …« Und weiter? Er wusste es nicht. Ihr Verhältnis war … schwierig. Hakon fühlte sich, als sei er mit dem Karren im Schlamm stecken geblieben. Wie sehr er sich auch anstrengte, das Rad bewegte sich weder vor noch zurück, grub sich nur noch tiefer in den weichen Erdboden.

Der Kuss im Stall hatte alles verändert. Seitdem mied Hafrún ihn, zeigte ihm die kalte Schulter. Er ahnte, dass sie bloß darauf wartete, dass er das Gespräch mit ihr suchte. *Wenn ich nicht so lang gewartet hätte …*

Tage waren verstrichen. Wochen ungenutzt ins Land gezogen. Als Gorm kam, hatte er ihr am Abend vor der Abfahrt gesagt, dass er abreisen würde. Sie verdiente, es zu erfahren.

Was danach geschah, war einfach … es hatte … ihn noch ratloser zurückgelassen.

Wenn er geblieben wäre. Oh, er wusste, was dann geschehen wäre! Es war nicht das erste Mal, dass sie diesen Punkt erreichten. Statt weiter zu gehen, hatte er sich umgewandt und war weggerannt.

Haithabu schien noch immer nicht weit genug entfernt, um all die Zweifel hinter sich zu lassen.

Ein bitteres Lächeln lag auf seinen Lippen. *Ich bin ein elender Feigling.*

»… solltest du dir ansehen«, meinte Gorm und stieß die Tür zum Langhaus auf. Der wohlvertraute Geruch von Feuerholz, Met und sich hoch in den Himmel aufschwingenden Träumen schlug Hakon entgegen.

Der Jütländer konnte nicht leugnen, dass ihm die Luft hier gut tat. Seit sie gelandet waren und er ein paar Worte mit seinem alten Freund Guttorm gewechselt hatte, schienen ihm die Gedanken, die Zweifel vom Morgen klein und bedeutungslos.

Er war nun in Haithabu – und ein seltenes Hochgefühl erfüllte ihn, dass ihm die ganze Welt zu Füßen läge, die Meere nur darauf warteten, von ihm, Hakon aus Limgard, bezwungen und unbekannte Länder entdeckt zu werden.

Zielstrebig führte Gorm ihn an einen Tisch in der Ecke der Halle, an dem eine Handvoll gestandener Männer gemeinsam Becher um Becher leerte.

»Gorm!«, rief einer von ihnen schon von Weitem und prostete den Ankommenden zu.

»Männer: Hakon aus Limgard.«

Hakon nickte, als die anderen ihn in ihrer Runde willkommen hießen. Woher auch immer, auf einmal hielt er selbst einen Becher in der Hand, trank mit den Kriegern, als gehörte er schon immer zu ihnen.

»Weißt du, Hakon«, meinte Gorm nach einer Weile, »meine Freunde hier können einige interessante Geschichten erzählen.«

»Ist dem so?« Hakons Interesse war geweckt. Bei Guttorm hatte Gorm bereits die ein oder andere Andeutung gemacht, Hakon solle ihn unbedingt am Abend zu seinen Kumpanen begleiten.

»Können wir ihm vertrauen?«, wollte einer der Männer wissen und bedachte den Fremden mit einem argwöhnischen Blick.

»Er hat das Herz auf dem rechten Fleck«, verbürgte sich Gorm, »abgesehen davon, hast du höchst selbst nach der Víking mit deinem Abenteuer geprahlt. Da kommt es auf einen Hörer mehr oder weniger nicht an.«

Der Angesprochene verengte die Augen, musterte den Limgarder. »Wenn Gorm sagt, dass du ein guter Mann bist …«

Dann schlug er den Umhang zurück.

Hörbar sog Hakon die Luft ein, als er sah, was der andere bei sich trug: Es war ein Kreuz – und es bestand aus purem Gold, war noch dazu mit funkelnden Edelsteinen besetzt.

»Was bei Thors Hammer …?«

Gorm legte den Finger an die Lippen, der Nebenmann des Argwöhnischen erklärte: »Auf unserer letzten Überfahrt hat uns ein Sturm vom Kurs abgebracht. Wir gelangten zu einer unbekannten Insel: Saftig grüne Wiesen, fruchtbare Äcker so weit das Auge reicht.«

»Und reich an Schätzen«, ergänzte der andere mit leuchtendem Blick.

Gebannt lehnte Hakon sich vor.

»Seine Bewohner nennen es England.«

»Eng… land.« Er ließ sich die fremden Silben auf der Zunge zergehen. Sie schmeckten nach Ferne und Abenteuer.

»Und das da hast du auch dorther?«

»Aus einem Tempel ihres Gottes. Du wirst dich wundern, welch merkwürdige Gebräuche sie haben. Ihren Gott haben sie an ein Kreuz geheftet.« Sein Finger vollführte eine kreisende Bewegung neben seiner Schläfe.

»Und dort gibt es noch mehr zu holen?« Hakons Stimme überschlug sich beinahe vor Aufregung.

»Gibt es.«

»Nur kennen die Guten hier den Kurs nicht«, lachte Gorm.

»Nicht genau, nein. Wir waren um die Spitze von Jütland gesegelt, als der Sturm uns weiter nach Westen getrieben haben muss.«

Obwohl die Männer längst über andere Dinge sprachen, weilten Hakons Gedanken noch immer bei diesem sonderbaren Eng-land.

Wenn es dort so viele Reichtümer gibt … Odin, steh mir bei!

Je länger er darüber nachdachte, umso rascher reifte ein Entschluss in ihm heran.

England. Gorms Freunde waren nicht die ersten, die von einer großen Insel im Westen berichteten. Schon in Limgard hatte Hakon Ähnliches gehört, es jedoch für bloßes Gerede gehalten. Da sich die Er-zählungen so glichen, verbarg sich irgendwo unter all den Prahlereien und Übertreibungen sicher ein wahrer Kern – und Hakon war gewillt, diesen aufzuspüren.

Wenn es gelingt, werden die Skalden mich noch in tausend Jahren besingen.

Einherjer

Das Knacken und Zischen der brennenden Holzscheite hallte unnatürlich laut im Langhaus wider. Turid genoss das Gefühl der prickelnden Wärme, die in ihrem Rücken strahlte. Durch das zur Hälfte geöffnete Tor flutete zartes Spätwinterlicht, drängte die Schatten in die hintersten Ecken und vertrieb den Muff der vergangenen Wochen.

Nach einem strengen Winter gewann die Sonne allmählich an Kraft, weckte die schlafenden Lebensgeister von Mensch, Tier und Natur.

Auch Turid fühlte sich mit jedem Tag stärker, lebhafter und hoffnungsfroher. Nur Hafrún entzog sich der Wiedererweckung. Lustlos stocherte sie in ihrem Essen.

Seit der Winter seine frostigen Finger aus dem Land zurückzog und die Männer vollmundige Reden über die nächsten Überfahrten im Munde führten, war Hafrúns Laune trüber und trüber geworden. Turid sorgte sich um ihre Freundin, die sie noch nie so erlebt hatte.

»Wenn es so rasch aufklart, sind die Seewege bald offen. In zwei Tagen wollen die Männer zum Fischen rausfahren.«

Hafrún brummte nur.

Dann eben ohne Umschweife. »In letzter Zeit bist du so bedrückt.«

»Das bildest du dir ein«, wehrte Hafrún ab. Ihre Mundwinkel zuckten nach oben, doch mehr als ein angestrengter Ausdruck, der einem Lächeln ähneln sollte, gelang ihr nicht.

»Ich merke, dass etwas nicht stimmt.«

»Es ist wirklich nichts«, versicherte sie. »Aber … Was ist mit dir?«

»Was soll mit mir sein?«

Sie lenkt ab. Vielleicht verrät sie mehr, wenn ich mich darauf einlasse.

Wie die Sonne, die durch eine dichte Wolkendecke bricht, kehrte das Funkeln in Hafrúns Augen zurück.

»Glaub ja nicht, dass mir entgangen ist, dass es da den einen oder anderen Mann gibt, der auffällig oft hier im Langhaus vorbeischaut.«

Turid runzelte die Stirn. »Was sollen sie im Winter sonst tun? Sie hatten gewiss keine bessere Beschäftigung.«

»Turid!«

»Na gut.« Sie seufzte. »Schon möglich, dass Rorik und Svein öfter als üblich hierher kamen.«

»Hierher kamen?« Aufgeregt beugte sie sich vor. »Sie *werben* um dich!«

»Nein, also …« Entschieden schüttelte sie den Kopf.

»Doch, das tun sie.«

Es ist ja nicht so, dass mir das noch nicht in den Sinn gekommen ist. Irgendetwas in Turid sträubte sich jedoch vehement gegen diese Vorstellung. *Und dann auch noch beide?*

»Ich halte das eher für einen Wettstreit unter Freunden«, bemerkte sie trocken. Svein und Rorik waren Männer von einem gewissen Ruf. Ihnen ging es darum, sie auf ihr Lager zu locken, um vor dem anderen und allen übrigen Männern prahlen zu können, dass die Tochter eines Jarls für eine Nacht die ihre gewesen war.

»Dafür pirschen sie aber schon eine ganze Weile um dich herum«, wandte Hafrún skeptisch ein.

»Sag mal, warst du nicht diejenige, die mich vor den beiden gewarnt hat?«

Sie blinzelte verdutzt. »Du hast recht. Aber ich glaube, ihnen ist es ernst.«

Ach bitte. Turids Blick sprach Bände.

»Selbst wenn es nur ein Wettstreit wäre.« Hafrún lächelte anzüglich. »Was wäre schon dabei?«

»Erzähl mir nicht, du würdest dich darauf einlassen.«

»Das wissen nur die Götter.« Sie streckte ihr die Zunge heraus und beide mussten lachen.

»Ich verstehe nur nicht«, meinte sie, als sie sich beruhigt hatte, »warum du sie ein ums andere Mal abweist.«

»Was würdest du tun?«

»Mir einen aussuchen, könnte ich zwischen zwei Männern wählen«, lachte sie.

»Das meine ich nicht. Mir ist nicht entgangen, dass es da … jemanden gibt, dem du äußerst zugetan bist. Wenn du meine bescheidene
Meinung hören willst: Es scheint auf Gegenseitigkeit zu beruhen.«

Hafrún blickte auf ihre Hände, die Lippen zu einem schmalen
Strich gepresst.

Da ist sie wieder: Die Wolke, die ihr Gemüt bedrückt.

»Es ist schwierig«, murmelte die Blonde.

»So schwierig scheint es nun auch nicht zu sein. Ich glaube, er mag
dich. Ich verstehe nur nicht, warum du ihm nicht einfach ein Zeichen
gibst, dass du …«

»Habe ich ja«, seufzte sie. »Er … er *will* es nicht begreifen.«

Turid setzte sich neben ihre Vertraute, legte ihr den Arm um die
Schultern. »Hafrún, ich bin zwar noch nicht lange in Limgard, aber
mir ist rasch aufgefallen, dass Hakon und dich etwas verbindet. Warum
nur ist euer Verhältnis so … frostig?«

»Hakon ist …« Hafrún rang um Worte. »Er ist ein Mann, dessen
Kopf zu oft in den Wolken und seine Füße zu oft auf Schiffsplanken
ruhen, als dass er sich bände.«

*Beinahe wie Svein und Rorik. Die drei passen gut zueinander – obwohl
Hakon immer der Erwachsene unter ihnen zu sein schien,* überlegte Turid, wagte jedoch nicht, Hafrún zu unterbrechen.

»Du musst wissen, wir haben von klein auf Zeit zusammen verbracht. Wir kannten einander in- und auswendig – sogar dann noch,
als die anderen Jungen längst unter sich blieben und nicht weiter mit
Mädchen spielen wollten.« Ein warmer Glanz trat in ihre Augen. Ihre
Worte trugen Turid in die Vergangenheit zurück. Sie sah die beiden
genau vor sich, Hafrún und Hakon, an der Schwelle zwischen unbe-
schwerter Kindheit und Reife.

»Als er zu seiner ersten Víking aufbrach und ich vor Sorge kaum
Schlaf fand, da wusste ich, dass mich mehr als Freundschaft mit ihm
verband.«

Die beiden wären ein schönes Paar.

»Er ist dann irgendwann nach Haithabu gegangen. Zu Guttorm,
dem Schiffsbauer.«

»Bei dem er auch jetzt weilt?«

Hafrún nickte.

»Zwei Jahre blieb er bei ihm. Als er zurückkehrte, war ich bereits in Hilds Dienste getreten. Wir haben uns zwar angenähert – doch so wie damals wurde es nie wieder.«

»Dass er den Winter in Haithabu verbringt, verwundert mich«, gab Turid zu.

»Mich auch. Als er mir davon erzählte, habe ich …« Röte kroch in ihre Wangen, als sie hastig ihren Satz zu beenden suchte, »… hab ich ihn gebeten, zu bleiben. Ohne Erfolg wie du siehst.«

»Hakon, Svein, Rorik – ungebunden und unstet wie der Wind«, seufzte Turid.

Die andere lachte. »Wobei Hakons Rastlosigkeit die jedes Limgarders in den Schatten stellt.«

Ein durchdringender Hornstoß ließ die Frauen auffahren.

»Ein Schiff? So früh im Jahr?«

Ratlos zuckte Hafrún die Schultern. Gemeinsam verließen sie das Langhaus, folgten den Dorfbewohnern zum Steg.

Ganz vorn ragte Thorgrims Haupt über die Menge empor.

»Ich sehe nichts«, brummte Hafrún und reckte den Hals.

Kurzerhand nahm Turid sie bei der Hand und zog sie unter gemurmelten Protesten durch die Schaulustigen, bis sie nicht mehr weiter kamen.

»Neugierig?«, raunte jemand neben ihrem Ohr. Sie musste nicht mal den Kopf drehen, um zu wissen, dass es Rorik war.

»Du wohl auch.«

Turid lugte um Hilds zierliche Gestalt herum. Ein Schiff näherte sich über den Kattegat, die rotschwarzen Segel vom Wind gebläht, der Bug von flüssigem Gold überzogen. Es gab kein zweites Schiff wie dieses.

»Die *Gullbringa*!«, entfuhr es Turid.

Kommt Vater, um mich nach Hause zu holen? Ihr Herzschlag beschleunigte sich und die Zunge klebte ihr am Gaumen, als ihr Mund auf einen Schlag wie ausgedörrt war. Turids Gedanken überschlugen sich. Wenn er sie wirklich heimholen wollte – würde sie mitgehen?

Zäh wie Honig floss die Zeit, als die *Goldbrust* in den Hafen glitt.

Turids Aufregung erreichte ein kaum mehr erträgliches Maß, als das Boot anlegte. Schritte auf dem Holz.

Sie stellte sich auf die Zehenspitzen, sah Halvdans unverkennbaren Haarschopf. Björn lief neben ihm, während auch die anderen Männer von Bord gingen. Ihren Vater hatte sie noch nicht entdeckt.

Turid verstand nicht, was Thorgrim und Halvdan besprachen, sah nur, dass das Lächeln des Jütländers erstarb und betretenem Schweigen wich.

Turid sah zu Rorik auf, versuchte, in seiner Miene zu lesen. Der ernste Ausdruck auf seinen Zügen verstärkte ihre Beunruhigung.

Schließlich hielt sie es nicht mehr aus. Sie zwängte sich durch ein Gewirr aus Armen und Beinen.

»… um alte Bündnisse zu pflegen«, schloss ihr Bruder.

»Lass mich wissen, wie ich helfen kann«, bemerkte Thorgrim ernst, »Jarl Halvdan.«

Turid stolperte einige Schritte vorwärts, als die Menge sie wieder ausspie. »Jarl?« Ihre Stimme brach.

»Turid«, flüsterte Halvdan bedrückt und zog sie an sich.

»Sag, dass es nicht wahr ist«, beschwor sie ihn, das Gesicht an seinem Wams verborgen. Sie klammerte sich an ihn wie ein Ertrinkender an eine zerbrochene Planke.

Halvdan strich ihr über den Kopf, murmelte unablässig, dass es ihm leid tue. Seine Stimme klang rau von unvergossenen Tränen, als er erklärte: »Er weilt nun bei Mutter und Sturla.«

Sie nickte an seiner Brust, als ein lautloses Schluchzen sie schüttelte. Widerwillig löste sie sich von ihm. Seine Augen glänzten feucht.

»Wann ist …« Turid rang um Fassung.

»Eine Weile, nachdem wir zurück in Dorsteinn waren. Er ist friedlich entschlafen.«

Sie biss sich auf die Unterlippe, um die Tränen zurückzuhalten, die heiß in ihren Augen brannten.

Thorgrim legte ihr eine schwere Hand auf die Schulter. »Eirik war ein guter Mann. Er wird Odin als einer seiner Einherjer mit Stolz erfüllen – ebenso wie er es im Leben tat.«

Sie wandten sich zum Gehen. Die Menge teilte sich ehrfürchtig. Wohin Turid auch schaute, sah sie betroffene Mienen. Den ganzen Weg bis zum Langhaus spürte sie Halvdans Hand im Rücken. Seine Berührung tröstete sie, seine Unerschütterlichkeit gab ihr Kraft an diesem Tag, an dem sie erfahren hatte, dass ihr Vater nun seinen Platz in den Reihen der Einherjer eingenommen hatte.

Mit den Fingerspitzen strich Turid über die Maserung des Holzes. Er tastete die Rune auf der Ruderbank, die Eirik auf der ersten Víking, die er mit all seinen Kindern unternahm, eingeritzt hatte. Sie sollte die *Gullbringa* und ihre Besatzung schützen, ihnen reiche Beute und günstige Winde schenken.

Die Planken knarrten leise, als sich jemand näherte. »Ich dachte mir, dass ich dich hier finde.« Halvdan setzte sich zu ihr. Fürsorglich legte er ihr seinen Umhang um die Schultern, zog sie zu sich heran.

»Hier fühle ich mich ihm nahe. Kannst du dir vorstellen, dass er dieses Schiff nie wieder betreten wird? Uns nie wieder …« Ihr versagte die Sprache.

Eine Weile saßen sie schweigend nebeneinander, Bruder und Schwester, Seite an Seite. Turid schmiegte die Wange an Halvdans Schulter. Genoss seine tröstliche Wärme. Den Duft von See und Heimat, der in seinem Haar, seinen Kleidern haftete.

»Du hast dich lange mit Thorgrim unterredet«, brach sie wispernd das Schweigen und löste sich von ihm.

Nachdenklich strich er über seinen Bart. »Es gab vieles zu klären.«

»Wie steht es in Hordaland?«

Er seufzte und nahm ihre Hand. »Ich will dich nicht beunruhigen. Aber noch weniger will ich dich belügen.«

Die Lippen zu einem schmalen Strich gepresst, lauschte sie dem Bericht ihres Bruders. Nach Eiriks Tod war Halvdans Nachfolge keinesfalls unumstritten gewesen. Doch die Versammlung der Männer hatte ihn zu ihrem neuen Anführer bestimmt. »Vaters Vertraute halfen mir, hielten mir vor allem in den ersten Tagen den Rücken frei.«

»Was ist mit dem Norden?«

Ein bitteres Lächeln spielte um seine Mundwinkel. »Die alte Feindschaft ist von Neuem erwacht. Mir gelang es, mich zu behaupten.«

Turid musterte ihn skeptisch. »Glaubst du, Tostig wird Ruhe geben?«

»Vorübergehend, ja.«

Turid biss sich auf die Zungenspitze, dann wagte sie doch vorzuschlagen: »Du solltest ihn enger an dich binden. Vater hätte diesen Schritt längst gehen sollen.«

Halvdan schnellte hoch, schüttelte den Kopf. »Das …« Er wandte ihr den Rücken zu, blickte über den Kattegat, die Hände zu Fäusten geballt.

»Dieser Vorschlag steht nicht zum ersten Mal im Raum«, erklärte Turid und berührte ihn sacht am Arm. »Tostig wird darauf eingehen. Ein Wort, mein Jarl, und ich …«

»Nein!« Entschieden fuhr er herum. »Turid.« Er rang um Worte. »Das kann ich nicht von dir verlangen. Vater …«

»Vater hätte zuerst daran gedacht, was das Beste für Hordaland wäre.«

Halvdan küsste sie auf die Stirn. »Diesem Tostig will ich dich nicht zur Frau geben. Aber … es ist deine Entscheidung.«

Er nahm sie bei der Hand und gemeinsam gingen sie von Bord. »Ich muss …« Sein Blick glitt zum Langhaus.

»Ich verstehe, Jarl«, seufzte sie. »Geh und erfüll deine Pflicht.«

»Kommst du mit mir?«

»Nein, mir ist es dort heute zu stickig.« Damit trennten sich ihre Wege. Seufzend ging Turid weiter. Rastlos. Ziellos. Zuerst war ihr Aufenthalt hier bloß eine lästige Pflicht gewesen. Ein Gefallen, den sie ihrem Vater zuliebe auf sich genommen hatte. Nun war Eirik tot. Nun war es an Halvdan, zu entscheiden – doch er ließ ihr die Wahl.

Limgard war längst ihr zweites Zuhause geworden. Und erst jetzt verstand sie, was Eirik gemeint hatte, als er sagte, sie könne hier Vieles lernen.

Die vergangenen Monate hatten sie auf eine Reise auf den Spuren ihrer Mutter geführt. Mit jedem Schritt war Turid ihren Wurzeln näher gekommen. Hatte entdeckt, was sie ausmachte. Hatte sich selbst kennengelernt.

Sollte sie das alles hinter sich lassen? Ihr Herz wusste, dass Halvdan sie nun brauchte. Seine Stellung war noch nicht gefestigt. Wenn sie als Pfand … Doch nein. Zugleich wusste ihr Herz auch, dass ein Teil von ihr auf ewig am Limfjord bliebe.

Gierig sog Rorik die kühle Abendluft ein. Er war froh, das Langhaus zu verlassen. *Kummer schwängert die Luft, schnürt jedem die Kehle zu und macht das Atmen schwer.*

Die Nachricht von Eiriks Tod hatte sie alle unvorbereitet getroffen. Rorik vermochte sich an keinen Tag zu erinnern, an dem Thorgrim Gefühle so offen, wenn auch beherrscht, gezeigt hatte. Mit Eirik verlor er einen treuen Freund, einen Waffenbruder und einen Mann, mit dem gemeinsam er einiges für Limgard vorangebracht hatte. Ihm verdankte der Ort einen Gutteil seiner jetzigen Bedeutung.

Rorik mochte gar nicht daran denken, welche Folgen Halvdans Ankunft womöglich nach sich zöge.

Eigentlich geht es mich nichts an. Was habe ich mit Hordaland zu schaffen, außer, dass ich mich ganz gut mit Halvdan verstehe?

Er hakte die Daumen hinter den Gürtel, scharrte mit dem Fuß über den Boden, die Lippen geschürzt.

Und wenn schon. Mir kann es gleich sein, wenn er seine störrische Schwester zurück in den Norden holt. Er schnaubte. *Das Klima dort passt besser zu ihrem Gemüt.*

Er entfernte sich ein Stück vom Langhaus.

Thors Hammer! Er stöhnte auf. *Es ist mir nicht gleich.*

Es konnte ihm nicht gleich sein, dass sie ihren Vater verloren hatte. Wie sie sich Halvdan in die Arme geworfen hatte. Noch nie hatte er sie, die sonst so starke, unbeugsame Turid, derart zerbrechlich gesehen. Ihm konnte nicht gleich sein, ob sie in wenigen Tagen an Bord der

Gullbringa ging und zurück in ihre Heimat segelte. Hatte sie Limgard erst verlassen – nur die Schicksalsweberinnen wussten, ob sich ihre Lebensfäden erneut kreuzten.

Rorik wollte sie nicht ziehen lassen. Schmerzlich war ihm das bewusst geworden, als er die *Gullbringa* auf dem Kattegatt gesehen hatte. Er konnte sie nicht ziehen lassen – nicht in dem Wissen, dass er umgänglicher zu ihr hätte sein sollen. Doch da war noch mehr.

Wer bin ich, sie aufhalten zu wollen?

Sie würde die Hand in die Hüfte stemmen, ihn anfunkeln und erklären, dass kein Mann der Welt das Recht habe, ihr, Turid Eiriksdóttir, zu sagen, was sie zu tun und zu lassen habe.

Rorik hielt inne. Ohne es zu merken, hatten seine Füße ihn an den letzten Häusern vorbei und ein Stück den Fjord entlang getragen.

Einige Schritt entfernt stand eine Frau mit dem Rücken zu ihm am Ufer und blickte auf das ruhige Wasser.

Turid. Das schwindende Sonnenlicht überzog ihr Haar mit einem feinen Glanz, als sei es mit hauchzarten Kupferdrähten durchwoben.

Langsam näherte er sich. Falls sie ihn gehört hatte, ließ sie es sich nicht anmerken. Sie rührte sich auch nicht, als er zu ihr trat, hielt ihr Gesicht abgewandt.

Er ahnte, dass sie geweint hatte – und das sachte Beben ihrer Schultern verriet, dass sie es noch immer tat.

»Dein Verlust tut mir leid«, sagte er nach einer Weile und verfluchte sich stumm, dass ihm nichts Tröstenderes, Geistreicheres in den Sinn kam.

Hakon wüsste, was zu sagen wäre. Er stünde nicht wie ein unbeholfener Trottel neben ihr.

»Danke.« Ihre Stimme war leise, brüchig. Der herausfordernde Unterton, der sonst in jedem ihrer Worte schwang – zumindest wenn sie mit ihm sprach – war tiefer Erschöpfung gewichen.

Hastig wischte Turid sich mit dem Ärmel übers Gesicht.

»Weißt du«, sagte sie, »ich dachte, wir hätten mehr Zeit, Vater und ich. Dass er so bald …« Ihr versagte die Sprache.

Rorik wusste nicht, ob er es wagen durfte, doch er zog sie in seine Arme. Einen Herzschlag lang glaubte er, sie würde sich von ihm losmachen wollen, doch Turid ließ ihn gewähren, barg das Gesicht an seiner Brust.

»Euch war mehr Zeit vergönnt als … manch anderen.« *Als mir und meinem Vater,* hatte er sagen wollen, doch sich eines Besseren besonnen.

Beruhigend strich er über ihren Rücken, fuhr mit dem Daumen über die Kuhle zwischen ihren Schulterblättern.

Ich könnte hier stehen, bis sie sich beruhigt hat. Ganz gleich, wie lange es dauern mag.

»Die schönen Erinnerungen und die Tage, die ihr gemeinsam hattet, wird euch niemand nehmen«, murmelte er tröstlich in ihrem Haar.

Turid sah zu ihm auf. Tränenspuren schimmerten auf ihren geröteten Wangen.

»Du hast Recht«, bemerkte sie tapfer und machte sich von ihm los, als sei es ihr unangenehm, sich ihm gegenüber für einen kurzen Augenblick so verletzlich gezeigt zu haben.

Entscheidungen

Die Segel gerefft, lag die *Gullbringa* vertäut am Steg. Sacht schwappte Wasser gegen die Bordwand, die Goldverzierungen am Bug glänzten im Sonnenlicht.

Zwei Tage. Vielleicht brächte das stolze Schiff dann eine nicht minder stolze Tochter in ihre Heimat zurück.

Svein kehrte der *Goldbrust* den Rücken und hielt auf das Langhaus zu.

Thorgrim und Halvdan verschwanden in einem abgesonderten Raum, als er eintrat. Nur Hafrún räumte die Reste des Mahls ab, das jüngst beendet worden zu sein schien.

»Schön, dich zu sehen«, begrüßte sie ihn mit wissendem Lächeln und wischte sich die Finger an der Schürze ab.

»Gleichfalls. Ist Turid zu sprechen?«

Sie nickte und deutete auf das Ende der Halle, wo hinter einer Trennwand weitere Kammern lagen.

Die Dielen knarrten unter seinen Schritten. Turid blickte so gebannt auf die Holztruhe, die sie aus Dorsteinn mitgebracht hatte, dass sie Svein erst bemerkte, als er sacht an die Wand klopfte. Ein Lächeln huschte über ihre Lippen. »Wie geht es dir?«, erkundigte er sich betont einfühlsam.

»Ich komme zurecht.« Sie mochte blass wirken, doch er glaubte ihr.

»Packst du?« Er deutete auf die Truhe.

Die Jarlstochter seufzte. »Ja, aber ich … ich weiß nicht, ob ich nicht noch eine Weile bleibe.«

Verständnisvoll legte er ihr eine Hand auf die Schulter, als er erklärte: »Diese Entscheidung triffst du allein. Ich kann nur für meinen Teil sagen …« Er senkte die Stimme, näherte sich ihr. Turid wich zurück, bis sie an die Wand in ihrem Rücken stieß. »… dass ich deine Abreise bedauern würde.« Svein stützte seine Hand neben ihrem Gesicht ab, lehnte sich entspannt vor, so dass er ihr zwar nahe war, doch ihr noch immer das Gefühl gab, dass sie die Oberhand behielte.

»Du bist mir wichtig geworden, Turid Eiriksdóttir.«

»Ach ja?«, hauchte sie atemlos. Ihr Blick flackerte. Er sah, wie sich ihre Brust unter flachen Atemzügen immer schneller hob und senkte.

»Ja, Turid.« Die alte Lüge. Wie leicht sie ihm von den Lippen ging. Ihre Blicke verflochten sich.

Behutsam legte er die andere Hand an ihre Wange, strich mit dem Daumen über ihre Haut. Kurz schloss sie die Augen, stieß zitternd die Luft aus.

»Sehr wichtig sogar.« Er senkte seine Lippen, doch gerade, als er sie küssen wollte, tauchte sie unter seinem Arm weg.

»Ich … ich kann nicht«, stammelte sie und rauschte davon.

Als Svein allein in ihrer Kammer stand, wusste er es. Sie hatte sich entschieden.

Unschlüssig sah sich Hakon im Langhaus um. Ein breitschultriger Mann wärmte seine Hände am Feuer. Silberfäden durchzogen sein dichtes, dunkles Haar.

»Bist du Gunnar?« Hakons Stimme zitterte leicht.

»Kommt drauf an, wer fragt«, brummte der andere ohne aufzublicken.

»Hakon aus Limgard.« Er hakte den Daumen hinter den Gürtel, wippte auf den Ballen auf und ab.

»Kenn ich nicht.« Damit wandte er sich so weit herum, dass er Hakon nun vollends den Rücken zudrehte.

Sturer Bock!

»Bedauerlich«, seufzte Hakon. »Dabei sagte man mir, Gunnar sei der einzige in ganz Haithabu, der mir helfen könne.«

Er wandte sich zum Gehen, zählte stumm die Schritte. *Eins. Zwei. Drei.*

»Warte.« Leises Kleiderrascheln. Hakon verbarg sein zufriedenes Lächeln sorgsam, ehe er sich dem Mann zuwandte.

»Hakon, ja? Mag sein, dass ich dir helfen kann. Ich meine: Wenn man mich empfiehlt, geschieht das nicht ohne Grund.«

Gunnars linker Mundwinkel zuckte nach oben, den rechten hielt eine wulstige Narbe, die sich seine Wange heraufzog, an Ort und Stelle.

Mit einem barschen Wink lotste er den Limgarder hinaus. Die Stimme zu einem Flüstern gesenkt, bemerkte Gunnar, während sie sich durch die belebten Straßen Haithabus treiben ließen: »Gunnar kann dir jeden Wunsch erfüllen – solange der Preis stimmt.«

»Das hörte ich.« Er bedachte seinen Begleiter mit einem nervösen Seitenblick. Etwas an ihm weckte seine Vorsicht.

»Was willste denn?«

»Man sagte, du wüsstest von einer …« Was hatte Gorms Freund gesagt? »… alten Wölfin.«

»Die *Wölfin*?« Er hob eine Braue. »Nun gut. Ich bringe dich zu ihr.«

Zu ihr? Worauf habe ich mich bloß eingelassen? Hakon hielt es wie Gunnar und stellte keine weiteren Fragen. Verschwiegenheit schien eine Tugend, die ein Mann seines Schlages nicht hoch genug schätzen konnte.

Sein Unbehagen wuchs, als Gunnar ihn in einen abgelegenen Stadtteil führte. Vor einem windschiefen Bretterverschlag blieben sie stehen. Prüfend schaute Gunnar ihm in die Augen, ehe er das Tor gerade so weit öffnete, dass Hakon hindurchschlüpfen konnte.

Staub tanzte in Lichtbahnen, die durch Spalten und Ritzen zwischen den Brettern fluteten. Zur Linken und zur Rechten lag Holz brusthoch aufgestapelt.

»Da ist sie«, murmelte Gunnar. Hakon folgte dem Fingerzeig und entdeckte, weshalb er gekommen war: Eingehüllt in Schmutz und Dunkelheit, ruhte ein Schiff auf breiten Stämmen.

»Die *Vargr Hafs*.«

»Das ist …« Hakon trat näher, strich ehrfurchtsvoll über die verwitterten Planken. Teile des Materials, mit dem die Fugen abgedichtet worden waren, zerbröselten, als er ihnen zu nahe kam.

»… ganz schön heruntergekommen. Das Schätzchen hatte lange kein Wasser mehr unterm Kiel.«

Mit seinem seltsamen Zauber schlug das Schiff Hakon in den Bann. Er hörte kaum hin, während Gunnar erklärte, dieses Wrack könne unmöglich das sein, was Hakon sich vorstellte. In ein bis zwei Monaten hätte er ihm einen seetauglichen Ersatz besorgt, beteuerte er.

Langsam schritt Hakon um die *Vargr Hafs*, streckte die Hand aus nach dem unförmigen Holzklotz, der auf dem Steven steckte.

Einige Planken müssen getauscht und die Fugen neu abgedichtet werden.

Aufgeregt leckte Hakon sich über die Lippen, während seine Vorstellungskraft das Wrack in ein prächtiges Schiff verwandelte. *Neue Segel … und dann verpassen wir dir einen ordentlichen Stevenschmuck, der deinem Namen alle Ehre macht.*

»Wie viel willst du?«

»Du …« Entsetzt starrte Gunnar ihn an, besann sich jedoch eines Besseren. Sein Geschäftssinn gewann die Oberhand.

»Das bereden wir bei einem Becher Met, mein Freund.« Er legte ihm den Arm um die Schulter. »Aber ich mache dir einen anständigen Preis.«

Bereitwillig folgte der Limgarder ihm, in Gedanken schon an Bord seins Schiffes, der *Vargr Hafs* – der *Meereswolf*.

Widerwillig füllte Heather den Humpen mit Dünnbier.

Möge er daran ersticken. War sie auch sonst eine gute Seele, die niemandem Schlechtes wünschte: Sie schämte sich keinen Deut für ihre boshaften Gedanken.

Gierig trank Aelfric. Ein Teil der Flüssigkeit sickerte in den dunkelroten Bart.

Gegen Mittag war Edmund auf den Hof gekommen, sein Sohn haftete wie ein Schatten an den Fersen seines Vaters – der Erstgeborene, dem eines Tages Edmunds ganzer Besitz zufiele. Scheinbar konnte er sich nicht früh genug darin üben, seine Bauern zu schikanieren.

Kein Wort glaube ich davon, dass sie zufällig in der Nähe waren.

Dass Edmund nachsah, wie es um sein Land – wie er nicht müde wurde zu betonen – bestellt war, war berechtigt. Doch nun drängte er sich schon zum zweiten Mal innerhalb eines Monats auf. Höchst ungewöhnlich, bekamen sie die beiden sonst nur selten zu Gesicht. Allen voran Aelfric bereitete es eine diebische Freude, Harold von der Arbeit abzuhalten und sich großzügig aus der spärlich gefüllten Vorratskammer aufwarten zu lassen.

Als hätten sie selbst nicht genug, diese Heuschrecken.

Aelfric bedeutet ihr mit einem Fingerzeig, dass sie nachfüllen sollte.

»… um die Felder zu bewirtschaften«, erklärte Harold ruhig. Seit Edmund eingetreten war, kam Heather die Stube ärmlicher, ihr Vater gebeugter vor. Mit den teuren Gewändern und der selbstwichtigen Miene passte Edmund nicht so …

Heather zuckte zusammen, verschüttete Dünnbier über den Rand des Humpens. Kaum merklich glitt Aelfrics Hand ihren Rücken hinab. Die Hitze seiner Finger brannte durch den Stoff ihres Kleides.

Heather hielt den Blick gesenkt, wusste auch so um das anzügliche Grinsen auf Aelfrics Gesicht. Wer war sie, sich zu beschweren?

Mit einer Geste, die nur denjenigen zu eigen war, die zu Geld gekommen waren und denen ihr Vermögen zu Kopf gestiegen war, bemerkte Edmund: »Ich halte dich noch immer für einen Mann, auf dessen Wort man sich verlassen kann, Harold.«

Die Miene ihres Vaters verfinsterte sich. Deutlich trat eine Ader an seiner Schläfe hervor, die im Takt seines Herzens pochte. Harold musste nichts sagen. Heather spürte auch so, dass es für sie an der Zeit war, zu gehen. Sie stellte den Krug auf den Tisch, dann verließ sie leise den Raum.

Erleichtert atmete sie auf, als sie auf den Hof trat, als hätte sie zuvor die ganze Zeit die Luft angehalten. Sonnenstrahlen wärmten sie, doch vermochten sie das Frösteln in ihrem Innern nicht zu vertreiben, wo ihr Magen vor Sorge und Angst zu einem Eisklumpen erstarrt war.

Schritte. Ehe sie sich versah, war Aelfric an ihrer Seite. Man hatte ihn wohl ebenfalls hinausgeschickt. Grob packt er sie am Unterarm, zog sie rasch hinter sich her in den Stall. Heather wusste nicht, wie ihr geschah, als der Rothaarige sie gegen die Wand stieß.

»Du glaubst wohl, du könntest mit mir spielen, was?« Er packte sie mit einer Hand am Kinn und drückte es nach oben, zwang sie, ihn anzusehen.

»Gibst dich so unschuldig, so keusch.« Sein feuchter Atem strich über ihre Wange. Er roch nach Bier. Heather war wie erstarrt, konnte sich nicht rühren, als er mit einer Hand ihre Arme über den Kopf hob, sein Knie hart zwischen ihre Beine drängte. Der Knauf des Kurzschwertes, das Aelfric seit einer Weile trug, bohrte sich in ihre Flanke. Sein Bart kratzte über ihren Hals, als er sie zu küssen begann. Feucht. Warm. Begehrlich.

Seine Finger strichen über ihr Schlüsselbein, dann ließ er die Hand tiefer gleiten. Alles in Heather schrie, doch kein Laut drang über ihre Lippen.

»Ich kann bei Vater ein gutes Wort für euch einlegen«, keuchte er, »wenn du mir gefällig bist.«

Eng presste er sich an sie, sein Gewicht machte ihr das Atmen schwer. Aelfric war überall. Sein süßlicher Geruch füllte ihre Lungen. Sie spürte seine Berührungen überall auf ihrem Körper.

»Du mieser …« Grob wurde der Rothaarige zurückgerissen. Verdutzt und wütend zugleich stolperte er zurück.

»Wer hat dir erlaubt …«, fauchte er, die Wangen puterrot, als Aidan sich ein Stück vor Heather schob, eine Mistgabel in der Hand.

»Glaub mir«, zischte Aelfric, deutete mit dem Finger auf Aidan, »das wirst du mir büßen. Ihr beide werdet mir das büßen.«

Heathers Herzschlag galoppierte, als Aidan die Mistgabel hob und Aelfric nach dem Schwert langte.

»Zieh Leine, du aufgeblasener …«

»Aidan!« Heather griff nach seinem Arm, hielt ihn auf.

»Aelfric!« Edmunds Ruf brach die Anspannung.

Die Augen zu Schlitzen verengt zischte Aelfric mit Funken sprühendem Blick, der allein auf ihr ruhte: »Ich werde dich schon noch bekommen. Ich bekomme alles, was ich will.«

Turids Finger zitterten. Rastlos eilte sie dorthin, wohin ihre Füße sie trugen.

Es war … es ist … zu viel!

Ein Sturm von Gefühlen tobte in ihrer Brust, der ihr Fimbulwinterherz mit sich zu reißen drohte. Widerstrebende Gefühle, die miteinander rangen.

Sie hatte eine Entscheidung zu treffen. Oder hatte sie das vielleicht längst getan? Unbewusst?

Ihre Sachen waren gepackt. In zwei Tagen könnte sie die *Gullbringa* besteigen, schon in ein paar Tagen den Sonnenuntergang über dem Hardangerfjord betrachten. Halvdan war gekommen, um sie nach Hause zu holen – wenn sie wollte.

Will ich?

Als sie in Limgard angekommen war, hatte sie den Tag herbeigesehnt, an dem sie nach Dorsteinn zurückkehrte.

Doch ihre Heimat war nicht mehr die gleiche, das Langhaus nicht mehr das gleiche ohne ihren Vater. Selbst Halvdan hatte sich verändert, das war ihr in den wenigen Tagen, die sie mit ihm verbracht hatte, aufgefallen. Er war gereift. Eiriks Tod und die neue Aufgabe als Jarl hatten ihn vollends erwachsen werden lassen.

Veränderungen konnten etwas Gutes sein. Turid war längst nicht mehr dieselbe Frau, die damals von Bord der *Gullbringa* gestiegen war und sich nur schweren Herzens in ihr Schicksal gefügt hatte.

Soll ich gehen – oder bleiben?

Halvdan war ihr engster Verwandter, der letzte, der ihr nach dem Tod von Mutter, Bruder und Vater geblieben war. In Limgard hatte sie ein zweites Zuhause gefunden. Hild war wie eine Mutter zu ihr, lehrte sie so vieles und Hafrún … Turid mochte sich gar nicht vorstellen, wie sehr die Freundin ihr fehlen würde.

Aber da war noch mehr, das sie in der Stadt am Limfjord hielt.

»Turid«, murmelte sie, »du kannst es nicht länger leugnen.« Was zwischen Svein und ihr geschehen war, hatte alles verändert.

Sie zitterte noch immer, wenn sie daran dachte, dass sie sich beinahe …

Ich dachte, ich wollte es. Ich dachte, Svein sei derjenige, der ... Turid war versucht gewesen, sich dem Krieger hinzugeben. Was wäre daran verwerflich? Ob sie ihm wichtig war oder nicht: Sie hätte einfach mit der *Goldbrust* nach Hause segeln können.

Warum habe ich dann nur daran gedacht, was Rorik wohl macht, wenn ich Svein wähle?

Fein wie Sand rieselte die Erkenntnis in ihr Bewusstsein, eine unumstößliche Wahrheit, die sie sich noch nicht eingestehen wollte.

Seit seinem ersten, plumpen Annäherungsversuch habe ich Rorik mit keiner anderen Frau gesehen. Svein hingegen ...

Sie blieb stehen. Der Sturm ihrer Gefühle flaute ab. Turid fühlte sich gereinigt – und noch nie war ihr so klar gewesen, was sie zu tun hatte.

Ohne großes Zutun trugen ihre Füße sie aus dem Dorf und ein Stück den Fjord hinauf. Drei kleine Boote schaukelten träge auf dem Wasser. Eines von ihnen bestieg sie, machte es los und stieß sich kräftig mit dem Ruder vom Ufer ab.

Mit starken Schlägen wühlte das Ruderblatt den Fjord auf, als sie seinem Verlauf folgte, bis er sich zu einer kleinen Bucht wölbte.

Eine Rauchfahne stand unbewegt über dem Dach einer kleinen Hütte, hinter der sich ein Wäldchen in den Himmel reckte.

Turids Herz schlug heftiger, doch sie schob es auf die Anstrengung des Ruderns.

Ein Ruck ging durch das Boot, als sie am Ufer anlandete. Entschlossen hielt sie auf die Wohnstatt zu, während die Sonne langsam in ihrem Rücken versank und die ersten blauen Schatten der Nacht das Firmament erklommen.

Was, bei Freya, mache ich hier? Ein Anflug von Zweifel brachte ihre Entschlossenheit zum Wanken. *Ich bin gewiss nicht hier herauf gefahren, um nun wieder umzukehren.*

Sie klopfte.

Dumpf hallte der Laut im Innern der Hütte wider. Augenblicke verstrichen, in denen Turid das Gewicht von einem Fuß auf den anderen verlagerte.

Schritte. »Was auch immer du schon wieder hier willst …«, brummte Rorik mürrisch, doch er verstummte, als er öffnete und sie erblickte. Irritiert runzelte er die Stirn.

»Möchtest du mich nicht hereinbitten?« Ohne seine Antwort abzuwarten, schob sie sich an ihm vorbei.

»Warum bist du hier?«

»Wie würdest du es finden, wenn ich nach Dorsteinn zurückgehe?« Ihre Frage überraschte selbst Turid. War sie nicht aus einem anderen Grund gekommen? Warum war sie mit einem Mal so zögerlich?

»Es ist deine Entscheidung«, meinte er schulterzuckend. Der Schein des Feuers ließ Schatten über seine markanten Züge tanzen.

»Ist es dir wirklich gleich?«, schnappte sie, schärfer als beabsichtigt. *Kümmere ich dich so wenig?*

Abweisend verschränkte er die Arme vor der Brust, die Miene hart, ausdruckslos. »Und wenn schon. Du hast mir gehörig Nerven gestohlen.«

»Ich?« Sie riss die Augen auf. »Das sagt der Richtige.«

»Du bist besserwisserisch und unmöglich. So ein vorlautes Weibsstück wie du ist mir im Leben noch nicht untergekommen«, ereiferte sich Rorik.

Das ist ja wohl die Höhe!

»Das glaube ich gern. Eine Frau mit eigenem Willen ist dir wohl neu.«

»Eine mit so einem losen Mundwerk? Allerdings!«

»Das muss ich mir nicht von einem Möchtegern-Weiberhelden bieten lassen.«

»Ach ja? Warum bist du dann zu mir gekommen? Nur, um mit mir zu streiten?«

Sie öffnete den Mund, um etwas zu erwidern, doch die Worte wollten ihr nicht über die Lippen kommen, als sie den Ausdruck in seinen Augen sah.

Er kann nicht zugeben, dass er mich nicht ziehen lassen will.

Turid gluckste vergnügt.

»Was gibt es denn jetzt zu lachen?«

Dicht trat sie vor ihn. »Du bist nicht minder stur als ich, Rorik.«

Und dir gelingt es immer wieder, mich zur Weißglut zu treiben.

Nun war er es, der keine Worte fand. Gerade, als er zu einer Antwort ansetzte, stellte Turid sich auf die Zehenspitzen und drückte ihm einen Kuss auf die Lippen. Rorik erstarrte.

Herausfordernd funkelte sie ihn an, nachdem sie sich von ihm gelöst hatte, doch er rührte sich nicht, starrte sie nur an.

Turid hatte erwartet, dass es sie härter träfe, wenn er sie abwies. Aber sie konnte damit leben.

»Dann nicht«, meinte sie achselzuckend und wandte sich um.

Sie spürte Roriks eisernen Griff um ihr Handgelenk. Dann zog er sie an seine Brust und küsste sie. Stürmisch. Drängend.

Der Nordmann stieß sie auf sein Lager, dann war er über ihr, schwer und warm. Turid grub die Finger in sein dichtes Haar, als er ihren Hals mit heißen Küssen bedeckte, die ihr Fimbulwinterherz tauen ließen.

Erwachen

Skeptisch betrachtete Hakon das Schiff, das auf massiven Stämmen aufgebockt im Wäldchen hinter der Hütte lag. Bei Nacht und Nebel hatte Gorm die *Vargr Hafs* im Schlepptau seines Frachtschiffs den Fjord hinaufgezogen, die Männer angehalten, dem Limgarder zur Hand zu gehen, seine Errungenschaft aufs Trockene zu bringen.

Hakon hatte seine ganze Überzeugungskraft in die Waagschale werfen müssen, um solch einen Gefallen von Gorm einzufordern – sowie fässerweise Met und Starkbier.

Das ist es wert. Nicht jeder muss gleich von meinem Schatz wissen.

Allen voran Rorik und Svein hielten mit hämischen Kommentaren nicht hinterm Berg, sähen sie, was er da aus Haithabu anschleppte. Zugegeben: Bei Tageslicht betrachtet, war seine anfängliche Begeisterung rasch Ernüchterung gewichen. Im schmeichelhaften Dämmerlicht des Schuppens waren ihm einige Macken der *Meereswolf* entgangen. Spätestens auf der Überfahrt, während der er unermüdlich Wasser aus dem Schiffsbauch hatte schöpfen müssen, war ihm klar geworden, dass es mit ein paar kleinen Ausbesserungsarbeiten nicht getan war.

Vielleicht bleibt nur das Skelett übrig. Womöglich nicht mal das. Er fuhr sich über den Schädel. *Ein unschönes Erwachen.* Selbst in diesem Zustand umwehte die *Meereswolf* die Ahnung des Glanzes vergangener Tage. Hakon war wild entschlossen, dem Schiff – *seinem* Schiff – zu früherem Ansehen zu verhelfen. Mehr noch: Er würde die *Vargr Hafs* zu neuer Pracht führen, bis man sie ebenso besang wie die stolzen Schiffe ruhmreicher Könige.

Sie mag kaum mehr als ein Haufen morschen Holzes sein, den ein paar rostige Nägel notdürftig zusammenhalten, dachte er, als er über die Planken strich. *Aber sie ist mein morscher Holzhaufen.*

Knacken im Unterholz ließ ihn zusammenfahren.

Hafrún. Irritiert musterte er die junge Frau.

»Was ist das?« Neugierig trat sie näher. Ihre Miene verriet Verwunderung.

»Ein Schiff.« Hakon schmunzelte.

»Das sehe ich selbst. Sag bitte nicht, du hast …«

Verlegen scharrte er mit der Fußspitze die Erde auf, die Hände hinter dem Rücken verschränkt. »Doch. Habe ich.«

»Dieses löchrige … Ding?«

»Sie hat einen Namen.«

»Hat sie das?« Sie hob eine Braue. Ein Name allein genügte wohl nicht, ihre Zweifel auszuräumen.

»*Vargr Hafs.*«

Hafrún umrundete das Schiff kopfschüttelnd. Er hörte sie leise Flüche murmeln.

»Wahrlich, du bist verrückt.« Mit einem Mal lachte sie. »Niemand kommt auf die Idee, so ein Wrack wieder seetauglich machen zu wollen – außer dir. Mich wunderte es nicht, wenn es dir gelänge.«

Er lächelte.

»Weiß Thorgrim davon?«

»Bislang nur du und ich. Wenn es vorerst so bliebe, wäre ich dir dankbar.«

Sie nickte ernst. Schweigen dehnte sich zwischen ihnen aus, drückte auf Hakons Brust. Er war nicht oft um Worte verlegen, doch in Hafrúns Gegenwart wollte ihm einfach nichts zu sagen einfallen. Alles schien ihm gezwungen und bemüht, sogar ihr kleines Geplänkel fühlte sich für ihn angestrengt, angespannt an.

Hafrún empfand wohl ähnlich. Sie nestelte an ihrem Gewand, hielt den Blick auf den Boden geheftet.

Wie sie so dastand, zurückhaltend und verloren, hätte Hakon sie am liebsten in den Arm genommen. *Kaum aus Haithabu zurück, stehe ich wieder genau dort, wo ich vor meiner Reise stand.*

»Hafrún, ich …«

»Hakon …« Sie lachten, weil sie zugleich zu sprechen begonnen hatten.

»Ich bin eigentlich hergekommen, weil Thorgrim mich schickt. Er sorgte sich, du wärst in Haithabu geblieben, aber Gorm hat das rasch berichtigt.«

»Dachte ich's mir doch, dass mich das alte Einauge vermisst.«

»Nicht nur er«, erklärte Hafrún und schien im selben Augenblick erschrocken über ihren eigenen Mut.

Ihre Verlegenheit schmeichelte Hakon, ermutigte ihn, sich ein Herz zu fassen. Behutsam nahm er ihre Hände.

»Kannst du einem Narren wie mir vergeben?«

»Wegen des Schiffs?«

Er schüttelte den Kopf. »Wegen dessen, was vor meiner Abfahrt zwischen uns war. Dass ich so feige war und blind und dumm und feige …«

»Feige hast du schon aufgezählt«, bemerkte sie gerührt. Ihre rauen Finger bebten. »Ich bin froh, dass du zurück bist, aber lass uns später reden, ja? Hild fragt sich gewiss schon, wo ich bleibe.«

Eilig machte sie sich von ihm los, kehrte auf halbem Weg aber noch mal zurück, um ihm einen Kuss auf die Wange zu hauchen. Das dümmliche Grinsen auf Hakons Lippen würde bis zum Abend gewiss nicht verschwinden.

Friggas Tag

O leif drückte Roriks Schulter. Stolz schimmerte in den Augen seines Ziehvaters. »Wahrlich, das sind hervorragende Neuigkeiten.« Er schüttelte den Kopf als, glaube er noch immer nicht, was er eben erfahren hatte.

»Gibst du es mir, das Schwert meines Vaters?«, bat Rorik ernst.

Er kniete vor Oleif, der auf einem Schemel vor dem Feuer saß, hielt dessen Rechte mit beiden Händen umschlossen.

Oleif legte ihm die Linke an die Wange. »Ivar wäre stolz auf den Mann, zu dem du geworden bist.«

Das hoffe ich. Rorik schluckte. Stöhnend erhob sich Oleif und verschwand im Nebenraum. Auch Rorik kam wieder auf die Füße, wischte sich den Staub von der Hose. *Wenn Mutter sie sehen könnte. Wenn sie sehen könnte, wie glücklich sie mich macht.*

Um seine eigene Sippe war es schlecht bestellt. Eine Handvoll entfernter Blutsverwandter lebte in einem abgelegenen Winkel des Landes, doch er hatte die meisten von ihnen nie kennen gelernt.

Götter, seid mir gnädig: Erlaubt mir, meine Blutlinie fortzuführen.

Ein Lächeln stahl sich auf seine Lippen, als er an Turid dachte. Als sie vor ein paar Wochen zur Hütte hinausgekommen war, hatte sie ihn in mehr als nur einer Hinsicht überrascht. Sie hatte sich dazu entschlossen, in Limgard zu bleiben – hatte sich für ihn entschieden.

Halvdan muss es geahnt haben.

Am Abend, bevor die *Gullbringa* auslief, war er zu ihm gekommen. Lange hatten sie beisammen gesessen. Der Jarl von Hordaland nahm ihm das Versprechen ab, auf Turid zu achten und sie zu beschützen. Ihm war nicht entgangen, dass Rorik ein Auge auf seine Schwester geworfen hatte. *Vielleicht wusste er sogar schon vor Turid, dass sie mich mehr als nur mag.*

Deutlich gab Halvdan ihm zu verstehen, dass er eine Verbindung der beiden billigte – so es jemals dazu käme.

»Hier ist es«, bemerkte Oleif. Ein länglicher, in ein Tuch eingeschlagener Gegenstand ruhte auf seinen ausgestreckten Handflächen.

Ehrfürchtig nahm Rorik das Schwert seiner Ahnen entgegen. »Die Götter mögen es dir danken.«

Der Alte nickte und setzte sich ans Feuer.

Kaum, dass Rorik die Hütte verließ, stolperte er in Svein hinein. Verdutzt betrachteten die Männer einander.

»Ich wollte nicht lauschen, aber … Die Klinge deines Vaters?« Der Blonde kratzte sich an der Stirn. »Es ist dir ernst, was?«

»Das ist es. Und du könntest mir einen Gefallen tun.«

Leise sang Turid vor sich hin, während sie das Langhaus auskehrte: »Wenn alte Wellen singen, von Kampfesruhm sie künden …« Es sei ein altes Lied, hatte Helga ihr erklärt, als sie eines Winterabends am wärmenden Langfeuer gesessen hatten. Ein Lied, das die Frauen aus der Sippe ihrer Mutter sangen, wenn ihre Männer auf See Wind und Wellen trotzten.

Wo Hafrún nur bleibt? Ihre Freundin war nur zu einer kurzen Besorgung aufgebrochen, doch noch nicht zurückgekehrt. Hild spann in aller Ruhe Wolle für ein neues Gewebe.

Schritte auf den Dielen, zu laut und zu schwerfällig für die zierliche Hafrún.

»Svein!« Die Gattin des Jarls sah auf, lächelte dem Nordmann wohlwollend zu.

Leichtes Unbehagen erfasste Turid. Sie konzentrierte sich auf ihre Arbeit. Seit sie sich vor ein paar Wochen beinahe geküsst hatten, war ihr Sveins Nähe fast schon unangenehm. Sie hatte ihn zurückgewiesen – seines Freundes wegen – und auch wenn sie wusste, dass der Blonde seitdem genügend Trost bei anderen gefunden hatte, fühlte sie sich dennoch … unwohl.

»Hild, erlaube mir, Turid für eine Weile zu entführen«, bat er und Turids Kopf ruckte zu ihm herum.

»Aber …«, begehrte sie auf, doch Hild kam ihr zuvor: »Geh ruhig, meine Liebe. Heute ist schließlich Friggas Tag.« Sie zwinkerte ihr wissend zu.

»Wo bringst du mich hin?«, erkundigte Turid sich, als Svein sie aus dem Langhaus führte. Er schwieg beharrlich, deutete auf ein Boot, das sie zögernd bestieg. Mit kräftigen Ruderschlägen entfernten sie sich vom Ufer, folgten dem Verlauf des Fjords.

Was geht hier vor sich?

Turid löste den Blick von ihren verschränkten Fingern und bemerkte, dass Svein sie ansah.

Natürlich tut er das. Wir sitzen in ein und demselben Boot.

Doch er *sah* sie an. Sein Blick ruhte auf ihrem Gesicht, dunkel und unergründlich. So hatte er sie schon öfter angesehen. Das erste Mal auf dem Gutshof, als sie ihm so nahe gekommen war.

Rasch wandte sie sich ab, starrte fest auf das Ufer, an dem sie vorbeiglitten.

Willst du ihm die ganze Zeit ausweichen? Allmählich wurde ihr Nacken steif. So konnte es nicht weitergehen.

»Svein, meine Entscheidung …«

»Rorik ist ein guter Mann.« Einen Augenblick lang war nur das Rauschen des Wassers zu vernehmen, das Knarren der Ruderstangen.

»Aber …«

»Es ist gut so, Turid.« Sveins Miene war ernst. »Rorik ist ein guter Mann – ein besserer vielleicht, als ich je sein werde.« Kaum merklich schüttelte er den Kopf, als könne er selbst nicht begreifen, was er eben gesagt hatte oder was er noch sagen würde. »Er ist so vernarrt in dich, dass er gar nicht bemerkt hat, dass auch ich um dich warb.«

»Wenn dem so ist, wäre mir daran gelegen, dass es dabei bleibt.«

Er nickte.

Sie landeten neben einem anderen Boot an. Svein half ihr ans Ufer. »Es ist gut. Alles ist gut«, versicherte er ihr mit einem Lächeln, das seine Augen nicht zu erreichen vermochte. Ein unbestimmter Ausdruck lag in seinem Blick.

Sie sprachen kein Wort, als er sie durch einen Wald und eine Anhöhe hinauf begleitete.

»Wir sind am Vé«, wunderte sich Turid.

Svein schob einen tief hängenden Ast beiseite und ließ ihr den Vortritt. »Von hier aus musst du allein weiter.« Damit wandte er sich um und kehrte zum Fjord zurück.

Langsam folgte sie dem schmalen Pfad, der sie zum heiligen Platz führte. Die Bäume öffneten sich vor ihr, gaben den Blick frei auf den niedrigen Altar aus aufgeschichteten Steinen, an dem sie den Göttern opferten.

Dann erst gewahrte sie Rorik. Ein dünner Goldreif schmückte sein Haar. Er trug seine besten Gewänder und strahlte sie an …

Friggas Tag! Turid stolperte einen Schritt zurück, wirbelte herum und stürmte in die Richtung davon, aus der sie gekommen war.

»So ein … soll er doch allein«, grummelte sie vor sich ihn.

»Turid!«

Zweige knackten. Dumpf hallten schwere Schritte auf dem Waldboden. »Warte!« Rorik überholte sie und stellte sich ihr in den Weg.

Abweisend verschränkte sie die Arme vor der Brust, die Lippen geschürzt, und funkelte ihn an.

»Lass mich erklären …«

»Auf *die* Erklärung bin ich gespannt«, fuhr sie ihn an. Er zuckte kaum merklich zusammen. »Ich bin Turid Eiriksdóttir, Tochter eines Jarls! Was fällt dir ein …«

»Lass mich ausreden. Bitte.« Er legte ihr eine Hand unters Kinn, zwang sie, ihn anzusehen. Was ihr in seinem Blick begegnete, ließ Turids Wut für den Augenblick verrauchen.

»Bevor Halvdan gen Hordaland aufgebrochen ist, habe ich mit ihm gesprochen. Er billigt …«

»Halvdan?« Empört schnappte sie nach Luft. »Ihr habt kein Recht, hinter meinem Rücken zu entscheiden. Ich bin eine freie Frau.«

Ihre Brust erzitterte unter einem unterdrückten Schluchzen. Mit aller Macht klammerte sie sich an ihre Wut, damit der Kummer sie nicht übermannte.

»Ich will dich zu nichts zwingen.«

Sie wich einen Schritt zurück und erstarrte abermals, als sie den Schwertgurt an Roriks Hüfte bemerkte. »Dein Ahnenschwert«, wisperte sie ergriffen.

»Ja, Turid.«

Eine Erwiderung blieb ihr im Halse stecken.

»Deine Sippe ist nicht da, das weiß ich. Allen voran dein Vater«, erklärte der Nordmann sanft und strich ihr eine Strähne aus dem Gesicht. Die nächsten Worte wählte er mit Bedacht: »Mir ist es ernst. Ich bin dazu bereit, Verantwortung zu übernehmen. Das wollte ich dir heute beweisen – mit einem Schwur vor den Göttern.«

Turid war schwindelig vor Aufregung.

»Nur ein Schwur?«, versicherte sie sich.

Rorik nickte. »Du bist eine Jarlstochter. Ich weiß, dass ich dir nicht viel bieten kann außer meiner Kriegerehre und die Aussicht, dass Thorgrim mich – so Odin will – zu seinem Nachfolger macht. Nichts würde mich stolzer und glücklicher machen, als dich an meiner Seite zu wissen.«

Mit jeder Faser ihres Seins spürte Turid, dass er es aufrichtig meinte.

»Also gut«, gab sie schließlich nach. Roriks Augen leuchteten auf. Er küsste sie, hielt sie lang im Arm. »Bei Frigg, ich schwöre dir, dass du eine ordentliche Hochzeit bekommen wirst – so du denn willst. Dann werden wir deine ganze Sippe nach Limgard holen.«

»Da bin ich gespannt«, murmelte sie. Rorik nahm sie bei der Hand, führte sie zurück zum Vé.

Heimlich betrachtete sie ihn. *Wie glücklich er ist. Vater wäre gewiss zufrieden mit meiner Wahl, wenn sogar Halvdan es ist.*

Auch wenn ihr Bruder sie ständig geneckt hatte, wann sie sich endlich einen Mann nähme, wusste sie, dass er ihren Auserwählten am kritischsten beäugen würde.

Rorik zog das Schwert langsam aus der Scheide. Silbern schimmerte die polierte Klinge im Sonnenlicht, als er sie behutsam auf den Steinhaufen bettete und zwei Ringe aus geflochtenem Gras darauf legte.

Rührung schnürte Turids Kehle zu, als sich ihre Finger flüchtig berührten.

Er hat sich wirklich Gedanken gemacht.

»Magst du beginnen?«

Turid schluckte den Kloß in ihrem Hals herunter. »Nimmst du diesen Ring«, erklärte sie mit herausforderndem Blick, »wirst du mein loses Mundwerk eine Weile ertragen müssen.«

»Ein ungewöhnlicher Schwur. Aber dieser Herausforderung«, er sah ihr tief in die Augen, als er den Ring über den Finger streifte, »stelle ich mich.«

Lächelnd nahm er das verbliebene Schmuckstück vom Ahnenschwert. »Turid, vor den Göttern gelobe ich, an deiner Seite zu stehen, dich zu ehren und zu schützen. Mein größtes Glück wird sein, dich glücklich zu sehen.« Kaum steckte der Ring an ihrem Finger, da zog Rorik sie in seine Arme.

»Danke, dass du dir eine bissige Bemerkung verkniffen hast«, raunte er.

Sie lachte leise. »Die hebe ich mir für später auf.«

Hand in Hand gingen sie zurück zum Fjord. Schon von Weitem machte Turid zwischen den Bäumen die Umrisse ihrer Freunde aus. Wie gebannt hing Hafrún an Hakons Lippen. Sie hatte dieses ganz besondere Leuchten in den Augen, das ihr zum ersten Mal an ihrer Freundin aufgefallen war, kurz nachdem Hakon aus Haithabu zurückgekehrt war. Neben ihnen stand Svein, den Blick starr auf den Boden geheftet, die Miene finster. Er hob den Kopf, als er sie bemerkte. Ein kurzes, grimmiges Lächeln huschte über sein Antlitz, dann rief er: »Hat sie dich tatsächlich leben lassen, alter Freund?«

Wer hätte gedacht, dass eine Frau Rorik zähmen könnte?

Sinnend sah Hakon zu Hafrún, die mit Turid und Rorik in ein Gespräch vertieft war. Nur Svein hielt sich abseits. Er machte den Eindruck, als wüsste er nichts mit sich anzufangen.

»Wann ist es bei dir so weit?«, freundschaftlich stieß Hakon ihm den Ellenbogen in die Seite.

Svein lachte hustend. »Vermutlich nie, mein Freund.«

»Dachte ich mir.« Er grinste. *Jetzt oder nie.* »Was würdest du sagen, wenn jemand zu dir käme und dir erzählte, dass es eine Insel im Westen gäbe, fruchtbar und voller Schätze, die wie reife Äpfel nur darauf warteten, von deiner Hand gepflückt zu werden?«

Der andere fackelte nicht lang. »Ich würde sagen: Wann willst du los, Hakon?«

Der Kahlköpfige senkte die Stimme: »Du bist der Erste, den ich einweihe. Ich beabsichtige, zu besagter Insel überzusetzen.« Noch leiser setzte er nach: »Ich verfüge über ein eigenes Schiff.«

Zweifel standen Svein überdeutlich ins Gesicht geschrieben. »Du? Ausgerechnet du?«

»Ja, ich. Doch ich brauche noch zwei kräftige, geschickte Hände, die mir helfen, es auf Vordermann zu bringen.«

»Natürlich hast du da an mich gedacht.«

Hakon nickte. »Wir haben schon viel zusammen erlebt.«

Falten gruben sich in Sveins Stirn. Seine Miene hellte sich auf, als er erklärte: »Du kannst auf mich zählen.«

Ein Handschlag besiegelte ihr Abkommen und Hakon hatte das Gefühl, dass die Götter an diesem geweihten Ort auch *ihren* Schwur bekräftigten.

Neuerungen

Ärgerlich schaute Svein auf die klebrige Masse, die an seinen Fingern haftete. *Bis ich das abbekomme …*

Die Fugen zwischen den Planken abzudichten war eine schmutzige, mühselige Arbeit. Schon drei Tage brachten Hakon und er damit zu, die Lücken zu füllen, dass die *Vargr Hafs* nicht jämmerlich absoff – sollte sie jemals wieder Wasser unterm Kiel haben.

Hätte ich gewusst, dass wir ein gänzlich neues Boot um ein altes Gerippe herumbauen, ich hätte abgelehnt.

Wie viel Zeit und Mühe sie in den letzten Monden in das Schiff gesteckt hatten, wusste Svein nicht. Doch bald schon würden sie die Früchte ihrer Arbeit ernten.

Vielleicht ist sie in diesem Sommer zum Auslaufen bereit.

Es fehlte nicht mehr viel, dann würde er Hakon dabei begleiten, wenn er sich einen Traum erfüllte.

»Hafrún sagt, die Segel seien in Kürze fertig«, erklärte dieser unvermittelt. »Dann können wir los.« Mit einem Satz sprang er von Bord, lehnte sich neben Svein an die Planken. Seine Hände malten weite Landschaften in die Luft, als er schwärmte: »Du und ich auf der *Vargr Hafs*, auf dem Weg zu neuen Gefilden, ungeahnten Reichtümern und nie gekannten Abenteuern.«

Svein brummte etwas Unverständliches, während er sich bemühte, die Dichtungsmasse von seinen Fingern zu entfernen.

»Wenn Rorik mitkäme, wäre es wie früher«, schwärmte Hakon.

»Rorik? Eher fällt mir Thors Hammer auf den Kopf.«

»Sag, was du willst: Die See fehlt ihm.«

»Das glaube ich kaum.«

Was soll ihm fehlen? Er hat alles, was er braucht in seiner kleinen, abgeschiedenen Welt.

In dem Jahr, in dem Rorik Turid am Vé was auch immer geschworen hatte, setzte er nur ein einziges Mal einen Fuß an Bord eines Schiffes.

Im Spätsommer waren sie nach Dorsteinn gefahren, um von Turids Sippe die Erlaubnis zu heiraten einzuholen.

Seit ihrer Hochzeit im vergangenen Sommer hatte sich Rorik in die Hütte am Fjord zurückgezogen, als genüge es ihm, das Land zu bestellen, zu jagen und zu fischen. *Rorik scheint sein altes Leben, seine alten Freunde vollkommen vergessen zu haben.*

Vorbei die Zeit, in der die drei Männer auf Víking zogen, in der Fremde für Ruhm und Schätze stritten. Vorbei die Zeit durchzechter Nächte, der dröhnenden Schädel und Schuldgefühle am nächsten Morgen.

»Wenn er erst hört, wo wir hinwollen, kann er der Verlockung nicht widerstehen.« Hakon klopfte Svein zuversichtlich auf die Schulter. »Wenn es jemandem gelingt, ihn zu überzeugen, dann dir.«

Turid ließ das Webschiffchen sinken. »Was ist?«

Hafrún warf ihr einen kurzen Blick zu, widmete sich dann wieder ihrer Arbeit. »Gar nichts.«

»Warum schaust du dann immer zu mir, wenn du glaubst, ich bemerke es nicht?«

Ihre Freundin lachte. »Ich dachte bloß, du wolltest mir was erzählen.«

Hat sie … Nein, wie sollte sie.

»Was soll das denn sein?«

»Ich sehe es dir an der Nasenspitze an«, meinte Hafrún fröhlich. Sie fasste Turid bei den Händen. »Da ist so ein Leuchten in deinen Augen.« Sie selbst strahlte über das ganze Gesicht.

»Hafrún, ich …«

»Oh«, jauchzte sie. »Ich wusste es!« Sie fiel ihr um den Hals und drückte sie innig. Dann wurde sie ernst. »Weiß Rorik schon davon?«

Verlegen wich Turid ihrem Blick aus.

»Du hast es ihm nicht gesagt«, folgerte ihre Freundin enttäuscht.

»Wenn ich nur wüsste wie und wann«, rechtfertigte sie sich. »Ich warte auf den geeigneten Augenblick.«

Erst hatte sie abwarten wollen, bis sie sich ganz sicher war. Seit ihre Blutung auch im vergangenen Monat ausgeblieben war, war nicht mehr von der Hand zu weisen, dass sie Roriks Kind unter dem Herzen trug. Passende Gelegenheiten, es ihm zu verraten, hatte es in letzter Zeit zur Genüge gegeben.

Sie hatte es ihm sagen wollen, als ihr Kopf auf seiner Brust ruhte, sie beide noch warm und benommen waren. In dem seligen Zustand zwischen Wachen und Schlummer, nachdem sie sich geliebt hatten.

Doch ihr hatte der Mut gefehlt. *Mir, die ich mich sonst sogar mit einer Schar Krieger anlege.*

»Sorgst du dich, dass er sich nicht freut?«

»Nein, es ist nur … Ich frage mich, ob er bereit dazu ist, ein Kind zu bekommen – ob *ich* dazu bereit bin. Als Vater mich hierher brachte, war ich noch der Überzeugung, ich bräuchte keinen Mann, um glücklich zu sein. Aber nun …« Ihre Hand glitt zum Bauch. Er war flach und straff, dennoch hatte Frigg ihr ein neues Leben anvertraut, das in den kommenden Monaten in ihr heranwüchse.

»Bereit wirst du dich womöglich nie fühlen«, gab Hafrún zu bedenken. »Vielleicht solltest du mit Hild sprechen.« Sie legte ihr verständnisvoll einen Arm um die Schultern.

Turid nickte. Hild wusste bestimmt, wie sie sich fühlte – und was sie sagen musste, um ihr etwas von ihrer Angst zu nehmen, bevor sie Rorik einweihte.

Wanderprediger

Die Straßen von Awesgrove summten vor Leben. Kränze aus Frühlingsblumen zierten Türen und Fenster. Händler und Gaukler weilten in der Stadt an diesem lauen Feiertag. Heute begingen sie das Fest eines namenlosen Heiligen, der vor vielen Jahren die Gegend um Awesgrove von einer Viehseuche befreite, die wie eine der sieben Plagen über sie gekommen war. Heather wusste nicht, ob diese Erzählung stimmte, oder ob man sie nur ersonnen hatte, um Besucher in die Stadt zu locken.

Die ausgelassene Stimmung ergriff auch Heather, die abseits vom Gedränge an einer Hauswand lehnte und eine Schar Jungen beobachtete. Verzückt betrachteten sie bunt bemaltes Holzspielzeug, das ein Spielzeugmacher feilbot.

Sie erinnerte sich zurück, wie sie einst selbst dort gestanden hatte, völlig in den Bann geschlagen von den wirbelnden Kreiseln, die sich so munter drehten. Wie sie auf Harolds Schultern gesessen hatte, die kleinen Finger in seinem Haar vergraben, die Leute überragte …

»Hier, es ist noch warm«, bemerkte Aidan, als er ihr ein Stück Brot und Wurst in die Hand drückte. Der köstliche Duft ließ ihr das Wasser im Mund zusammenlaufen.

Roland und Walter hatte Heather vor einer Weile im Gedränge aus den Augen verloren. Nur Aidan blieb beharrlich an ihrer Seite.

Ob er befürchtet, ich käme nicht allein zurecht?

Sie aßen schweigend. Aidan schaute ebenfalls zum Spielzeugmacher, der den neugierigen Jungen Erfindungen vorführte. Ein Schmunzeln lag auf den geschwungenen Lippen ihres Begleiters, das leichte Grübchen in seine Wangen zeichnete.

Heather ertappte sich dabei, wie ihr Blick immer wieder zu ihm huschte.

Er erinnert kaum mehr an den Jungen, der vor zwei Jahren auf den Hof kam.

Aus dem schlacksigen Halbstarken von damals war ein recht ansehnlicher junger Mann geworden: Hoch aufgeschossen, die dunklen

Haare, von denen ihm oft eine Strähne keck in die Stirn fiel, mittlerweile schulterlang. Die Ärmel des Hemdes hatte er hochgekrempelt, die Unterarme entblößt, die die mühsame Arbeit auf dem Feld ebenso geformt hatte wie den Rest seines Körpers. Auch wenn sie anfangs nicht gewusst hatten, worüber sie miteinander reden sollten, Aidan vielmehr stumm wie ein Fisch geblieben war, hatten sie sich über die Zeit angenähert.

Er ist wie ein Bruder für mich – beinahe wenigstens. Sie biss sich auf die Unterlippe.

»Weiter?« Er sah sie fragend an und sie nickte. Sie fädelten sich in den Strom der Leute ein, Aidan in ihrem Rücken, als wolle er auf sie achten. Gemächlich ließen sie sich treiben, genossen diesen einen Tag, an dem sie die Arbeit auf dem Hof für eine Weile vergessen konnten.

»Wahrlich, ich sage es euch!« Eine aufgeregte Stimme drang aus einer Seitengasse. Aidan und Heather wechselten einen Blick, dann folgten sie dem Lärm. »Junger Herr, so hört mich doch an!«

Raunen unter den Umstehenden, als weiter vorn ein Tumult losbrach, doch die Aufregung ebbte so rasch ab, wie sie entstanden war. Die Leute wichen zur Seite, bildeten ein Spalier in der Mitte der Gasse.

Das Haupt aufrecht erhoben, der Blick herablassend und die Wangen gerötet, stolzierte Aelfric an ihnen vorüber.

Gemessenen Schrittes. Als sei er der Herrscher von Awesgrove.

An seinem Arm untergehakt Ann, nicht weniger stolz oder hochnäsig. Am Muster des Gewebes erkannte Heather sofort, dass der Umhangstoff, den Ann über den Schultern trug, das Werk ihrer Hände Arbeit war.

Kaum, dass Aelfric sie bemerkte, warf er sich in die Brust, sah ihr in die Augen, bis er an ihr vorbei war, ein anzügliches Lächeln auf den schmalen Lippen.

»Eitler Gockel«, murrte Aidan leise.

Ann, der Aelfrics Gehabe nicht entging, wandte sich noch einmal zu Heather um, bedachte sie mit einem eisigen, warnenden Blick.

»Ein hübsches Paar, die beiden«, befand Aidan, als er ihnen nachsah.

»König und Königin von Awesgrove«, setzte Heather nach.

»Land kommt zu Land«, murmelte er und legte ihr die Hand auf den Rücken, »das war schon immer so. So wird es immer bleiben.«

Deshalb war niemand verwundert, als sie ihre Vermählung bekannt gaben.

Sacht schob Aidan sie weiter. *Anns Blick. Grün waren wir uns nie, aber so feindselig habe ich sie noch nicht erlebt.*

Vielleicht stieg dem jungen Mädchen einfach zu Kopfe, bald Gemahlin eines so wohlhabenden Mannes zu sein – obwohl ihr eigener Vater weiß Gott nicht schlechter dastand. Die Vermählung war für beide Seiten lohnenswert: Für Ann, weil sie besser gestellt war. Allen voran aber für Edmund, weil Anns Vater nur noch das eine Kind hatte, dem er seine Ländereien vermachen konnte und er – hieß es – nicht eben von robuster Gesundheit war.

»Seid ihr, gute Leute von Awesgrove«, erhob sich erneut eine Stimme, »wenigstens geneigt, dem zu lauschen, was ich zu sagen habe?«

Ein schleifendes Geräusch, dann ragte ein Kopf über die Menge hinweg. Neugierig traten Heather und Aidan näher, drängten sich mit anderen um den Mann, der auf eine Holzkiste gestiegen war, damit jeder ihn sehen konnte. Der zerschlissene Stoff, den er am Leibe trug, mochte dereinst eine Mönchskutte gewesen sein. Nun starrte er vor Dreck. Ein wilder, gehetzter Ausdruck lag in den Augen des Fremden, der Heather einen Schauder über den Rücken jagte.

»Über das Meer sind sie gekommen. Dämonen! Ausgeburten der Hölle!« Er hob die Hände gen Himmel, die Finger zu Klauen verkrampft.

Heather lauschte seinen Ausführungen mit wachsendem Unbehagen.

»Wovon redest du, Mann?«, begehrte einer der Zuhörer zu wissen.

Der Kopf des Mönches ruckte zum Sprecher herum. »Von Kriegern. Barbaren. Heiden, die das Meer an unsere Küste schwemmt.«

Aufgeregtes Raunen ging durch die Menge. »Gute Leute von Awesgrove«, erhob der Mönch seine Stimme und brachte die anderen zum Verstummen. »Gewiss habt ihr Meldung über das Schicksal meiner Mitbrüder in Lindisfarne vor einigen Jahren erhalten, über die der Schrecken zuerst hereinbrach.«

Betroffene Gesichter. Vereinzeltes Nicken. Wie gebannt hing Heather an den Lippen des Mönchs, der sich darauf verstand, ihnen von einer düsteren Zukunft zu predigen.

»Was muss ich euch noch an Jarrow erinnern. An Monkwearmoth oder an Iona: Sie alle wurden von den Heiden heimgesucht. Erst vor wenigen Monaten traf diese Plage mein Kloster, das an der Mündung des Umber gelegen ist.« Er machte eine bedeutungschwere Pause, suchte die Blicke einzelner Zuhörer.

»Sie kamen im Morgengrauen während des Gebets, stürmten in den Kirchenraum und entweihten das Haus Gottes mit dem Blut meiner Brüder, das von ihren Äxten troff.« Der Mönch sprach immer schneller, ein unterdrücktes Zittern in der Stimme. »Sie entweihten die Heilige Schrift, rissen Messbecher, Kreuze und alles, was ihnen irgend wertvoll schien, an sich. Als sie ihre gotteslästerlichen Taten beendet hatten, steckten sie das Heu in den Ställen in Brand, legten überall Feuer, damit ja nichts übrig bliebe. So heftig sie wüteten, so schnell bestiegen sie wieder ihr Schiff und segelten davon.«

Mahnend hob er eine Hand. »Wahrlich, ich sage euch: Diese Überfälle sind Gottes Strafe für das sündhafte Leben, das so viele unserer Landsleute führen. Gottes Zorn wird England und jeden Engländer treffen, wenn wir uns nicht von der Verfehlung ab- und Gottes Geboten zuwenden.«

Aufgeregt riefen die Menschen durcheinander. Neben Heather schlug eine Frau sorgenvoll das Kreuzzeichen vor der Brust.

»Das genügt, Bruder!« Cuthberts energische Stimme erhob sich über den Lärm. »Wir sollten uns nicht anmaßen, darüber zu urteilen, ob diese Überfälle Zeichen des Zorns Gottes sind.«

Langsam legte sich der Aufruhr. Wütend funkelte der Fremde Cuthbert an.

»Es werden noch mehr Heiden kommen«, zischte er aufgebracht, »sobald sie wissen, was es in diesem Sündenpfuhl zu holen gibt.«

»Und bis dahin solltest du den guten Leuten von Awesgrove mit deinen Schauermärchen keine Angst einjagen.« Cuthbert wollte den anderen von der Kiste ziehen, doch dieser widersetzte sich.

»Schauermärchen?« Hastig zog er den Ärmel seiner Kutte hoch und zeigte den Menschen eine leuchtende Brandnarbe, die sich über seinen Oberarm zog. »Ich war dabei! Gott ließ mich verschont, um den Leuten von seinem Willen zu künden, ihnen die Augen zu öffnen für ihre Verfehlungen.«

»Nun genügt es wirklich!« Kurzerhand stieg Cuthbert zu dem Prediger auf die Kiste.

»Ihr werdet sehen: Zu eurem Küstendorf werden sie auch kommen«, kreischte der Mönch, als Cuthbert ihn mit Hilfe zweier kräftiger Männer durch die Gasse davonschleifte. »Sie werden kommen!« Bald verklang sein Gezeter.

»Spinner«, murmelte Aidan kopfschüttelnd.

Heather konnte sich kaum rühren. *Die Angst und Gewissheit, die in seinem Blick lagen …* Noch immer hallten die letzten Worte des Mönchs in ihren Ohren wider, hielten ihr Herz in fester Umklammerung. *Sie werden kommen.*

Kein besserer Tag

Rasch trat Svein einen Schritt zurück, verbarg sich hinter der nächsten Hausecke. Das Herz schlug ihm mit einem Mal schneller. Vorsichtig spähte er zum Markt. An Ingrids Stand entdeckte er ihn, in ein Gespräch mit der Marktfrau vertieft.

Rorik!

Beklemmung erfasste sein Gemüt – grundlos, befand er.

Wenn die Nornen unser Schicksal so woben, dass wir uns heute hier begegnen, wenige Tage nachdem Hakon und ich den letzten Handgriff an der Vargr Hafs *getan haben …* Noch immer klangen ihm Hakons Worte im Ohr. *Für das anstehende Gespräch wird es keinen besseren Tag geben.*

Geschmeidig löste er sich aus den Schatten, schob sich zwischen den Marktständen hindurch und auf seinen Freund zu.

»Grüß dich, Fremder.« Er legte ihm die Hand auf die Schulter.

»Svein, alter Freund!« Rorik grinste, zog ihn kurz an sich und klopfte ihm fest auf den Rücken. »Was führt dich her?«

»Das könnte ich ebenso gut dich fragen. Aber ich sehe schon«, abschätzig musterte er den Korb, der unter Roriks Arm klemmte und ein wenig Gemüse enthielt, »du machst Besorgungen.«

»Turid hat mich darum gebeten.«

»Wer hätte das gedacht«, lachte Svein. »Rorik, ein Hausmann, der die Aufgaben eines Weibes erledigt. Und Turid? Bestellt sie das Land oder bereitet sich auf die nächste Víking vor?« Mit einem Lächeln versuchte er, seinen Worten ihre Schärfe zu nehmen, die ihn selbst überraschte. Rorik schien die Spitze entgangen zu sein.

»Ich war länger nicht mehr hier und wollte nachsehen, ob in Limgard noch alles beim Alten ist.«

»Wenn man dich so reden hört, könnte man denken, du lebtest mindestens eine Tagesreise entfernt und nicht bloß ein Stück den Fjord hinauf.«

»Wohl wahr, wohl wahr.« Der Dunkelhaarige seufzte.

Er trug etwas … etwas an sich. Eine stille Selbstzufriedenheit, die unlösbar an ihm haftete. Mit jeder Pore atmete er den Duft eines Mannes, der mit sich im Reinen war, angekommen.

Neid kroch aus dem finstersten Winkel von Sveins Brust, begann an seinem Stolz zu nagen. *Er ist dein Bruder!*, rief er sich zur Vernunft. Grob versetzte er dem Untier in sich einen Tritt, woraufhin es sich wie ein geprügelter Hund zurückzog.

Warum fällt es mir so schwer, ihm sein Glück zu gönnen – noch immer?

»Was hältst du davon mit mir noch einen Becher oder zwei zu leeren?«, schlug Svein vor. »Natürlich nur, wenn du alles zur Zufriedenheit deiner Frau erledigt hast«, setzte er scherzend nach.

»Ich weiß nicht. Turid …« Besorgt sah Rorik in den Himmel. Die Sonne hatte ihren Zenit längst überschritten.

»Gegen einen Becher ist doch nichts einzuwenden«, meinte Svein und stieß seinem Freund auffordernd in die Seite.

Rorik zögerte, betrachtete erst den Korb, dann das erwartungsvolle Gesicht seines Freundes. Schließlich stimmte er zu.

»Vorher muss ich noch etwas beim Schmied abholen.«

»Nur zu.«

Svein begleitete ihn. *Womöglich gelingt es mir, die Víking zur Sprache zu bringen, sobald der Alkohol unsere Zungen gelockert hat.*

Der Blonde erhaschte nur einen kurzen Blick auf etwas silbern Blinkendes, das Rorik in den Händen hielt, als er aus der Schmiede trat.

»Wir können.«

Kaum hatte Svein das Langhaus betreten, fühlte er sich besser. Das kehlige Gelächter und die brummenden Stimmen der Männer, die im Haus des Jarls beisammen saßen, tranken und scherzten, hob seine Laune.

Als Hafrún ihnen schließlich zwei Becher Met brachte und sie sich zuprosteten, erfüllte ihn eine wohlige Wärme.

Genau wie damals. Zwei Männer. Met. Die Welt, die es zu erobern gilt. Doch wem mache ich etwas vor? Seit er Rorik heute getroffen hatte, schwelte etwas in Svein. Ein dunkles, bedrohliches Gefühl, dem er lieber nicht auf den Grund gehen wollte.

»Wie lang ist es her, seit wir uns zum letzten Mal gesehen haben?«

Rorik schaute irritiert. *So nachdenklich hat er mich wohl selten erlebt.*

»Eine Weile.«

»Du verlässt deine Hütte am Fjord so gut wie nie, um mich im Dorf zu besuchen«, merkte Svein gespielt vorwurfsvoll an.

»Schon mal daran gedacht, dass ich das nur mache, um dein dummes Gesicht nicht sehen zu müssen?«, gab der Dunkelhaarige grinsend zurück.

Svein lachte dröhnend und warf den Kopf in den Nacken. Klackend schlugen die Metallperlen an den Enden der Zöpfe, die er sich in den Bart geflochten hatte, aneinander.

Erst jetzt fiel sein Blick auf das Schmuckstück, das Rorik beim Schmied abgeholt haben musste. »Und der hier?« Er langte nach dem silbernen Armreif, drehte ihn prüfend zwischen den Fingern. »Für Turid?«

Rotgolden glänzte das Metall im Feuerschein. *Ein prächtiges Stück für eine stolze Frau.*

Rorik nickte nur. Ein verzücktes Lächeln huschte um seine Mundwinkel.

Zischend stieß Svein die Luft aus. »Wenn ich es nicht besser wüsste, würde ich sagen, dass sie dir ganz schön den Kopf verdreht hat.«

»Das hat sie.« Rorik lachte. »Ich meine, du weißt ja, wie sie ist.«

»Oh ja«, murmelte Svein.

Eine Frau mit Schneid. Schön. Stolz. Unnahbar – beinahe zumindest. Eine wie sie findet sich in Dänemark sicher kein zweites Mal.

Beide Männer starrten in die nur noch zur Hälfte gefüllten Becher, die vor ihnen auf dem Tisch standen, ein jeder in seine Gedanken vertieft.

Was ist bloß aus dem alten Rorik geworden? Sveins ältester Freund, der ihm lieber war als ein Bruder es hätte sein können, war zu einem verliebten Narren geworden. Zu einem Mann, der seine Frau um Erlaubnis, nicht um Verzeihung bat.

Turid hat ihn verändert, das ist nicht von der Hand zu weisen.

Insgeheim fragte er sich, ob es ihm wohl ebenso ergangen wäre, hätte sie ihn gewählt. Ob er sie mit Gold und Geschmeide überhäuft hätte. Ob er sich damit hätte begnügen können, mit einer einzigen Frau das Lager zu teilen. *Ich bin jung, meine Lenden kräftig. Gegen ein bisschen Vergnügen ist nichts einzuwenden.*

Zu Turid hatte er sich auch auf diese Art hingezogen gefühlt. Hatte sie haben wollen, um sie gehabt zu haben – anfangs. Er redete sich ein, dass ihre Anziehung rein körperlicher Natur sei. Doch als sie Rorik wählte …

Ob ich für sie hätte treu sein können?

Es war unsinnig, sich darüber den Kopf zu zerbrechen. Sie war das Weib seines besten Freundes und damit war die Sache erledigt. Selbst wenn Rorik eines Tages … Nein, diesen Gedanken dürfte er sich gar nicht erst hingeben, wollte er nicht in einen bodenlosen Abgrund stürzen.

Das Schweigen zwischen ihnen dehnte sich aus. Svein wusste nicht, was er sagen, geschweige denn wie er die geplante Unternehmung zur Sprache bringen sollte. Die Zeit, die er heute mit Rorik verbracht hatte, rief Erinnerungen an frühere Tage in ihm wach. Doch es war nur beinahe so wie damals. Irgendetwas hatte sich in den vergangenen zwei Jahren zwischen ihnen verändert, das es ihnen unmöglich machte, so ungezwungen miteinander umzugehen wie früher.

Liegt es daran, dass ich noch immer so ein Draufgänger bin wie früher, als wir auf unsere erste Víking zogen?

Ein dumpfer Knall ließ Svein zusammenzucken, als jemand ein Bündel zwischen sie auf den Tisch schlug. *Hakon! Endlich!* Mit dem Erscheinen seines Freundes fiel auch etwas von der Anspannung von Svein.

Breit grinsend ließ sich der Neuankömmling neben ihn fallen. »Hast du es ihm gesagt?«, kam Hakon ohne große Umschweife zur Sache. Er schüttelte den Kopf.

»Was gesagt?« Argwohn lag in Roriks Stimme, doch Hakon blieb ihm eine Antwort schuldig.

»Sieh selbst«, meinte er nur und schob das schmutziggraue Stoffbündel zu Rorik herüber, das er eben auf den Tisch gedonnert hatte.

Er wird seinen Augen nicht trauen, prophezeite Svein und beobachtete Rorik, der eine Ecke des Tuchs zurückschlug. *Genau wie ich.*

Ein Kreuz aus Gold, über und über mit Edelsteinen besetzt, die funkelten, als hätten die Götter abertausende Sterne in ihrem Innern eingeschlossen. Niemand vermutete solch eine Kostbarkeit in Hakons Besitz.

»Wo hast du das her?« Ehrfurcht erfüllte Roriks Stimme.

»Aus einem englischen Tempel. Dorther stammt es zumindest«, gab Hakon bereitwillig Auskunft. »Sagen wir so: Ich kenne da jemanden, der jemanden kennt, der es mir für ein ordentliches Sümmchen überlassen hat.«

Hakon lehnte sich über den Tisch, brachte sein Gesicht näher an Roriks heran. »Und in England«, wisperte er verschwörerisch, »gibt es noch weit mehr zu holen.« Als er sich wieder zurücklehnte, schnappte er sich Sveins Becher trotz dessen Protests und leerte ihn in einem Zug.

Prüfend sah Rorik seinen Freunden ins Gesicht. »Ihr wollt auf Víking ziehen.«

Hakon nickte.

»Und du«, setzte Svein nach, »wirst uns begleiten. Einen Krieger wie du einer bist, können wir gut gebrauchen.«

»Ich habe Turid versprochen …«

Beide Männer stöhnten auf.

»Ich weiß ja, wie sie sein kann, aber sag mir nicht, dass du zufrieden damit wärst, den Sommer lang deine Felder zu bestellen und zu fischen, während Hakon und ich auf Beutezug sind«, wandte Svein ein.

»Da magst du Recht haben, aber …«

»Ist der für Turid?«, erkundigte sich Hakon plötzlich und deutete auf den Silberreif. »Stell dir vor, was für Schätze du ihr aus England mitbringen könntest. Der Jarl hat seine Zustimmung bereits gegeben – und ein Schiff habe ich auch.«

Rorik prustete los. »Du hast ein Schiff? Wie …«

Auch Svein konnte sich das Lachen nicht verkneifen. *Meine Worte.*

»Lass das wie und warum meine Sorge sein«, beteuerte Hakon. »Du musst lediglich zustimmen.«

Svein sah seinem besten Freund an, dass ihn die Aussicht auf eine Überfahrt – zudem eine nach England – reizte. Es brauchte nicht mehr viel und sie hätten ihn für ihr Vorhaben gewonnen.

»Ich kenne dich, Rorik«, beschwor er ihn eindringlich, »vielleicht sogar besser als mich selbst, und ich sage dir, mein Freund: In dir schlägt das Herz eines Wolfes, nicht das eines Hasen. Du warst schon viel zu lang nicht mehr auf Raubzug.«

Rorik rang mit sich, das stand ihm deutlich ins Gesicht geschrieben.

Wo ist der ruhmreiche Krieger geblieben? Gezähmt, häuslich gemacht hat sie ihn. Svein ballte die Hand zur Faust.

»Lass uns auf Víking gehen – so wie früher«, beharrte er.

Etwas in Roriks Miene änderte sich, als löse sich sein innerer Widerstand. Sein Ausdruck wurde verwegen, beinahe wie an jenem Tag am Fjord, als sie sich als Knaben ewige Treue geschworen hatten.

Rorik leerte seinen Becher in einem Zug, donnerte mit der Faust auf den Tisch und rief: »Verdammt, ich bin dabei!«

Geht doch. Grinsend prostete Svein ihm zu. Auch wenn er nicht in Roriks Haut stecken wollte: Mäuschen spielen wollte er dennoch, wenn sein Freund Turid berichtete, worauf er sich eingelassen hatte.

Gedankenversunken rührte Turid in der Suppe, die über dem Herdfeuer köchelte. Der Himmel vor dem Fenster der kleinen Hütte begann sich langsam zu verdunkeln, als sich Dämmerung über das Land legte, in ihrem Gefolge die Nacht.

Er ist spät. Sorge und Verärgerung hielten sich die Waage. *Gewiss hat er Hakon oder Svein in Limgard getroffen. Schlimmer noch: Beide.* Sie zog eine Schnute. *Kein Wunder, dass er so lange fort ist.*

Turid seufzte. Unweigerlich glitt ihre Rechte auf ihren Bauch. Sie hatte das Gefühl, dass sich ihr Hemd allmählich spannte, ihre Wangen voller wurden – rosiger, wie Hafrún gern erklärte.

Für das anstehende Gespräch wird es keinen besseren Tag geben.

Schon am Morgen war sie mit der wilden Entschlossenheit aufgewacht, es ihm zu sagen. Je näher der Abend rückte, umso unruhiger wurde sie – und dass Rorik noch nicht zurück war, trug sein Übriges dazu bei.

Ich bleibe dabei: Heute soll er es erfahren. Ewig konnte sie vor ihm sowieso nicht verbergen, dass da ein neues Leben in ihr heranwuchs.

Ein breiter Lichtstrahl fiel in die Hütte, als sich die Tür öffnete. Als sei nichts geschehen, trat Rorik ein, drückte ihr einen Kuss aufs Haar und brachte den Korb mit den Sachen vom Markt in die Vorratskammer.

Turid wartete auf ihn, die Arme vor der Brust verschränkt, und wippte mit einem Fuß auf und ab.

»Ist was?«, wunderte sich Rorik und wollte sie in eine Umarmung ziehen, doch Turid wich einen Schritt zurück.

Abschätzend musterte sie ihn.

»Na gut«, schuldbewusst hob der Nordmann die Hände. »Es ist später geworden als beabsichtigt.« Als sie noch immer nichts sagte, setzte er nach: »Ich habe Hakon und Svein getroffen.«

»Dachte ich mir.«

»Das letzte Mal ist schon ein Weilchen her, wir hatten uns viel zu erzählen.« Sein Blick war aufrichtig und sie merkte ihm an, dass ihm der Tag mit seinen Freunden gutgetan hatte.

Tief atmete sie durch, gab ihre abwehrende Haltung auf. »Das Essen ist gleich fertig.«

Er lächelte, küsste sie. Langsam wanderte seine Hand ihren Rücken herab.

»Rorik!«

Er hielt inne, sah sie mit schräg gelegtem Kopf an, bittend.

»Nicht jetzt.« Entschieden rührte sie im Essen.

»Schade«, murmelte Rorik an ihrem Ohr, als er sie von hinten umschlang, ihren Hals küsste.

»Rorik«, mahnte sie erneut.

»Schon gut.« Widerwillig löste er sich von ihr, trat neben sie, eine Hand hinter dem Rücken verborgen.

»Dann möchtest du gewiss erst später sehen, was ich dir mitgebracht habe.« Ein schelmisches Grinsen ließ seine Züge strahlen.

»Zeig schon her!«

Geschickt drehte er sich weg, als sie nach seinem Arm griff, genoss ihr kleines Spiel sichtlich, doch ließ sie gewinnen.

Das kann er nicht ernst meinen! Irritiert sah Turid zu Rorik, dann wieder zu dem Silberreif, den sie in den Händen hielt.

»Für dich.«

»Aber …« Womit hatte sie solch ein Geschenk verdient? Der Reif war nicht nur schön, auch wertvoll. Hatte er etwa …

»Was hast du mir zu sagen?« Argwöhnisch verengte sie die Augen.

»Darf ich meiner Frau kein Geschenk machen?«, rechtfertigte er sich – für Turid eine Spur zu heftig.

Ruhig sah sie ihn an. Sie wusste, dass sie ihn so am schnellsten aus der Fassung brachte.

Versuch gar nicht erst, etwas vor mir zu verheimlichen, Freundchen.

Betreten sah er zu Boden, doch dann rückte er endlich mit der Sprache heraus: »Hakon und Svein wollen nach England.«

»Es war nur eine Frage der Zeit, bis Hakon auf diese Idee kommt«, meinte sie. Immer wieder hatte man von der Insel gehört, die so viele mutige Männer mit ihren Reichtümern lockte. Doch die Überfahrt war mit großen Gefahren verbunden. »Hafrún ist gewiss nicht begeistert.«

Rorik nickte. »Soll ich die Tiere versorgen? Ich geh …«

Er weicht mir aus!

Sie hielt ihn am Arm zurück. »Ich merke, dass du mir nicht alles gesagt hast.«

Als er den Blick abwandte, durchrieselte sie die Erkenntnis wie ein eisiger Schauer. »Sie wollen, dass du sie auf der Fahrt begleitest«, knurrte sie.

»Sie haben gefragt, ja.«

Freya, ich wusste doch, dass es sein Gutes hat, wenn die drei sich nicht sehen. Schon haben sie ihm Flausen in den Kopf gesetzt.

»Du hast abgelehnt …« Ihr lauernder Unterton gab deutlich zu verstehen, dass sie keine andere Antwort gelten ließe.

»Turid …«

»Sag nicht, dass du zugesagt hast.«

»Turid, ich bin ein Mann – ein Krieger! Früher bin ich jeden Sommer auf Víking gezogen, jetzt schon eine ganze Weile nicht mehr.«

»Ach, das erklärt natürlich alles«, schnappte sie. »Ich bin ein Mann –
ein Krieger!«, machte sie ihn nach, stolzierte wie ein eitler Gockel in
der Hütte auf und ab. »Seht mich an: Ich verlasse Frau und Hof, um in
der Fremde irgend so eine verdammte Insel …«

»Turid!«

Zornig wirbelte sie herum. Ehe sie etwas sagen konnte, kam Rorik
ihr zuvor: »Ich weiß, dass du mich verstehst. Als du mit auf der *Faxi
Byrjar* …«

Turid zuckte zusammen. Ein Stich fuhr ihr durchs Herz.

Rorik biss sich auf die Lippen, als wolle er die Worte zurücknehmen,
die er im Leichtsinn gesagt hatte.

*Die Überfahrt. Ein gebrochenes Versprechen. Etwa zur selben Zeit muss
Vater …*

»Ich verstehe dich, Rorik«, sagte sie kühl, die Stimme belegt von
Kummer, »doch versteh auch mich.«

»Das tue ich.« Er legte ihr die Hände auf die Schultern, doch sie
machte sich sofort von ihm los. Seine Berührung schmerzte sie, fühlte
sie sich doch gerade so verraten von diesem Mann, der ihr geschworen
hatte, für sie zu sorgen.

*Warum jetzt? Letzten Sommer hätte ich ihn ziehen lassen, aber nun, da
ich nicht mehr nur die Verantwortung für ein Leben trage …*

»Es war deine freie Entscheidung, mit der Víking auszusetzen –
mach mir das nicht zum Vorwurf«, knurrte sie ungehalten.

»Es ist ebenso meine freie Entscheidung, diesen Sommer Hakon
und Svein zu begleiten.« Seine Stimme war ruhig, beherrscht. Seine
Gelassenheit, die Bestimmtheit, mit der er sie vor diesen Entschluss
stellte, ließ Turid vor Wut brodeln.

»*Das* kommt gar nicht in Frage«, schnaubte sie wütend. Nah stand sie
vor Rorik. Obwohl sie einen Kopf kleiner war als der stattliche Krieger,
den sie, eine Hand in die schmale Hüfte gestemmt, zornig anfunkelte,
schien Rorik innerlich vor ihr zu zittern. Die Luft knisterte beinahe vor
Spannung, als sich ihre Blicke trafen, keiner gewillt, klein beizugeben.

»Wann soll es denn losgehen?« Ein lauernder Unterton lag in Turids
Worten.

»In zwei Wochen.«

»Zwei Wochen?« Fassungslos warf sie die Hände in die Luft, wandte ihm rasch den Rücken zu, als erste Tränen ihre Augen füllten. Tränen der Wut, aber auch Tränen der Verzweiflung.

»Wie stellst du dir das eigentlich vor?«, fragte sie vorwurfsvoll. Vielleicht hatte Rorik das leise Beben in ihrer Stimme gar nicht bemerkt.

»Du bist stark, Turid. Du wirst ohne mich zurechtkommen – es wäre ja nicht das erste Mal.«

»Wenn du nicht zurückkommst?«

Von hinten trat er an sie heran. Schwer und warm spürte sie seine große Hand auf ihrer schmalen Schulter. Zärtlich fuhr er mit dem Daumen über ihren Hals. Seine Nähe war tröstlich, beruhigte sie.

»Ich *werde* zurückkehren.«

Götter, möge er Recht behalten.

Langsam wandte sie sich um. Ihre Augen schimmerten feucht.

»Ich brauche dich«, erklärte sie ernst. Dann nahm sie seine Hand, presste sie fest auf ihren Bauch. »*Wir* brauchen dich.«

»Du … du bist …«, stammelte Rorik.

Verlegen biss sie sich auf die Unterlippe und nickte.

Er zog sie an sich, küsste sie innig. Sanft nahm er ihr Gesicht in seine Hände. »Ich liebe dich, Turid Eiriksdóttir. Ich werde zurückkehren, das schwöre ich bei den Göttern.«

Schnitzwerk

Vorsichtig setzte Rorik das Messer an, befreite ein weiteres Stück des Wolfes aus dem handgroßen Holzscheit. *Er wird sich gut bei den drei Schafen, dem Pferd und dem Schwein machen.* Ein glückseliges Lächeln lag auf seinen Lippen, als er neugierige Kinderhände vor sich sah, die das Spielzeug gar nicht mehr beiseitelegen mochten.

Kurz ließ er die Arbeit sinken, streckte die Beine aus. Einige hundert Schritt entfernt floss der Limfjord träge am Hof vorbei. Ein funkelndes, blaues Band, auf dem weiße Wolken wie Schafe weideten.

Ein sachter Wind wehte eine leise Melodie zu ihm. Einen Klang so vertraut, dass er ihn nicht mehr missen wollte: *Wenn alte Wellen singen, von Kampfesruhm sie künden …*

Abrupt verstummte der Gesang. »Was machst du da?« Turid fuhr sich verwundert durchs Haar, ihre Wangen leicht gerötet von der Nachmittagssonne.

Einladend klopfte er auf die Bank und sie setzte sich. »Seit wann schnitzt du? Und dann auch noch so gut?«

Rorik zuckte nur mit den Schultern, reichte ihr ein Säckchen, dessen Inhalt leise klackend aneinander schlug.

Turids Miene hellte sich auf, als sie die geschnitzten Figuren aus dem Beutel zog und sie eine nach der anderen betrachtete.

»Rorik«, flüsterte sie gerührt.

»Es ist früh, ich weiß, aber …«

Sie drückte ihm einen Kuss auf die Wange. »Du wirst ein guter Vater«, murmelte sie und schmiegte sich an ihn.

Er lachte leise, arbeitete weiter an seinem Wolf. Turid blieb bei ihm. *Was kann das Leben noch für mich bereithalten? Die Götter haben mich reichlich bedacht.*

»Wie sollen wir es nennen?«, fragte er in die zufriedene Stille.

Turid hob den Kopf von seiner Schulter.

»Meinst du nicht, es ist ein schlechtes Omen, wenn wir den Namen jetzt schon wählen und nicht erst, sobald du wieder zuhause bist?« Eine feine Sorgenfalte zeichnete ihre Stirn. Turid ahnte gar nicht, wie atemberaubend sie in diesem Augenblick aussah.

Rorik legte Wolf und Messer neben sich, einen Arm um die Schulter seiner Gemahlin und eine Hand auf ihren Bauch.

Sie trägt ein Leben in sich. Die Verbindung unserer Eigenschaften, unserer Wesenszüge – ein Stück unserer Unvergänglichkeit.

»Du hast geschworen, dass du zurückkehrst«, murmelte sie, legte ihre Hand auf die seine und fuhr mit dem Daumen über seine Knöchel.

»Das werde ich. Du sollst dich deiner Sache sicher fühlen.« Er küsste ihr Haar. Zögerlich nickte sie.

Rorik nahm seinen Mut zusammen. »Wie lautet der Name deiner Mutter?«

Sie lächelte. »Du wünschst dir ein Mädchen?«

»Ich wünsche mir ein gesundes Kind – aber es soll nicht bei einem bleiben.« Er zwinkerte ihr verschwörerisch zu.

»Also gut …« So saßen sie noch eine Weile vor ihrer kleinen Hütte am Fjord, Arm in Arm, und redeten über Namen für ihr erstes gemeinsames Kind – und mit jedem Wort hatte Rorik das Gefühl, Turid mehr und mehr ihrer Sorge nehmen zu können.

Meereswolf

Prächtig leuchtete das aus blau und grün gefärbten Tuchbahnen zusammengenähte Rahsegel in der Morgensonne, die auch das ruhige Wasser des Fjords funkeln ließ.

Beeindruckend. Das Schiff war mehr, als Turid je zu träumen gewagt hatte. Mehr als sie Hakon je zugetraut hätte. Statt einer Nussschale, eines Wracks, das schon zu sinken drohte, wenn man es nur ansähe, lag dort ein Schiff im Wasser, das an Pracht die in die Jahre gekommene *Faxi Byrjar* in den Schatten stellte.

Ein Skaldenschiff.

Der Rumpf maß dreiundzwanzig Schritt in der Länge und gut drei in der Breite. Doch immer wieder blieb Turids Blick an dem kunstfertig geschnitzten Wolfskopf hängen, der den Steven schmückte: Entschlossen blickte er voraus, die Fänge gebleckt.

Die Vargr Hafs, *die* Wolf des Meeres, *bereit für die Jagd – und meinen Mann wird sie mitnehmen.*

»Ein stolzes Schiff, was?« Hakon strahlte nicht weniger hell als die Frühlingssonne, als er neben Turid trat. Sein selbstzufriedenes Grinsen reichte von einem Ohr zum anderen und er schlang den Arm um Hafrúns Hüfte.

»Das muss ich neidlos anerkennen.«

Wie auch immer Hakon das Schiff so hergerichtet hatte, sein Fleiß und seine Ausdauer waren bewundernswert.

»Danke, Turid.« Beinahe verlegen fuhr er sich über den Kopf. Seit ihrer ersten Begegnung waren die Hautbilder Zoll um Zoll gewachsen. Nun wanden sie sich wie zwei ineinander verbissene Schlangen über seinen Schädel und ein Stück weit seinen Nacken herab.

»Wir laufen gleich aus.«

Sobald sie die letzten Kisten an Bord gebracht hatten, traten auch Rorik und Svein zu ihnen.

Wortlos nahm Rorik Turid in den Arm. Fest klammerte sie sich an ihn, sog seinen süßen, dunklen Duft ein. Nur mit Mühe drängte sie die

Erinnerungsfetzen beiseite, die sich ungebeten in ihr Gedächtnis schoben – ein Abschied am Steg. Die *Gullbringa*. Eiriks warmes Lächeln …

Geh nicht!, wollte sie rufen. *Geh nicht an Bord.* Doch sie biss sich eisern auf die Zunge. Wann war sie bloß zu einer dieser Frauen geworden, die nicht mal ein paar Wochen ohne ihren Mann sein konnten?

Es ist nur die Sorge, beruhigte sie sich. *Hafrún lässt Hakon auch nicht leichtherzig ziehen.*

»Du wirst mir fehlen«, murmelte Rorik in ihr Haar.

»Nur ein paar Wochen. Wehe, du lässt es dir einfallen, in England zu bleiben! Selbst Odin und Thor würden vor meinem Zorn erzittern.«

Seine Brust vibrierte unter leisem, kehligem Lachen. Tief sah sie ihm in die Augen, eine Hand an seiner rauen Wange. Sie wussten beide, was im anderen vorging.

Sie küssten sich. Langsam. Voller Zärtlichkeit.

»Jetzt lasst es aber mal gut sein«, murrte Svein. »So viel Zuneigung … ich glaub, mir wird schlecht.«

»Aus dir spricht der Neid«, neckte Hakon, der sich nur widerwillig von seiner Hafrún trennte.

Turid verabschiedete sich auch von den beiden anderen Männern.

»Versprich mir, dass du gut auf Rorik achtest.«

Svein nickte ernst, doch für die Dauer eines Herzschlags trat ein unbestimmter Ausdruck in seine Augen, der ebenso gut eine Täuschung des Morgenlichts hätte sein können.

»Na hör mal, das ist wohl eher andersherum«, protestierte Rorik.

»Achtet gegenseitig auf euch«, glättete Hafrún die Wogen, »damit würdet ihr Turid und mir einen großen Gefallen tun.«

Die drei Freunde nickten eifrig.

»Wie in alten Zeiten«, lachte Hakon rau, drückte Hafrún einen letzten Kuss auf die Lippen und ging – ganz der stolze Schiffsführer – an Bord.

Svein und Rorik folgten ihm. Einmal schaute Rorik sich zu Turid um, legte die Hand an seine Brust, dort, wo unter dem Hemd sein Herz schlug. Sie erwiderte die Geste.

Lange noch standen die beiden Frauen am Steg, sahen dem Schiff nach, bis sich das blaugrüne Segel am Horizont allmählich in Dunst auflöste.

Die Jagd der *Vargr Hafs* hatte begonnen – mochte sie Rorik, Hakon und Svein wohlbehalten nach Limgard zurückbringen.

Sturmnacht

Der Himmel war so finster, dass Svein kaum die eigene Hand vor Augen erkannte. Grelle Blitze zerrissen die Dunkelheit, zeichneten die Umrisse der Wolken scharf nach.

In Strömen prasselte der Regen aufs Deck der *Vargr Hafs*, rann in Sturzbächen aus Sveins Haaren. Bald hätte das Wasser sein Fleisch so aufgeweicht, dass es sich von den Knochen löste. Immer weiter und immer höher peitschte Thors Hammer die Wogen auf, die das Schiff hin und her warfen.

Oder ist es der seltsame Gott der Engländer? Trifft uns sein Zorn, ehe wir auch nur einen Fuß auf sein verdammtes Land gesetzt haben?

Sveins Knie waren steif vom eisigen Wasser und den harten Planken. Eine neuerliche Woge klatschte gegen die Bordwand, schwappte an Deck.

Während seine Kameraden unermüdlich Wasser zurück ins Meer schöpften, ihre Anstrengung verdoppelten, um diese Sturmnacht zu überstehen, saß Svein einfach da. Regungslos inmitten des Unwetters, als warte er darauf, dass es ihrer aller Leben verschlang.

Deutlich war er sich des Messergriffs bewusst, der sich hart in seine Flanke bohrte. Nur verschwommen erkannte er die Seile, die sich die Männer um den Leib, dann um den Mast geschlungen hatten, um nicht über Bord zu gehen. Irgendwo zu seiner Rechten stieß Rorik einen ungehaltenen Fluch aus. Rorik, den er überredet hatte, mit ihnen auf Víking zu ziehen, Turid zurückzulassen. Svein bräuchte bloß das richtige Seil zu kappen …

Entschieden schüttelte er den Kopf. Seine klammen Finger packten die Schöpfkelle fester und mit neuer Verbissenheit machte er sich an die aussichtslose Arbeit.

Wir werden nicht untergehen – nicht heute Nacht.

Sorgenvoll lehnte Turid im Eingang ihrer Hütte, beobachtete das Unwetter, das sich in einiger Entfernung, wo der Fjord den Kattegatt speiste, zusammenballte. Blitze erleuchteten in unregelmäßigen Abständen die dunklen Wolken, die regenschwer so dicht über dem Wasser hingen, als wollten sie auf den Grund des Meeres sinken und ihre Wut dort entladen.

Freya, halte deine schützenden Hände über meinen Mann.

Der Wind frischte auf, zupfte an einer Strähne ihres Haares und trug eine erste Ahnung des nahenden Unwetters mit sich.

Zärtlich legte sie die Hand auf die Wölbung ihres Bauches, die sich sacht unter ihrer Kleidung abzeichnete.

Er hat versprochen, zurückzukehren, ging es ihr durch den Kopf, *bei den Göttern hat er es geschworen. Ihren Günstling schützen sie.*

Die Männer würden sicher übersetzen, reiche Beute machen. Dann würde Njörd ihnen *byrr* schenken, den günstigen Fahrtwind, der die Segel der *Wölfin des Meeres* füllte und Rorik zu ihr zurückbrächte.

Mit neuer Zuversicht, den Blick auf den Horizont gerichtet, begann Turid die Weise der Frauen ihrer Sippe zu singen. Ihr Lied erhob sich mit dem auffrischenden Wind. Der Gedanke, dass er es gar bis zu den Göttern nach Asgard hinauf trüge, erfüllte sie mit Hoffnung:

Wenn alte Wellen singen,
von Kampfesruhm sie künden,
der nach langer Überfahrt,
nur dem stärksten Krieger harrt.

Um das Schiff herum nur Dunkelheit –
als wär's das Ende aller Zeit.
Ächzen Planken unter Hammerschlag,
unendlich fern der nächste Tag.

Heldenruhm wird dich erwarten,
dort am Ende aller Fahrten …

Schicksalsfäden

Zoll um Zoll wuchs das Gewebe unter Heathers Fingern. Sonnenlicht stach durchs Fenster, ließ das gefärbte Garn strahlen. Seit dem Morgen spürte sie dieses seltsame Gefühl, als könne nichts ihre Stimmung trüben, gleichgültig, was auch immer sich an diesem Tag ereignen mochte. Margret hatte ihr, bevor sie auf den Markt gegangen war, angeboten, sie früher gehen zu lassen, damit sie ihrem Vater helfen konnte.

Sogar das Weben ging ihr heute noch leichter von der Hand, beinahe als lenkten die Fäden ihre Finger, damit das Mädchen sie an die richtige Stelle brachte.

Ein lauter Schrei ließ sie zusammenzucken. Vor Schreck glitt ihr das Webschiffchen aus der Hand.

»Sie kommen!« Dumpf hörte sie den Warnruf durch die geschlossene Tür. Beunruhigt durchmaß sie den Raum mit großen Schritten, lugte vorsichtig durchs Fenster neben der Tür.

Die Arme gen Himmel erhoben, eilte der wahnsinnige Prediger vom Festtag durch die Straßen. »Sie kommen!«, schrie er heiser. »Der Herr hat uns verla…« Sein Ruf verstummte. Er torkelte zwei Schritt nach vorn, stürzte. Zwischen seinen Schulterblättern ragte ein Beil hervor.

Erschrocken presste Heather die Hände auf den Mund, wich benommen zurück.

Ein blonder Hüne riss die Axt mit einem Ruck aus dem Leichnam. Weitere Männer folgten ihm.

Guter Gott, steh uns bei! Hastig schlug sie das Kreuzzeichen über der Brust. Unbändig drückte ihr das Herz gegen die Rippen.

Die Schreie der Dorfbewohner wurden lauter. Waffenklirren mischte sich darunter.

Gehetzt sah Heather sich nach einem Versteck um, als auch schon die Tür aufflog.

Ihr stockte der Atem. Ein großgewachsener Blonder stürmte in den Raum. Seine blauen Augen blickten wild, in seinen Bart hatte er dünne Zöpfe geflochten. Blut tropfte von der Schneide der Axt. Ein beinahe raubtierhaftes Grinsen ließ seine Mundwinkel zucken, als er das Mädchen gewahrte.

Oh nein!

Rasch war der Krieger bei ihr, packte sie am Arm.

»Lass mich los!«, schrie sie, schnappte mit der freien Hand das Webschiffchen und stach nach dem Gesicht des Barbaren. Wütend knurrte er, als sie ihm kaum mehr als eine Schramme zufügte, sich jedoch losreißen konnte.

Sofort setzte der Fremde ihr nach, riss den Webstuhl um, der polternd zu Boden stürzte. Krachend brach der Rahmen.

Meine Arbeit!

Grob drückte der Eindringling sie gegen die Wand, hielt ihre Arme hinter ihrem Rücken verschränkt, während er mit der anderen Hand ihren Rock hochschob.

Ave Maria, gratia plena …, bat sie stumm, den Blick an die Decke geheftet, über der Gott und die himmlischen Heerscharen tatenlos zusahen, was mit ihr geschah. Siedend heiße Tränen rannen über ihre Wange. Deutlich nahm sie den Geruch des Blonden wahr: Salzwasser, Schweiß und Blut.

Eine Stimme von der Tür. Kurz hielt er inne, wandte sich zu seinem Begleiter um.

Die beiden wechselten ein paar schnelle, hitzige Worte in einer kehligen Sprache, die Heather nicht verstand. Dem Tonfall nach zu urteilen stritten sie.

Unsanft zog der Neue den Blonden von ihr, fuhr ihn scharf an. Ohne ein weiteres Wort stürmte dieser aus dem Haus. Nur der Dunkelhaarige blieb zurück.

Er sagte etwas zu ihr. Ruhig. Gar besorgt. Als er merkte, dass sie nicht begriff, deutete er zuerst auf sie, dann hob er die Hände vor die Augen.

»Verstecken?«, fragte sie zittrig.

»Ver-steck-en.« Er nickte, legte den Finger an die Lippen und entfernte sich rückwärts. »Ver-steck-en«, wiederholte er und schloss die Tür hinter sich.

Heather stieß die Luft aus, die sie angehalten hatte. Sie dankte Gott, dass der Dunkelhaarige rechtzeitig aufgetaucht war. Wer weiß, was der andere sonst mit ihr gemacht hätte.

Sie musste von hier verschwinden. Vielleicht kehrte der Blonde zurück, um zu beenden, was er begonnen hatte.

Sie lauschte, doch die Schreie und der Kampflärm klangen weiter entfernt. Zögerlich öffnete sie die Tür. Niemand war auf der Straße zu sehen.

Ich muss es wagen!

Neuerliche Tränen füllten ihre Augen, als sie die Erschlagenen sah. Wenn sie Awesgrove lebend verlassen wollte, würde sie sich von Versteck zu Versteck vorantasten müssen.

Langsam streifte Svein durch die Gassen des fremden Dorfes, ein Wolf auf der Jagd, dessen Blutdurst noch lange nicht gestillt war. Er wog die Axt in der Hand, warf einen flüchtigen Blick in die offen stehenden Häuser, an denen er vorbeikam.

Diese Engländerin …

Ein hübsches Mädchen. Etwas schmächtig und hager vielleicht – ihm war es lieber, wenn er etwas zu packen bekam – doch ja, diese unschuldigen braunen Augen …

Thor, was für ein Weib. Wie ein scheues Reh.

Er grinste, als er an ihren erschrockenen Ausdruck dachte, kaum dass er in den Raum stürmte. Doch die Kleine hatte ihn mit ihrer Gegenwehr überrascht.

Dieses entschlossene Funkeln in ihrem Blick – beinahe wie Turid.

Svein malmte mit dem Kiefer, spuckte aus. *Rorik musste es ja verderben.*

Seinetwegen hatte er die Engländerin nicht haben können. Und Turid schon gar nicht.

Wie glückselig er ist, dass sie sein Kind unter dem Herzen trägt. Er ballte die Hand zur Faust, konnte seinen Zorn kaum mehr im Zaum halten.

Achtlos stieg er über einen gefallenen Engländer hinweg. Irgendwo im Dorf wurde noch immer gekämpft, doch das Waffenklirren hing nur noch selten in der Luft.

»Svein Oleifsson, wann wurdest du zu einem Mann, der sich nehmen lässt, was er sich nehmen will – was ihm gehört?«, stellte er sich selbst zur Rede, doch die Antwort war klar: »Solch ein Mann war ich noch nie.«

Nachdem seinen Lenden eine erste Erleichterung verwehrt geblieben war, hatte er sich anderweitig ablenken müssen. Die beiden Engländer, die ihm prompt in die Arme liefen, waren Svein mehr als willkommen gewesen.

Vor mir her habe ich sie getrieben, wie der Wolf den Hasen. Zum Strand sind sie gerannt – eine sinnlose Flucht.

Die beiden waren keine ernst zu nehmenden Gegner. Doch als sie erschlagen vor ihm im Kies lagen, da wusste er, was zu tun war. Kurzerhand hatte er sie zum Schiff geschleift. Vorkehrungen getroffen.

Wenn ihr Nornen eure Schicksalsfäden so günstig webt – wer bin ich, mich gegen die Fügung stellen zu wollen?

Klappern und Rumpeln ließen Svein innehalten. Ein Blick durchs Fenster: Ein Mann lag in der Lache seines eigenen Blutes auf dem Boden, der Schädel gespalten. Abseits von ihm stand Rorik, durchwühlte Schränke und warf achtlos hinter sich, was ihm nicht wertvoll schien.

Svein beobachtete ihn eine Weile. *Mein ältester Freund, mein Bruder …*

Er schüttelte den Anflug eines Gewissens ab, setzte eine gehetzte Miene auf und stürzte in den Raum. »Kämpfer sind auf dem Weg zu unserem Schiff. Schnell!«

Roriks Züge zeigten Verwunderung, die grimmiger Entschlossenheit wich. Einer Entschlossenheit, die Svein aus früheren Tagen von ihm kannte.

Der Kampf hat ihn in den alten Rausch versetzt, ging es ihm durch den Kopf, als sein Freund, das Gesicht von Blut besprenkelt, den Griff um den Axtschaft verstärkte und an ihm vorbeistürmte.

Die beiden Männer ließen das Dorf bald hinter sich. Schon von der Hügelkuppe aus sahen sie die Engländer bei der *Vargr Hafs*.

Zufrieden bemerkte Svein, dass Rorik in einen leichten Trab fiel, ließ sich selbst zurückfallen.

Was wäre all die Beute ohne ein Schiff, das uns wieder nach Hause bringt.

Im Nu erreichten sie den Strand. Kies knirschte unter Roriks Stiefeln, als er mit erhobener Axt auf einen der Krieger zustürmte, der sich an der Bordwand zu schaffen machte.

Langsam ging Svein in die Hocke, befreite ein sorgsam verborgenes Schwert aus dem Kies.

Rorik hielt verwundert inne, als er das Blut zu Füßen des Mannes, den Betrug bemerkte.

Englischer Stahl. Die Klinge blitzte auf, als Svein hinter Rorik trat. *Mal sehen, wie er dir schmeckt.*

Die Genugtuung, die ihn durchströmte, als er seinem engsten Freund die Klinge flach seitlich in den Rücken trieb, war schier überwältigend.

Langsam sank der Dunkelhaarige auf die Knie, glitt von der Schwertspitze und schlug mit dem Gesicht voran hin.

Svein packte ihn an der Schulter, drehte ihn grob auf den Rücken. Rorik stöhnte vor Schmerz. Er ging neben ihm in die Hocke. Triumph und Hohn bescherten Svein ein ungekanntes Hochgefühl. Entsetzen sprach aus Roriks Blick, als er erkannte, wer ihn verraten hatte.

»Du verstehst nicht, warum ich es getan habe, warum ich es tun musste, oder?«

Fassungslosigkeit und Wut glitten über Roriks Züge, doch der Schmerz lähmte vorübergehend die Zunge des Nordmanns.

»Turid«, wisperte Rorik mit bebenden Lippen.

Dass du wirklich so lang gebraucht hast, es zu begreifen. Mir vertraut hast, Narr.

»Weißt du, ich begehrte sie vom ersten Tag an, da ich sie gesehen habe. Du wusstest nicht, dass ich auch um sie geworben habe – und sie tat gut daran, es dir zu verschweigen.«

Rorik bäumte sich auf, doch sank erschöpft wieder zurück.

»Du hast all das bekommen, was mir verwehrt blieb. Sogar mein Vater hat dich mir – seinem eigenen Fleisch und Blut – vorgezogen.«

Roriks Hand zuckte zur Axt, bekam sie nicht zu packen.

»Aber sorg dich nicht. Ich werde mich um Turid und dein Kind kümmern. Ihr wird es an nichts mangeln. Und mit der Zeit wird sie mich lieben lernen. Aber dich, dich wird sie vergessen, Rorik.« Verächtlich spuckte er aus, dann erhob er sich. Leise summend machte er sich daran, den Strand entsprechend herzurichten. Ohne Rorik eines weiteren Blickes zu würdigen, überließ er ihn seinem Schicksal.

Während er auf den Tod wartet, wird er sich ausmalen, wie ich gemeinsam mit Turid sein Kind großziehe – und er wird mich verfluchen.

Svein hatte dafür gesorgt, dass es aussähe, als habe ein Engländer Rorik erwischt. Er war zufrieden. Niemand würde erfahren, was sich am Strand zugetragen hatte.

Heiseres Krächzen holte Rorik unsanft in die Gegenwart zurück. Zwei Raben saßen zu seiner Rechten, beobachteten ihn mit ihren schwarzen, wissenden Augen.

Hugin und Munin, Odins Raben.

Lautes Flügelschlagen drang an sein Ohr, als er in den trüben Himmel blickte. Kies knirschte. Jemand näherte sich leichtfüßig, eine leise, erhabene Melodie auf den Lippen, die mit dem Wellenrauschen verschmolz.

Mit letzter Kraft wandte er den Kopf.

Eine junge Frau hielt auf ihn zu. Immer wieder zerfaserte ihre Gestalt vor seinem sich trübenden Blick, zerrann wie Nebelfetzen. Sie war in ein zerrissenes, dunkles Kleid gehüllt. Mächtige, pechschwarze Schwingen sprossen aus ihrem Rücken.

Sie kniete neben ihm nieder. Ihre Haut hell wie Mondlicht, die ernsten Augen dunkel, die Lippen voll und sinnlich. Ihre fein geschnittenen Züge zeigten eine gewisse Strenge, doch war sie auch von wilder, fremder Schönheit. Ihr Antlitz verschwamm und einen Herzschlag lang glaubte Rorik, in das vorwurfsvolle Gesicht seiner Turid zu schauen, ehe die dunklen Augen der Fremden seinen Blick erneut gefangen nahmen.

Sanft strich sie Rorik das Haar aus der Stirn. Ihre Berührung ließ ihn allen Schmerz vergessen, bis er zu einem blassen Schatten am Rande seines Bewusstseins schmolz. Rorik verspürte keine Angst. Die Walküre war seinetwegen gekommen.

»Valhalla wartet auf dich, Rorik«, wisperte sie und hauchte einen Kuss auf seine Stirn. Erneut begann sie zu singen. Geführt vom Klang ihrer Stimme glitt er langsam in die sanfte Umarmung der Dunkelheit, ihre Worte verliehen seiner müden Seele Schwingen.

Heather grub die Nägel tiefer in den feuchten Erdboden. Ihre Finger wollten gar nicht mehr aufhören zu zittern, seit sie sich hier versteckt hielt. Flach lag sie auf dem Boden, presste sich an den Felsen, der aus der von Gräsern überwucherten Hügelkuppe ragte. Sie standen hoch genug, Heather vor neugierigen Blicken abzuschirmen.

Von ihrem Versteck aus überblickte sie den Strand, sah das Schiff der Fremden träge auf den Wellen schaukeln.

Sie hatte nach Hause rennen wollen, als sie den Blonden sah, der zwei Männer aus Awesgrove vor sich hertrieb, ein irres Lachen auf den Lippen und die Axt in weiten Bögen über dem Kopf schwingend.

Hastig war Heather in Deckung gegangen, um dem Krieger keinesfalls in die Arme zu laufen.

Alles hatte sie mit ansehen müssen. Hatte die Augen nicht abwenden können: Wie er sie tötete, einen Leichnam zum Schiff schleifte und den Mann mit seinem eigenen Speer an die Bordwand heftete. In aller Ruhe war er nach Awesgrove zurückgekehrt.

Anfangs dachte sie noch, der Heide wolle seinen Göttern die Männer als Blutopfer darbringen. Doch als sie nun wie gebannt hinunter zum Strand starrte, wusste sie, was es tatsächlich mit dem seltsamen Gebahren des Fremden auf sich hatte. Er war wieder da – in Begleitung des Dunkelhaarigen, der sie in der Webstube vor dem Schlimmsten bewahrt hatte. Die Axt über dem Kopf erhoben, stürmte dieser voran, bereit, den vermeintlichen Gegner niederzumachen.

Der andere war hinter ihm zurückgefallen, bückte sich und …

Ein Schwert! Die polierte Klinge warf das Sonnenlicht blitzend zurück.

Heather wollte ihrem Helfer eine Warnung zurufen, doch ihre von Furcht gefesselte Zunge gehorchte ihr nicht.

Alles in ihrem Innern schrie auf, als der Blonde zustach, schrie ihre Verzweiflung heraus, ihre hilflose Wut über diesen schändlichen Verrat.

Es dauerte eine Ewigkeit, bis der Krieger sein grausiges Werk vollendet hatte und nach Awesgrove zurückkehrte.

Als wäre nichts geschehen.

Eine Weile verharrte Heather in ihrem Versteck. Die Spuren stummer Tränen benetzten ihre Wangen, obwohl sie längst versiegt waren.

Erst als einige Zeit kein Kampfeslärm mehr zu ihr schallte, wagte sie es, sich mit steifen Gliedern zu erheben. Geduckt huschte sie hinter dem Stein hervor, doch statt zum Hof zu laufen, schlug sie den Weg zum Strand ein.

Du bist verrückt, Heather. Gewiss sorgt Vater sich um dich. Du aber riskierst dein Leben für einen Barbaren.

Er hatte ihr geholfen. Sie hatte das Gefühl, es ihm schuldig zu sein.

Ich habe mich nicht bedanken können … Für diesen Gedanken wollte sie sich ohrfeigen. Seine Begleiter wüteten unter den Bewohnern von Awesgrove – unter ihren Nachbarn und Freunden – und er selbst hatte bestimmt auch getötet.

Aber sie hatte etwas in seinem Blick gesehen …

Der Kies knirschte leise unter ihren Schritten, als sie sich dem Fremden näherte. Träge wandte er das Gesicht in ihre Richtung.

Er lebt!

Behutsam kniete sie sich neben ihn. Ein dunkler Fleck prangte auf seinem Wams, die Wellen umspülten seine Füße, seine Hosen hatten sich bis zu den Knien mit Wasser vollgesogen.

Der Atem des Fremden ging flach, langsam. Sein Haar, das ihm in der Stirn klebte, hob sich deutlich von seiner fahlen Haut ab. Der Blick seiner blauen Augen ruhte auf ihr, warm, voller Zuneigung, als sähe er jemand anderen in ihr.

Mitgefühl erwachte in Heather. Sanft strich sie dem Krieger eine Strähne aus der Stirn.

»Alles wird gut«, murmelte sie, auch wenn sie wusste, dass er sie nicht verstand. Es war keine Beschwichtigung, wie man sie einem Kind sagte, wenn es gestürzt war. Es war ein aufrichtiges Versprechen.

Seine Verletzung scheint weniger schlimm, als es den Anschein hatte. Sie würde ihm helfen, dazu war sie wild entschlossen.

Wo haben sie bloß ihre Schätze versteckt? Wütend schleuderte Hakon einen Zinnbecher in die Ecke, der klappernd zum Liegen kam. Er hatte sich mehr erhofft von dieser Überfahrt, von England.

Wir sind hier noch nicht fertig, beschwichtigte er sich. Das ganze Gotteshaus stellten sie auf den Kopf, von den Türleisten bis zum Giebel, aber einen Schatz wie den von Gorms Freund entdeckten sie nicht. Vielmehr schien ihm dieser Tempel bescheiden.

Dürftig trifft es eher.

Heute Nacht würden sie hier lagern, in diesem Gebäude, und morgen bei Tagesanbruch das Dorf aufs Neue durchkämmen.

Wollen wir mal sehen, ob der Ort nicht mehr zu bieten hat, als es auf den ersten Blick scheinen mag.

Langsam ging er zu seinen Männern. Sie hatten Holzbänke zerschlagen, zu einem Haufen aufgeschichtet und ein kleines Feuer entfacht. Ein Eintopf aus Vorräten, die ihnen in die Finger gefallen waren, köchelte darüber. Ein Becher wurde ihm entgegengereckt. Dankbar nahm Hakon einen Schluck.

Zum Glück findet einer der Männer auf solchen Unternehmungen stets eine Schankstube.

Sein Schmunzeln erstarrte zu Eis, als Svein in das Gotteshaus stolperte. Der Bart des Nordmannes blutverkrustet, war es doch der Ausdruck auf seinem Gesicht, der Hakon beunruhigte.

»Was ist geschehen?« Sofort trat er an die Seite seines Freundes. Eine Hand in seinen Rücken gelegt, begleitete er ihn zum Rest der Mannschaft.

Stöhnend ließ sich Svein auf den Boden aus poliertem Stein sinken. Von irgendwoher kam ein Becher, den der Blonde gierig leerte. Ein Gutteil des Alkohols rann in seinen Bart.

»Svein, was ist los?« Er hatte den Limgarder in all den Jahren noch nie so verstört erlebt. Das Sprechen bereitete ihm Mühe. Ob vor Erschöpfung oder der Nachricht wegen, die er zu überbringen hatte, vermochte Hakon nicht zu bestimmen. Furcht schlang ihre eisernen Ketten um sein Herz, als sich das Schweigen dehnte.

»Rorik«, krächzte Svein schließlich. Er hob den Kopf, suchte Hakons Blick. »Er ist gefallen.«

Der Schiffsführer fühlte sich, als hätte ihm jemand die Faust in die Magengrube gerammt. Jedes weitere Wort seiner Schilderung war ein erneuter Hieb.

»Wir gerieten in einen Hinterhalt«, berichtete der Blonde. »Die Engländer wollten unser Schiff beschädigen. Wir sind zum Strand. Einer von ihnen … er hat Rorik … bevor ich sie alle niedermachen konnte.«

Hakon schloss die Augen, das Gesicht gen Himmel erhoben. *Odin, warum musstest du Rorik holen? Ausgerechnet Rorik?*

Entsetzen ergriff ihn, durchzogen von Verzweiflung. Nach England überzusetzen war allein seine Idee gewesen. Und es war seine Idee gewesen, Rorik zu überreden, sie zu begleiten. Nun war sein Freund tot. Wie sollte er das bloß Turid beibringen?

Turid!

Tränen brannten in seinen Augen.

Nornen, ihr grausamen Weberinnen!

Hakon ballte die Hand zur Faust. Sie war schwanger. Ein Kind, das ohne Vater aufwachsen musste. *Grausames Schicksal! Allmächtige Götter, ich werde Turid zur Seite stehen, so gut ich vermag – das schwöre ich bei meinem Leben!*

»Was jetzt, Hakon?«

Er öffnete die Augen, sah in die erwartungsvollen Gesichter seiner Mannschaft.

»Wir gehen zum Strand. Rorik soll den Raben nicht zum Fraß dienen.«

Svein nickte ernst. »Er soll ein ordentliches Begräbnis bekommen – in Limgard.« Er erhob sich, mit ihm drei weitere Männer.

»So sei es«, bekräftigte Hakon. Dann machte er sich auf zum bisher schwersten Gang seines Lebens.

Die Götter nehmen, die Götter geben, dachte er, als er aus dem Tempel trat. Die Abendsonne verwandelte den Himmel in ein Meer aus Flammen.

Noch einmal richtete er den Blick nach oben, gen Asgard, gen Valhalla, wo sein Freund nun mit seinen Ahnen speiste.

Es singen die Äxte,
es stöhnen die Schilde.
Odin, Göttervater,
gewährt keine Milde.

Ihre Lungen brannten, als Heather endlich den Hof erreichte. Gehetzt sah sie sich um. Niemand auf dem Feld. Die Tür zum Wohnhaus verschlossen.

Hier muss doch jemand sein! Angst packte sie. Wisperte ihr leise ins Ohr, was wäre, wenn sie alle – Harold, Walter, Roland und Aidan – nach Awesgrove gegangen waren. Wenn sie … *Nein, daran darfst du gar nicht erst denken!*

Sie stolperte weiter, die Augen brennend vor ungeweinten Tränen. Das Bersten von sich spaltendem Holz wie Musik in ihren Ohren.

»Aidan«, schluchzte sie leise.

Entsetzen huschte über seine Züge und ihm glitt die Axt aus der Hand, als er Heather gewahrte und das Blut an ihren Fingern. Sofort war er an ihrer Seite, nahm ihre zitternden Hände in die seinen. Sanft führte er sie zu einem Holzblock, auf den sie sich setzte.

»Was ist geschehen?« Besorgt strich er ihr eine Strähne hinters Ohr.

»Ein Überfall ... Barbaren«, presste sie zitternd hervor.

Behutsam hob Aidan ihr Kinn, damit sie ihn ansah. Die Ruhe in seinem Blick gab ihr die nötige Kraft, weiterzusprechen. »Sie kamen übers Meer, so wie der Mönch am Hochfest gesagt hat. Aidan, überall Erschlagene. So viel Blut ...«

Er zog sie an sich. Der salzige Geruch von Arbeit und Sonne, der ihm anhaftete, hatte etwas Tröstliches. »Hier wird dir nichts geschehen«, erklärte er entschlossen. »Hörst du? Das lasse ich nicht zu.« Etwas am Klang seiner Stimme ließ Heather erschaudern. Nur widerwillig löste sie sich von ihm.

»Wo ist Vater?«

»Mit deinen Brüdern bei Edmund.«

Dem Herrn sei Dank, sie sind in Sicherheit. Zum ersten Mal in ihrem Leben konnte sie den Diensten für Edmund etwas Gutes abgewinnen.

Aidan räusperte sich verlegen und ließ ihre Hand los, als er bemerkte, dass er sie noch immer hielt.

»Da ist noch etwas«, hob Heather zögerlich an. »Du musst mir bei einer Sache helfen.«

Kurz schilderte sie ihm, was sie erlebt hatte.

»Du willst zum Strand, obwohl diese Krieger noch immer vor Anker liegen?«, schnappte der Junge barsch. »Das kann nicht dein Ernst sein!«

»Versteh doch: Sein Freund hat ihn verraten!« Sie war den Tränen nahe.

»Und deshalb willst du dein Leben für diesen ... diesen Barbaren aufs Spiel setzen?«

»Wäre er nicht gewesen ... Ich kann ihn nicht allein holen. Aidan, bitte!«

Der andere seufzte schwer. »Gut, ich komme mit. Wenn dieser Kerl noch immer lebt, dann erklärst du Harold, warum er einen Heiden auf seinem Hof verstecken soll.«

Unmöglich!

Sveins eigenes Entsetzen spiegelte sich auf Hakons Miene. Was er sah, konnte unmöglich der Wahrheit entsprechen.

Er sah … nichts.

Kein Schwert.

Keine Leiche.

Einzig ein roter Schleier auf dem Kies verriet, dass er nicht bloß geträumt hatte. Doch beantwortete das seine drängende Frage nicht: *Wo in Lokis Namen ist Rorik?*

Der Blonde stand abseits der anderen, gab vor, sich die Stelle genau anzusehen, an der sein Freund gefallen war. Schleifspuren im Kies führten von der kleinen Blutlache zum Hügel, als hätte jemand den toten Nordmann weggeschleppt. Doch wer? Und warum verlor sich die Spur dann auf dem Weg, der vom Dorf wegführte?

Tief atmete er durch.

Nicht durchdrehen, Svein. Bis jetzt ist alles gut gegangen.

Er sollte sich nicht darum scheren, dass Rorik verschwunden war. Kein Leichnam, keine unangenehmen Fragen, die zu unnötigen Verdächtigungen führten.

Er muss *tot sein.* Ohne Versorgung konnte er solch eine Verwundung unmöglich überleben. Zwar hatte Svein gewollt, dass er langsam verblutete, sich aber Zeit genommen, bis er Hakon Bescheid gab. Erst als er sich sicher war, dass der andere keinen Mucks mehr machen würde, wenn sie ihn bargen, hatte er Meldung gemacht.

Sacht zuckten seine Mundwinkel nach oben. Wie leicht ihm seine Lüge doch über die Lippen gekommen war. Er war so überzeugend gewesen, dass er beinahe selbst glaubte, was er erzählte – wenn er es nicht besser wüsste.

Das Tageslicht schwand zunehmend. Hakon bedeutete ihm mit einer Geste, dass es an der Zeit war, zurückzugehen.

Svein warf einen letzten Blick auf den rotgefärbten Kies. Rorik war ein für alle Mal Vergangenheit.

Die Rückkehr
der Meereswolf

Sie kommen!« Hafrúns aufgeregter Ruf durchbrach die Trägheit des Mittags zugleich mit dem schmetternden Horn Limgards. »Unsere Männer kehren zurück.«

Freudestrahlend zog sie Turid aus dem Langhaus. *Rorik kehrt Heim*, dachte sie glücklich, eine Hand auf der Wölbung des Bauches, die sich kaum mehr verbergen ließ, während ihre Freundin sie zum Steg führte.

Dicht gedrängt standen sie auf den vom Wetter verwitterten Holzbrettern. Niemand wollte sich den geschichtsträchtigen Tag entgehen lassen, an dem zum ersten Mal ein limgarder Schiff in den Heimathafen einlief, das bis nach England gesegelt war.

Turid sah bange Gesichter von Müttern, Schwestern, Ehefrauen, die auf ihre Männer warteten. Doch auch Freude und Neugierde.

Was sie wohl von der Insel zu berichten haben?

Hafrún drückte Turids Hand, steckte sie mit ihrer Aufregung an. Turid stellte sich auf die Zehenspitzen, doch erhaschte nur einen kurzen Blick auf das Blaugrün des Segels, das sich näherte.

Die Vargr Hafs, *ohne Zweifel.*

Turid wurde ganz kribbelig, als sie daran dachte, dass es nur noch wenige Schiffslängen waren, die sie von Rorik trennten.

Er hatte Recht: Ich bin gut ohne ihn zurechtgekommen. Aber ich bin froh, wenn er wieder zurück ist. Die Nächte waren kalt und einsam.

Freudenrufe. Das Schiff landete an. Unter fröhlichem Gelächter und derben Scherzen begann die Mannschaft, einen Teil der Beute vor den Augen des Jarls abzuladen.

Turid konnte es gar nicht rasch genug gehen. Sie reckte sich, glaubte, Sveins Haarschopf zwischen den anderen zu erkennen.

Dann teilte sich die Menge vor ihnen und spuckte Hakon aus. Ein breites Grinsen auf dem Gesicht zog er Hafrún an sich und küsste sie leidenschaftlich, hungrig.

»Du ahnst gar nicht, wie sehr ich dich begehre«, knurrte er und sie errötete.

»*Das* solltet ihr nicht hier tun«, bemerkte Svein und trat zu ihnen. Allmählich leerte sich der Steg.

»Willkommen daheim«, begrüßte Turid ihn voll aufrichtiger Freude. Erneut stellte sie sich auf die Zehenspitzen, suchte die Umgebung nach dem satten Braun von Roriks Haaren ab. Nur noch wenige Männer standen bei der *Meereswolf*, die meisten waren schon ins Langhaus gegangen, um von ihren Abenteuern zu erzählen.

Rorik war nicht unter ihnen.

Verwundert sank sie zurück. »Wo ist …« Die Frage blieb ihr im Halse stecken, kaum dass sie in die betroffenen Gesichter von Hakon und Svein blickte.

»Es tut mir so unendlich leid«, meinte der Blonde und trat einen Schritt vor.

Unweigerlich stolperte sie zurück, schüttelte unentwegt den Kopf, als könne sie so verhindern, dass er weiterspräche. Als wäre es nicht wahr, wenn er es nicht aussprach.

»Rorik wird nicht zurückkehren.«

Seine Worte hallten in der plötzlichen Leere in ihrem Innern nach. Wie aus weiter Ferne vernahm sie ein herzzerreißendes Schluchzen, ehe die Welt um sie herum zur Seite kippte.

Sveins starke Arme gaben ihr Halt. Behutsam trug er ihren erschütterten Leib ein Stück. Nur verschwommen nahm Turid den Geruch von Schweiß und Salzwasser wahr, der dem Blonden anhaftete.

Besorgte Stimmen flüsterten miteinander.

Turid glaubte, es ginge um sie, darum, dass sie erstmal in die Hütte von Hakon und Hafrún gebracht werden sollte. Selbst wenn: Es war ihr gleich. Ihr Leben war zersprungen wie ein Tongefäß. Turid würde es nicht flicken können – das wichtigste Bruchstück war unwiderruflich verloren.

Heilung

Heather schnellte hoch wie eine losgelöste Bogensehne, als Cuthbert das Zimmer verließ.

»Wie geht es ihm? Besteht noch Hoffnung?«

»Für dich nicht«, bemerkte der Mönch streng. »Für ihn … das wissen nur seine Götter.«

Mit einem ärgerlichen Gesicht ging er dem Mädchen voran in die Küche. »Einen Heiden ins Haus deines Vaters zu bringen«, grollte er, »einen Wilden, an dessen Axt das Blut deiner Nachbarn klebt.«

Schwerfällig ließ sich der Mönch an den Tisch fallen.

Bereitwillig füllte Heather seinen Becher mit Dünnbier und setzte sich zu ihm.

»Hätte ich ihn etwa sterben lassen sollen?« Sie blieb ganz ruhig.

Cuthbert biss sich auf die Zunge, doch sie las ihm die Antwort an den Augen ab: *Es wäre besser gewesen.*

Stattdessen begehrte er zu wissen: »Was sagt dein Vater dazu?«

Genau wie Aidan hielt Harold Heather für vollkommen übergeschnappt. Nachdem sie ihm erklärt hatte, was vorgefallen war, lenkte er jedoch ein.

»Es ist ein Zeichen von Nächstenliebe und Barmherzigkeit, sich einer armen Seele anzunehmen«, wiederholte Heather fromm, was Cuthbert so oft predigte.

Der Mönch schmunzelte. »Seine Seele, ja, ja …«

Ob die Seele dieses Fremden ebenso viel wiegt wie die eines Christenmenschen?, wunderte sie sich insgeheim, wagte aber nicht, Cuthbert diese Frage zu stellen. Sie sollte auf keinen Fall Öl ins Feuer seiner Vorurteile gießen.

»Außerdem ist er ein Geschöpf Gottes – so wie wir, Bruder«, setzte sie nach.

»Wenn das so ist, ist er obendrein ein Sünder. *Du sollst nicht töten.*«

»Aber welcher Mensch darf sich anmaßen, über einen anderen zu richten? *Wer ohne Sünde ist, werfe den ersten Stein.* Über Leben und Tod entscheidet Gott allein«, beharrte Heather.

»Du weißt das Wort Gottes besser für dich zu nutzen als die zänkischste Nonne«, murrte Cuthbert verdrießlich und starrte in seinen Becher.

Seit Heather den Mönch am Tag des Überfalls unter einem Vorwand auf den Hof gelockt hatte, damit er die Wunden des Heiden versorgte, führten sie diese Diskussion ein ums andere Mal. Auch wenn er nicht angetan davon war, wen er da gesund pflegte, kam er alle paar Tage auf den Hof, um nach seinem Sorgenkind zu sehen.

»Er hat unsagbares Glück gehabt«, meinte er unvermittelt. »Er wurde nicht lebensgefährlich verletzt – und dass eine so barmherzige Samariterin wie du sich seiner annimmt …« Er trank einen Schluck.

»Cuthbert, glaubst du, er wird …« Sie brachte es nicht über die Lippen.

»Er hat viel Blut verloren. Mit der Zeit wird sich zeigen, ob er stark genug ist, diese Verwundung zu überstehen.«

Heather nickte.

»Gegen dein Problem«, lachte er, »ist jedoch kein Kraut gewachsen, meine Liebe: Du hast ein zu gutes Herz.«

Fahrtenberichte

So voll hatte Svein das Langhaus selten erlebt. Thorgrim und Hild thronten auf ihrem erhöhten Podest, dicht an dicht drängten sich die Männer und Frauen. Hakon – im Zentrum der Aufmerksamkeit – erzählte, untermalt von großen Gesten und gewichtigen Worten, von der Überfahrt, von England, den Reichtümern der Insel, aber auch von den Gefallenen.

Svein drückte sich in einen entlegenen Winkel des Raumes. Zuerst hatte er noch die ein oder andere Bemerkung eingestreut, doch inzwischen war Hakon so in Fahrt, dass er selbst dann nicht dazwischenkäme, hätte er etwas sagen wollen.

Mir ist es Recht. Die Erzählung seines Freundes schmolz immer mehr zu einem Hintergrundgeräusch.

Es wollte Svein nicht gelingen, die Bilder aus seinem Gedächtnis zu verdrängen: Turids schreckgeweitete Augen, ihr Schluchzen, das bebende Häufchen Elend, das er in Hakons Boot getragen hatte, damit Hafrún die Freundin nach Hause bringen konnte.

So habe ich sie noch nie gesehen. Meine schöne, stolze Turid. So zerbrechlich. So verletzlich …

Und er war der Grund ihres Schmerzes. Hastig stürzte Svein den Inhalt seines Bechers hinunter.

Woher diese Skrupel? Bislang bin ich gut ohne zurechtgekommen.

Er bereute nicht, was er getan hatte – er würde es jederzeit erneut tun. Turid beruhigte sich schon noch und eines Tages würde sie erkennen, welche Möglichkeiten ihr Roriks Ableben böte.

Er fing Oleifs Blick auf. Der alte Krieger verließ unauffällig die Halle. Svein folgte ihm, drückte den leeren Becher irgendeinem Jüngling in die Hand, der Hakons Geschichte von fruchtbarem Land und Reichtümern im Überfluss mit großen Ohren und noch größeren Augen lauschte.

»Vater!«, rief Svein, als er nach draußen trat.

Oleif verlangsamte seine Schritte nicht.

Er hat mich wohl nicht gehört.

Der Blonde fiel in leichten Trab.

»Vater.« Er fasste den Älteren an die Schulter.

Dieser blieb stehen, wandte sich um. Miene und Blick hart, zu Eis erstarrt.

Svein blieben die Worte im Halse stecken.

»Rorik ist tot«, bemerkte Oleif. Kurz huschte Schmerz über seine sonst so beherrschten Züge. »Schämen solltest du dich …«

Sveins Herzschlag raste ebenso wie seine Gedanken. *Er weiß es. Aber woher …?*

»… deinen Bruder so im Stich zu lassen.«

Er wollte zu einer Erwiderung ansetzen, doch da fiel ihm ein, dass sein Vater gar nicht wissen konnte, was vorgefallen war.

Verächtlich spuckte Oleif aus. »Ich wünschte, du wärest an seiner statt gestorben.« Damit wandte er sich von seinem Sohn ab.

Wie vom Donner gerührt stand Svein da. Jedes Wort seines Vaters war wie ein Schlag ins Gesicht. Wie ein Hieb, der die Wunde wieder aufbrechen ließ, die Oleif ihm – ohne es zu bemerken – über Jahre hinweg zugefügt hatte. *Ich wünschte, du wärest an seiner statt gestorben,* hallte der Vorwurf des Alten in seinem Innnern wider. *Welchen Vater kümmert sein eigener Sohn so wenig?* Immer war es Rorik gewesen, dem er den Vorzug gegeben hatte. Der ihn mit Stolz erfüllte, ganz gleich, wie sehr Svein sich auch anstrengen mochte. *Das hat ein Ende. Nie wieder werde ich hinter ihm zurückstehen.* Endlich löste er sich aus seiner Starre, stürmte zurück ins Langhaus, während er Tränen der Wut wegblinzelte. Er würde noch mit Turid sprechen müssen. Danach wären Met und eine willige Limgarderin heute Nacht seine treue Gesellschaft.

Alles, was um sie herum geschah, erlebte Turid nur verschwommen, als läge ein Schleier zwischen ihr und der Welt der Lebenden.

Hafrún kümmerte sich rührend, hatte sie in die Hütte gebracht, die sie mit Hakon bewohnte, Suppe gekocht und Trost gespendet.

Am liebsten hätte Turid sie bei den Händen genommen und ihr erklärt, dass alles gut sei, es ihr gut ginge. Doch sie wollte nicht unhöflich sein. Und schon gar nicht wollte sie ihre Freundin belügen.

Ehemänner sterben nun mal, Turid, rief sie sich ins Gedächtnis, *nun hat es eben deinen erwischt.*

Es gab unzählige Frauen, die einen solchen Schicksalsschlag verwunden hatten. Roriks Mutter kam ihr in den Sinn. Rasch verdrängte sie diesen Gedanken, schob ihn weit von sich.

Sie schrak zusammen, als sich blaue Augen in ihr Blickfeld schoben, gekrönt von struppigen, blonden Brauen.

»Turid?« Sveins Stimme war ungewohnt sanft.

»Erzähl es mir«, verlangte sie zittrig, »erzähl mir, was mit ihm geschehen ist.«

Der Blonde kniete sich vor sie. Behutsam nahm er ihre Hände. Seine blauen Augen schimmerten feucht. Turid konnte an nichts anderes denken, außer daran, dass Roriks Augen von einem dunkleren Blau waren, klar und doch so tief wie der Fjord …

»Es war ein Hinterhalt«, begann Svein. Worte, obwohl kaum mehr als ein Flüstern, die in der Stille der Hütte nachhallten. »Die Engländer versuchten, unser Schiff zu zerstören. Rorik und ich wollten sie aufhalten.«

Turid nickte, lauschte schweigend, während er davon erzählte, wie ihr Mann hinterrücks von einem der Inselbewohner niedergestreckt wurde, beinahe als ginge es sie gar nichts an.

Tief sah sie Svein in die Augen, sah seinen Schmerz, doch auch das kurze Flackern seines Blickes.

Rorik hat die Vargr Hafs *mit seinem Leben verteidigt. Das Schiff, mit dem er zurückkehren wollte.*

Svein redete noch immer auf sie ein, doch was er sagte, schien ihr unwirklich.

Bei den Göttern schwor er, dass er zurückkehren wird – Rorik bricht niemals einen Eid, kam es ihr mit neuer Zuversicht in den Sinn.

»… als wir zum Strand gingen, um ihn zu bergen, war sein Leichnam verschwunden.«

Er drückte ihre Hand und Turid nickte. Der Blonde ließ sie allein.

Keine Leiche, dachte sie. *Seltsam. Hätte ich es nicht spüren müssen, wenn er in Valhalla eingezogen wäre?*

Sie war ganz sicher, dass sie es geahnt, es gespürt hätte, wenn die Götter sich entschlossen hätten, ihren Mann zu rauben.

Rorik kann nicht tot sein.

Aber die anderen hatten ihr mit solcher Beharrlichkeit versichert, dass er für immer fort sei, dass Turid ihre Bedenken lieber für sich behielt. Für einen Streit genügte ihre Kraft nicht. Und ob tot oder lebendig: Es änderte doch nichts daran, dass Rorik nicht bei ihr war und er ihr so sehr fehlte.

Schlaf

Behutsam tupfte Heather dem Fremden mit einem feuchten Tuch den Schweiß von der Stirn. Seine Haut so hell wie Schnee, und der dunkle Bart auf seinen schmalen Wangen erinnerte sie an aufgescharrte Erde, die das reine Weiß verschmutzte. Dunkel waren auch die Schatten unter seinen tief in die Höhlen gesunkenen Augen. Die Wunde, auch wenn sie sich zum Glück nicht entzündet hatte, zehrte an seinen Kräften.

Seine Götter scheinen gut auf ihn zu achten. Rasch schlug Heather das Kreuzzeichen. *Vergib mir, Herr. Ich wollte dich nicht erzürnen.*

Der Heide schlief nun schon seit einer ganzen Weile, aber Cuthbert gab sich zuversichtlich, dass er bald erwachen würde.

Ein Krieger eben. Er ist ans Kämpfen gewöhnt.

Oft saß Heather an seinem Lager, grübelte darüber nach, wo er wohl herkam – und ob es jemanden gab, der ihn vermisste.

Der Blonde wohl kaum.

Seufzend erhob sie sich. In der Stube stand noch eine Kiepe voll Wolle, die darauf wartete, gesponnen zu werden.

In der Diele hielt Heather inne. Gedämpfte Stimmen drangen aus der Küche.

»… kann dich nicht bezahlen«, entschuldigte sich Harold.

»Lass gut sein. Wie damals um dich, kümmere ich mich ohne Gegenleistung um ihn – aus reiner Nächstenliebe.« Cuthbert lachte. »Deine Tochter hat mir da einen hübschen Floh ins Ohr gesetzt.«

Heather schmunzelte zufrieden, als der Mönch erklärte: »Jesus hat sich für seine Wunder auch nicht entlohnen lassen.«

Mit einem Stöhnen goss Turid den Inhalt des Eimers in die Tränke. Neugierig beobachteten die beiden Schafe und die gescheckte Ziege sie.

Drei Eimer noch. Mit dem Handrücken wischte sie sich den Schweiß von der Stirn. *Es ist noch gar nicht so lange her, da fiel mir die Arbeit auf dem Hof leichter.*

Ob es daran lag, dass sie sich mit jedem Tag runder und schwerer fühlte und sie ihre Kraft mit dem Kind teilte, das in ihr heranreifte? Selbst ihr Ungeborenes vermochte die Leere nicht zu füllen, die sie empfand, seit Ro… seit die *Vargr Hafs* zurückgekehrt war.

Als Turid aus dem Stall trat, entdeckte sie ein Boot, das sich über den Fjord näherte. Von Weitem leuchtete Sveins Haar reifen Ähren gleich in der Sommersonne. Den Eimer in der Hand überquerte sie die Wiese und trat ans Ufer, als er anlandete.

»Grüß dich, Turid.« Er kletterte aus dem Boot, einen Korb unter dem Arm. »Hild hat für dich eingekauft«, erklärte er, sobald er ihren fragenden Blick bemerkte.

»Danke, das ist lieb von ihr – und von dir, dass du zu mir herauffährst.«

Er machte eine wegwerfende Handbewegung. »Ist nicht der Rede wert.« Seine Augen glänzten warm.

Als Turid Anstalten machte, den Eimer erneut aufzufüllen, hielt er sie zurück. »Lass mich das machen.« Sanft, aber bestimmt, nahm er ihr den Behälter ab.

Gemeinsam gingen sie zur Hütte. Während Svein die Tränke im Stall füllte, brachte Turid die Vorräte rein.

Brot und Gemüse.

Ihre Lippen verzogen sich zu einem gequälten Lächeln. Ihr war es unangenehm, dass sich jeder um sie sorgte. Hafrún, Hakon und Svein kamen alle paar Tage bei ihr vorbei, um nach dem Rechten zu sehen – auch wenn sie das nie offen zugäben. Nun auch noch Hild …

Turid war seit der Ankunft der *Meereswolf* nur ein einziges Mal nach Limgard gefahren. Die wissenden, mitleidigen Blicke der anderen Frauen ertrug sie kaum, ihr Getuschel hinter hervorgehaltener Hand: *Armes Kind, wächst ohne Vater auf. Wie soll sie das bloß stemmen. Vielleicht geht sie ja zurück nach Hordaland.*

Genau wie ihr Vater gab sie nicht viel auf das Gerede anderer Leute. Sollten sie sich ruhig das Maul zerreißen.

Turid schnitt etwas frisches Gras auf der Wiese, brachte es in den Stall. Svein lächelte sie an, als er den Inhalt des letzten Eimers ausschüttete.

Nach getaner Arbeit setzten sie sich auf die Bank vor der Hütte. Mit den Fingerspitzen fuhr Turid die Kerben nach, die Roriks Schnitzmesser im Holz hinterlassen hatte.

Seine Spuren. Ob sie ebenso rasch verblassen wie sein Duft in der Hütte von Tag zu Tag verfliegt? Sie biss sich auf die Unterlippe. *Sei stark*, ermahnte sie sich. Sie war ohne Rorik ausgekommen, als er in England weilte. Sie würde es auch jetzt schaffen.

»Magst du noch zum Essen bleiben? Ich hab einen Eintopf über dem Feuer.«

Kurz huschte Sveins Blick zu ihr herüber, seine Mundwinkel zuckten. »Gern.«

Mit einem tiefen Seufzen lehnte sie den Kopf an seine Schulter. Er war der einzige, der sie nicht wie ein rohes Ei behandelte. *Ich bin froh, dass Svein für mich da ist.* Der Nordmann strahlte eine Ruhe und Gelassenheit aus, die Turid im Augenblick nur schwer aufzubringen vermochte. Tief sog sie seinen Duft ein.

Ein bisschen riecht er wie Rorik. Vielleicht wusste sie auch deshalb seine Nähe so zu schätzen: Immer wenn sein bester Freund bei ihr war, fühlte sie sich Rorik verbunden.

Er hat den Bruder verloren, ich den Mann, dachte sie mit Blick auf die sinkende Abendsonne. Vielleicht konnten sie sich gegenseitig Halt geben, zum Alltag zurückkehren, bis der Verlust nicht mehr gar so sehr schmerzte. Bis sie mit der Leere in ihr zu leben gelernt hatte.

Valhalla

Als das Dunkel längst verblasst war, Farben und Licht wich, hallte der Gesang der Walküre noch immer in Rorik nach. Er wusste nicht, was geschehen war. Nur Bruchstücke von Erinnerungen blitzten in seinen Gedanken auf. Der Schatten von Schmerz drängte sich in sein Bewusstsein, doch konnte ebenso gut ein Trugbild sein.

Rorik blinzelte, schirmte die Augen mit der Hand vor dem heller werdenden Licht ab. Er legte den Kopf in den Nacken, doch statt des Himmels spannte sich eine gewaltige Baumkrone über ihm. Goldenes Licht stach Speeren gleich zwischen Ästen und Blättern hindurch, malte Flecken aus reinem Licht auf den Boden.

Yggdrasil, die Weltenesche, die selbst Asgard überragt.

Langsam drehte Rorik sich im Kreis. Eine ungeahnte Gelassenheit erfüllte ihn. Vor ihm lag eine Weggabelung. Zu seiner Rechten führte der Abzweig über eine weite Ebene.

Folkwang, Freyas Sitz in Asgard.

Zu seiner Linken erstreckte sich eine Halle, aus der ein warmgoldener Schimmer sickerte.

Als zöge ihn jemand an einem unsichtbaren Band, schritt Rorik auf dem linken Pfad weiter. Er mochte die Augen kaum von dem Bauwerk abwenden, das sich stolz auf einem Hügel erhob. Mächtige Torflügel, die aus purem Gold gegossen zu sein schienen, standen einen Spalt breit offen. Gerade weit genug, dass er hindurchpasste.

Gelächter und Gesang drangen an sein Ohr. Ungeduldig beschleunigte er die Schritte, hielt jedoch abrupt an, als ein Mann aus der Halle und ihm entgegentrat. Wache Augen musterten Rorik voller Güte, die Wangen leicht gerötet. Erstes Grau zeigte sich an seinen Schläfen, doch änderte es nichts an seiner stolzen Haltung.

»Willkommen, Rorik.« Er reichte ihm die Hand zum Kriegergruß. »Willkommen in Valhalla.«

»Jarl Eirik.« Er ergriff die Hand, von einem Sturm widerstreitender Gefühle übermannt.

»Jarl bin ich nicht mehr, nicht hier oben. Diesen Titel tragen nur die Lebenden.« Eirik lachte. »Doch komm, mein Junge, lass uns ein Stück gehen.«

Jemand in der Halle stimmte eine heitere Melodie an, aber statt ihn hereinzuführen ging Eirik mit ihm den Pfad zurück, auf dem er gekommen war.

»Willst du mich nicht einlassen?« Verwundert schaute sich Rorik um.

Eirik schmunzelte. »Du wirst noch früh genug die Milch der Ziege Heidrun trinken, die dir Unsterblichkeit verleiht, das zarte Fleisch von Saehrímnir, dem Eber, kosten und Bragis Liedern lauschen.«

»Aber …«

»Versteh doch, Rorik: Betrittst du die goldenen Hallen als Einherjer, wirst du sie erst zu Ragnarök wieder verlassen.« Eirik blieb stehen, legte seine Hände auf Roriks Schultern und sah ihm fest in die Augen. »Eine Ewigkeit wirst du in Valhalla speisen können. Doch nicht jetzt.« Sein Blick wurde weich, als er mahnte: »Denk an meine Tochter. Denk an dein ungeborenes Kind.«

Turid!

Rorik schwankte, als die Erinnerungen über ihn hereinbrachen: Ihr Zorn, als er ihr von der Überfahrt erzählte. Sveins Verrat.

»Eirik, ich wollte sie nicht im Stich lassen.«

»Dann kehr zurück.« Er löste sich von ihm. »Sorg für meine Tochter. Einen besseren Mann als dich hätte ich mir für sie nicht wünschen können«, erklärte er, während er langsam zurückwich.

Dunkelheit ballte sich allmählich um Rorik zusammen. Das letzte, das er hörte, waren Eiriks mahnende Worte: »Nimm Rache, Rorik.«

Dann explodierte die Welt in grellem Schmerz.

Unruhig wälzte sich der Fremde auf dem Lager hin und her. Hektisch rollten seine Augen unter den Lidern. Er stöhnte leise, als plage ihn ein Albtraum, aus dem er verzweifelt zu erwachen suchte.

Heather rang die Hände. Sie wusste nicht, was sie tun, wie sie ihm helfen konnte. Sie sollte Cuthbert Bescheid geben, doch wollte den

Heiden nicht allein lassen. Ihre Brüder waren bei Edmund, ihr Vater und Aidan auf den eigenen Feldern.

Es war dem Zufall geschuldet, dass Heather überhaupt schon zuhause war. Sie hatte nur kurz nach dem Rechten schauen wollen und …

Sie schrak zurück, als der Unbekannte die Augen aufriss.

Er bäumte sich auf, der Blick gehetzt. »Turid!«, presste er hervor. Immer und immer wieder.

»Schsch …« Sie versuchte, ihn zu beruhigen, drückte ihn sanft zurück aufs Lager. »Alles ist gut.« Leise redete sie auf ihn ein, wollte ihm etwas von seiner Angst nehmen.

Vermutlich versteht er kein Wort von dem, was ich sage.

Allmählich verlangsamte sich seine Atmung.

»Turid?«, fragte er.

Heather konnte wenig mit dem fremden Zungenschlag anfangen, doch die Art, wie er das Wort aussprach – verzweifelt, als klammere er sich an einen letzten Hoffnungsschimmer …

Ein Name. Eine Gottheit oder … jemand, der daheim auf ihn wartet.

»Ich weiß nicht, wer Turid ist.« Kopfschütteln begleitete ihre Worte. »Ich«, sie zeigte auf sich, »Heather.«

Vorsichtig gab sie dem Heiden ein bisschen Wasser. Dankbarkeit lag in seinem Blick.

»Du solltest dich ausruhen.« Heather legte ihre Wange an ihre Hände, schloss die Augen und tat so, als schliefe sie. »Ausruhen.«

Sie wusste nicht, ob der Fremde sie verstanden hatte, dennoch ließ sie ihn allein.

Das kann ja heiter werden. Sie seufzte. *Irgendwie werden wir uns schon verständigen können.*

Rorik starrte an die Decke. Spinnweben schimmerten grau zwischen den Balken, erinnerten ihn an Nebelfäden.

England. Ich bin noch immer hier. Er bewegte die Finger auf der kratzigen Decke. *Ich lebe.*

Deutlich sah er Eiriks Gesicht vor sich, hörte seine Mahnung: *Nimm Rache, Rorik.*

Er ballte die Hand zur Faust. *Und wie ich mich rächen werde.*

Doch dazu benötigte er ein Schiff. Den Kurs, den Hakon genommen hatte, würde er in etwa zurückverfolgen können. Voller Tatendrang richtete er sich auf, nur um mit schmerzverzerrter Miene zurückzusinken.

Vorerst wird wohl nichts aus meiner Rache. Er seufzte. Behutsam tastete er über den Verband, der um seinen Bauch gewickelt war. Die Berührungen sandten Wellen sengenden Schmerzes durch seinen Körper.

Zuerst muss ich wieder auf die Beine kommen.

Rorik dankte den Göttern, dass sie ihn doch noch nicht zu sich gerufen hatten. Und im Stillen dankte er auch der Engländerin. Sie musste ihn vom Strand geholt, hierher gebracht und versorgt haben.

Kurz nachdem er erwacht war, hatte er nicht gewusst, wo er sich befunden hatte. Das nervöse, dunkelhaarige Mädchen, das an seinem Lager wachte, war ihm so seltsam vertraut gewesen. Erst, als sie ging, fiel ihm ein, woher er sie kannte: Sie war diejenige, die er in der Webstube vor Sveins Übergriffen geschützt hatte.

Heather – wenn das ihr Name ist.

Erschöpfung übermannte Rorik. Langsam glitt er zurück in die samtene Dunkelheit, gefangen auf der Insel, die ihn mit so großen Versprechungen gelockt hatte.

Neu geboren

Am Morgen hatte sich Turid auf den Weg gemacht, Feuerholz und Pilze im Wald hinter der Hütte zu sammeln. Die kalte, klare Luft verhieß einen schönen Herbsttag.

Nun rollte ein dunkles Grollen über das Land, hallten Thors Hammerschläge dumpf auf der Erde wider. Dichter und immer dichter ballten sich die bleiernen Wolken zusammen. Sogar die Tiere des Waldes waren verstummt, hatten sich ein sicheres Versteck gesucht, ehe das Unwetter mit voller Kraft zu wüten begann.

Turid warf einen bangen Blick gen Himmel, packte das Bündel trockener Äste fester. Mit der freien Hand hielt sie den wollenen Umhang zu, der sich nicht mehr richtig über ihrem prallen Bauch schließen lassen wollte.

Ein Tropfen streifte ihre Wange. Ein nächster platschte ihr auf den Kopf. Mit dem einsetzenden Regen frischte auch der Spätherbstwind auf.

Turid beschleunigte ihre Schritte, kam jedoch nicht rascher voran. *Wie eine Gans watschle ich … Ich hätte Hilds Angebot annehmen sollen, die letzten Wochen der Schwangerschaft …*

Sie erstarrte, als sich ihr Unterleib schmerzhaft zusammenzog.

»Das ist nicht gut«, murmelte sie und setzte ihren Weg fort. Wie ein Schleier prasselte der Regen nieder, schmolz Turids Welt auf einen Umkreis von wenigen Metern zusammen. Sie ließ den Waldsaum hinter sich und eilte über die Wiese auf die Hütte zu, deren Anblick ihr Wärme und Sicherheit versprach.

Donner grollte. Turid trat fehl, glitt aus und schlug der Länge nach hin. Schmerz durchfuhr ihren Bauch, scharf wie ein Schwert.

Warme Flüssigkeit lief ihre Schenkel herab, vermischte sich mit dem eiskalten Regenwasser.

Turid krümmte sich, als sich ihr Leib in einem heftigen Krampf zusammenzog.

Freya, steh mir bei!

Sie war durchnässt bis auf die Knochen. Klappernd schlugen ihre Zähne aufeinander. Als der Schmerz verebbte, versuchte sie sich aufzurichten, ehe die nächste Welle sie davonspülte, doch sie konnte nicht aufstehen.

Tief grub sie ihre Finger in den schlammigen Grund, kämpfte sich ein Stück voran. Ihre Augen brannten, ob wegen des Regens oder ihrer Tränen konnte sie nicht sagen.

Zoll um Zoll kroch sie weiter über die Wiese, immer weiter auf die Hütte zu, die sie durch den Vorhang aus prasselnden Tropfen nur zu erahnen vermochte. Wartete, bis sie eine neuerliche Welle Schmerzes überstanden hatte, ehe sie sich weiterschleppte.

Sie würde nicht aufgeben. Sie würde kämpfen, um ihrer beider Leben Willen.

Endlich erreichte sie die Schwelle.

Fest biss sie die Zähne zusammen, setzte sich halb auf, um die Tür zu öffnen. Mit letzter Kraft robbte sie hinein, stieß die Tür zu und sperrte das Unwetter aus.

Stöhnend wälzte sie sich auf den Rücken, als sich ihr Leib zusammenzog. Mit zitternden Fingern schob sie den durchnässten Stoff ihrer Kleider hoch. Warme Flüssigkeit benetzte ihre Haut. Tränen rannen über ihre regennassen Wangen.

Freya, ich flehe dich an: Lass dem Kind nichts geschehen!

Turid schrie, als sie der Schmerz mit neuer Stärke traf. Angst hielt ihr Herz eisern umklammert.

So sollte es nicht sein! Rorik sollte an meiner Seite sein. Aber ihr Mann war nicht da. Niemand war da. Turid brächte ihr Kind ganz allein zur Welt und …

Ein Blitzschlag tauchte die Hütte in gleißendes Licht, als die Tür aufschwang.

»Turid!« Hafrún stürzte zu ihr.

Nur verschwommen nahm Turid wahr, dass Hakon ihr folgte, die Tür schloss und rasch das Feuer neu entfachte.

Besorgt kniete die Frau neben ihr. Schatten tanzten im aufflackernden Feuerschein über ihr Gesicht.

»Dich schicken die Götter, Hafrún.«

»Wir wollten gerade nach dir sehen, als uns der Sturm überraschte. Ein Glück, dass wir gekommen sind.« Zärtlich strich sie ihrer Freundin das feuchte Haar aus der Stirn. »Tief durchatmen. Alles wird gut.«

»Wird es nicht«, widersprach Turid schwach, »Rorik sollte … er sollte …«

»Ich weiß.« Sie drückte ihre Hand. »Versuch dich zu beruhigen, dir und deinem Kind zuliebe.«

Turid nickte.

Hafrún gab Hakon, der sich hinter Turids Kopf setzte, Anweisungen.

»Du machst das sehr gut«, sagte Hafrún anerkennend, als sie zwischen Turids Beinen abtauchte, die nicht wusste, wie lange sie schon so dalag. Dem Prasseln des Feuers, dem tosenden Sturm lauschte – und ihren eigenen Schreien.

»Gleich ist es geschafft.«

Deutlich sah Turid Roriks Gesicht vor sich, die Zuversicht in seinem Blick. Als die nächste Welle heranbrach, stemmte sie sich mit all ihrer Kraft dagegen, brüllte all ihren Schmerz heraus und sank erschöpft in Hakons Arme.

Ein Schrei zerriss die Stille.

Hafrún kam an ihre Seite, ein Stoffbündel im Arm.

»Sieh nur«, wisperte sie ergriffen, als sie Turid das Bündel auf die Brust legte, »dein Sohn. Dein kräftiger, wunderschöner Sohn.«

Weich wie feines Gewebe glitt Aidans Haar durch Heathers Finger. Sacht wischte sie eine gestutzte Strähne aus seinem Nacken. Sie spürte das leichte Beben seines Körpers, hörte leises, wohliges Seufzen.

»Fertig«, bemerkte sie rau, streifte hastig das Messer an ihrem Kleid ab.

Prüfend fuhr sich Aidan über den Schopf, betastete seinen ausrasierten Nacken. Er schenkte ihr ein scheues Lächeln, das sie nicht weniger scheu erwiderte. Der Nordmann, der auf der Bank vor dem Herdfeuer saß und ihr zusah, wie sie den Männern des Hauses einem nach dem anderen die Haare schnitt, konnte sein Schmunzeln kaum verbergen.

»Nun bist du an der Reihe.« Heather winkte ihn zu sich. Die Klinge in ihrer Hand blitzte.

Der fragende Ausdruck auf seinen Zügen wich rasch Entsetzen. Entschieden schüttelte er den Kopf.

»Oh doch«, beharrte sie, eine Hand in die Hüfte gestemmt. »Haare und Bart müssen gestutzt werden. Dringend.«

»Was meinen?« Die Worte im fremden Zungenschlag plumpsten wie Kiesel von seinen Lippen.

Aidan, der neben Heather stand, fuhr sich mit der Hand übers Kinn.

»Rorik, damit du hierbleiben kannst, musst du die Haare wie jedermann tragen. Wir wollen doch, dass man dich für einen entfernten Verwandten hält«, erklärte sie ruhig.

»Ver-wand-ten?«

»Ja … also …. du … Familie. Wie Roland und Walter.«

»Familie«, wiederholte er. Man sah ihm an, dass er nach einer Möglichkeit suchte, seine Gedanken auszudrücken. Die wenigen Brocken Englisch, die er bislang aufgeschnappt hatte, machten jedes Gespräch mit ihm zu einem Abenteuer. »Familie«, sagte er noch mal, deutete auf die Kleidung, die Cuthbert am Morgen gebracht hatte, dann auf Aidan und schließlich auf sich: »Ich Engländer.«

»Genau. So wird niemand auf die Idee kommen, dass du nicht von hier stammst«, meinte Aidan, »wenigstens solange du den Mund hältst.«

Schwer auf seine Krücken gestützt, hievte Rorik sich hoch. Vor ein paar Tagen hatte er zum ersten Mal seit Monaten das Lager verlassen. Heather konnte nur erahnen, wie sehr es am Stolz des Kriegers nagte, auf Hilfe angewiesen zu sein.

Schwerfällig ließ er sich auf den Schemel sinken. Seine Bewegung brachte Strähnen dunklen Haares dazu, über den Boden zu tanzen, ganz so, wie der Winterwind Schnee aufwirbelte.

»Ich weiß, dass es dir nicht leicht fällt«, sagte Heather, strich ihm die Haare aus dem Gesicht und nahm sie im Nacken zusammen. Sie waren dick und rau, ganz anders als Aidans.

Sie setzte das Messer an, doch Rorik bedeutete ihr, zu stoppen. Sanft nahm er ihr Klinge und Zopf aus den Händen. Der erste Schnitt sollte ihm gebühren.

Mit ruckenden Bewegungen trieb er die Schneide voran. Dicht fielen seine Strähnen, als Heather übernahm und damit begann, ihn – den Nordmann – in einen Engländer zu verwandeln. Ihn zu einem neuen, einem anderen Menschen zu machen.

Fjordwasser

Svein erhob sich mit einer fließenden Bewegung, wischte sich den Schnee von den Knien, der in diesem Jahr ungewöhnlich früh Einzug in Limgard gehalten hatte. Er warf einen letzten, bittenden Blick in den eisblauen Himmel, ehe er dem Vé den Rücken kehrte. *Götter, gebt mir die Kraft zu tun, was ich tun muss.*

Der Wald jenseits des ausgetretenen Pfades lag still, im Frost erstarrt. Nur einzelne weiße Flecken prangten auf dem dunklen Waldboden, wo Äste und Zweige seinen Fall nicht aufgehalten hatten.

Schnee knirschte unter seinen Schuhen, als er den Waldsaum hinter sich ließ. Eine dünne Schicht aus reinem Weiß bedeckte die Erde, als hätte jemand achtlos Mehl verstreut, verwandelte das Ufer des Fjords in eine Welt aus Frost und Kälte.

Svein blickte zurück nach Limgard. Träge stand der Rauch der wärmenden Langfeuer über den Hausdächern.

Was gäbe ich darum, bei einem guten Met drinnen zu sein, mir die Füße wärmen zu lassen. Fröstelnd rieb er die Hände. *Doch wie hätte ich Turids Bitte ausschlagen sollen?*

Dann bemerkte er die beiden Boote, die sich gemächlich den Limfjord heraufschoben.

Sie kommen.

In Stille legten sie an. Svein reichte Turid die Hand, half ihr beim Aussteigen. Sie war in dicke Felle gehüllt, doch die Kälte färbte ihre Wangen zartrosa wie die Morgenröte.

Sie muss gar nicht von Idunns goldenen Äpfeln kosten: Ihre Schönheit wird nie vergehen.

Sie hielt ein Fellbündel im Arm, barg es an der Brust wie einen Schatz, die Frucht ihrer Liebe zu Rorik – zu Rorik, der nun in Valhalla weilte.

Ein sanftes Lächeln lag auf ihren Lippen. Ihr Gesicht war schmaler als sonst.

Die Geburt hat sie mitgenommen und nun zehrt der Knabe an ihr. Aber sie ist stark, meine Turid.

Sacht legte er ihr die Hand in den Rücken, führte sie ein Stück den Fjord hinauf, zu einer natürlichen Bucht. Das Wasser war hier so seicht, dass der Blick bis auf die glattgeschliffenen Kiesel reichte. Thorgrim, Hild, Hafrún und Hakon folgten ihnen.

»Danke, dass du das für mich tust«, flüsterte sie ernst. »Rorik hätte es so gewollt.«

Und wie er das gewollt hätte. Svein nickte nur.

»Du warst sein bester Freund.« Sie berührte seine Wange. »Ich weiß, dass er dir genauso sehr fehlt wie mir.«

Wieder nickte er nur. Kurz drückte sie seine Hand. Eine Geste der Verbundenheit, des Trostes. *Sie muss glauben, dass mir sein Verlust zusetzt.* Heimlich sah er ihr nach, beobachtete sie, wie sie ein paar Worte mit Hild wechselte. Die Luft war erfüllt von einem feierlichen Ernst, durchwirkt mit hoffnungsvoller Freude, dem Anlass angemessen.

Svein sammelte sich. *Sie wünscht es sich so.*

»Lasst uns beginnen.«

Turid trat an seine Seite, die anderen vier stellten sich in einem Halbkreis ihnen gegenüber. Nervös fuhr sich Svein durch den Bart. Was folgen würde, hatte er noch nie getan. Langsam hob er die Hände, die Handflächen wiesen gen Asgard.

»Freyja, Freyr und Odin, Göttervater! Blickt wohlwollend auf diesen Knaben herab, der jüngst zum ersten Mal eure Schöpfung gewahrte.« Er gab Thorgrim ein Zeichen. Der Jarl trat vor, legte Turids Sohn die Hand auf die Stirn. »Mögen die Götter geben, dass du zu einem kräftigen jungen Mann heranwächst, zu einem ehrbaren Krieger, der seinem Vater – und seiner Mutter – Ehre macht.«

Nacheinander traten sie vor, berührten den Säugling, der alles ruhig über sich ergehen ließ, an der Stirn und sprachen fromme Wünsche.

Dann kam die Reihe an Turid. »Mein Sohn.« Liebevoll strich sie über seine Wange. »Mögen die Nornen deinen Lebensfaden lang halten, mögest du Mut, Stärke und Klugheit im Herzen tragen und frei sein wie der Wind.« Sie hauchte ihm einen Kuss auf die Stirn, dann gab sie ihn Svein in die Arme.

Der Blonde fühlte sich unbeholfen. Das Kind schien in seinen großen Händen so winzig klein und zerbrechlich.

Neugierig sah es ihn mit seinen großen, blauen Augen an, als er bedächtig einen Fuß vor den anderen setzte.

Roriks Augen. Ihm fröstelte. Ob des Blickes oder des eisigen Wassers wegen, das seine Knöchel umspülte, war einerlei.

Langsam sank er auf ein Knie, das Fellbündel fest an seine Brust gedrückt. Wie glühende Nadeln stach die Kälte in sein Fleisch. Mit der Hand schöpfte er das klare, reine Wasser des Fjords, verharrte einen Herzschlag über dem Kopf des Knaben.

Svein wandte den Blick gen Asgard. *Siehst du das, Rorik? Du hättest es sein sollen, der mit dem Wasser einen Teil seiner Eigenschaften übergibt.*

Behutsam goss Svein das Nass über das Köpfchen. Mit fester Stimme, die das Brüllen des Säuglings übertönte, erklärte er feierlich: »Mögen die Götter dir gewogen sein, Sturla Roriksson.«

Götter

Munter drehte sich die Spindel in einem fröhlichen Tanz, verdrillte das Vlies zu feinem Garn.

»Euer Judas«, dröhnte das Brummen des Nordmanns aus dem Nebenraum, »gleicht unserem Loki.«

»Inwiefern?«, erkundigte sich Cuthbert.

Es beginnt erneut. Heather konnte ihr Schmunzeln nicht verbergen. Es war ihr eine Wonne, Rorik und Cuthbert über ihren Glauben diskutieren zu hören.

»Einerseits hilft er den Göttern, aber andererseits hat er den blinden Hödur angestiftet, mit dem Mistelzweig auf Balder zu schießen, der dadurch starb.«

»Judas hat niemanden angestiftet«, erklärte der Mönch ruhig. »Er hat den Sohn Gottes verraten.«

»Sohn Gottes? Hat es euer Göttervater ebenso wild getrieben wie Odin?« Rorik lachte heiser.

»Hüte deine gotteslästerliche Zunge, Hei…« Cuthbert verstummte. Im Geiste sah Heather ihn genau vor sich: Das puterrote Antlitz, die Ader, die pochend an seiner Stirn hervortrat. Sah, wie er sich zur Ruhe mahnte.

»Hat er nicht. Und Judas ereilte eine gerechte Strafe.«

»Loki ebenso. Die Götter ketteten ihn an einen Felsen. Nun hängt eine Schlange über ihm, deren Gift auf sein Gesicht tropft, wenn seine Gemahlin Sigyn es nicht in ihrer Schale auffängt.«

Schweigen.

Schade. Ich lausche so gern den Geschichten, die Rorik über seine Götter erzählt. Der fremde Glaube faszinierte Heather. Doch fürchtete sie auch, ihr Interesse könne Sünde sein.

Sie war froh darüber, dass Rorik sich so gut von seiner Verwundung erholt hatte. Auf dem Hof packte er kräftig mit an und hatte ihre

Sprache ganz gut gelernt, auch wenn er einen fürchterlichen Akzent hatte. Doch solange er nicht allzu viel sagte, hatte sogar Edmund ihnen abgekauft, der Dunkelhaarige sei ein entfernter Verwandter.

»Dennoch verstehe ich nicht«, hob der Nordmann erneut an, »wie ein Gott allein all dies – wie sagt man? – bewirken kann.«

»Er ist der *allmächtige* Vater«, meinte Cuthbert mit Nachdruck, »allmächtig.«

»Odin ist auch allmächtig«, beharrte Rorik. »Er gab sein Auge für den Skaldenmet und vermag die Zukunft zu sehen.«

Das Knarren der Dielen ließ Heather aufblicken. Aidan schenkte ihr ein scheues Lächeln und legte ihr einen kleinen Strauß aus rotem Mohn vor das Vlies. Er deutete in Richtung der beiden Männer und verdrehte die Augen, ehe er durch den Raum huschte.

Sie lachte leise. *Wahrlich, Cuthbert und Rorik werden wohl noch die Nacht hindurch weiterzanken.*

Geschickt schlängelte sich Turid an den Marktbesuchern vorbei, den Korb mit den Fischen, die sie gegen Brot und etwas Gemüse tauschen wollte, unter dem einen, Sturla auf dem anderen Arm. *Wo steckt Ingrid bloß?* Ungeduldig sah sie sich um.

Jemand rief ihren Namen. Hafrún hielt auf sie zu, ein breites Lächeln auf den Lippen. »Es ist so schön, dich zu sehen. Warte, ich mach das schon.« Prompt nahm sie ihr den Korb ab.

»Danke. Du ahnst ja gar nicht, wie schwer der Kleine geworden ist«, seufzte Turid.

»Und groß obendrein«, freute sich Hafrún und kniff Sturla zärtlich in die Wange. Dieser quiekte vergnügt.

Mein Sonnenschein … so fröhlich. Und weiß doch nicht, dass sein Va…

Nein, sie würde den Schatten nicht erlauben, sich auf ihr Gemüt zu legen. Entschieden schob sie den Gedanken beiseite, strich über Sturlas dunkles Haar. Er war wahrlich das Beste, was ihr in den vergangenen Monaten passiert war. *Wenn Vater ihn sehen könnte. Er wäre stolz auf seinen Enkel.*

»Wie geht es dir und Hakon?«

»Es ist immer dasselbe«, brummte die andere verstimmt, »er flüchtet sich in Arbeit. Er verbringt mehr Zeit mit der *Vargr Hafs* als mit mir.«

Dabei wünscht sie sich so sehnlich ein Kind. Hafrún hatte gar nichts sagen müssen. Turid erkannte es an der Art und Weise, wie sie Sturla ansah: Liebevoll. Warm. Zugeneigt.

»Dabei ist er gerade erst von der Víking zurück.« Hafrún seufzte. Zarte Falten furchten ihre Stirn.

»Der Tag wird kommen, da er ein Einsehen haben wird und es kaum erwarten kann, dir viele Nachkommen zu schenken«, versicherte Turid ihr.

Ihre Freundin setzte zu einer Erwiderung an, aber jemand kam ihr zuvor: »Sieh an, die schönsten Frauen ganz Limgards.« Schalk blitzte in Sveins Lächeln.

Sturla wurde unruhig, streckte die Händchen sehnsüchtig nach den Perlen aus, die an den Enden der geflochtenen Zöpfe im Bart des Blonden schimmerten.

»Da möchte jemand zu dir«, bemerkte Hafrún und Turid gab ihm ihren kostbaren Schatz.

Wie unbeholfen Svein sich anstellt. Eine Axt weiß er zu schwingen, doch kein Kind zu halten.

Der Nordmann verhielt sich dem Jungen gegenüber seltsam … distanziert. Vielleicht sorgte sich der raue Krieger, den kleinen Wurm unbedacht zu verletzen.

Oder es liegt an Rorik. Sturla hatte das dunkle Haar und die blauen Augen seines Vaters. Immer dachte Turid an ihren Gatten, wenn sie ihren Sohn betrachtete. Erinnerte sich an sein Lachen, doch auch an ihren Verlust.

Svein muss es ebenso schmerzen.

Der Blonde hatte nie auch nur ein Wort darüber verloren, was der Verlust seines Freundes mit ihm machte.

Turid dankte den Göttern jeden Tag für ihren Jungen, der ihrem Rorik so ähnelte.

Schwurbrecher

Sie war bei Leibe keine Schönheit, das stand außer Frage. Der Zahn der Zeit hatte an ihrer Jugend genagt, zeichnete sie deutlich. Fehler und Macken, wohin man auch blickte, aber dennoch: *Hat sie nicht ebenso Aufmerksamkeit und Wertschätzung verdient?*

Das hatte sie.

Wenn ich erst mit ihr fertig bin, wird man sie kaum wiedererkennen.

Sanft tätschelte Rorik die morsche Bordwand des ausgedienten Fischerbootes. Das Lied der Wellen summend, das seine Turid so oft gesungen hatte, machte er sich wieder daran, die alten, wettermorschen Planken auszutauschen.

Eine Fügung der Nornen.

Mit Heather war er just an dem Tag nach Awesgrove gegangen, als ein betagter Fischer, ein Freund Harolds, das Schätzchen verschenkte. Die Gicht erlaubte es ihm nicht länger, hinauszufahren und die Netze auszuwerfen. Seine Söhne, sagte er, hätten keine Verwendung für das in die Jahre gekommene Boot.

Im Gegensatz zu Rorik. Sobald er das Schiff auf Vordermann gebracht hätte – ähnlich wie Hakon es mit der *Vargr Hafs* getan hatte – trüge es ihn zuverlässig über die See zurück nach Hause.

»Hast du heute noch nicht genug gearbeitet?«, erkundigte sich Aidan scherzend, als er den Stall betrat. Die Abenddämmerung überzog seinen Haarschopf mit einem kupfernen Schimmer.

»Sieht nicht danach aus, nein.«

Ohne ein weiteres Wort nahm Aidan einen Hobel zur Hand, arbeitete die Planken nach, die Rorik zugeschnitten hatte.

Ein guter Mann. Aber auch mit seiner Hilfe wird es eine Weile dauern, bis ich fertig bin.

Heather und ihre Familie ließen ihm so viel Gutes zuteilwerden, dass Rorik ihnen gern bei den Aufgaben, die auf dem Hof anfielen, zur Hand ging. Doch ein bisschen Schweiß wog schwerlich ein Leben auf.

Die harte, körperliche Arbeit tat ihm gut. Rorik fühlte sich stärker als vor ein paar Wochen. Und auch seine Verletzung machte ihm weniger zu schaffen, obwohl sie ihn immer wieder dazu zwang, es langsamer anzugehen, sich zu schonen.

Manchmal, wenn ihn wirre Träume plagten, wachte er schweißgebadet auf, ein fiebriges Pochen unter der Haut, genau dort, wo der englische Stahl in ihn gedrungen war.

»Verpflegung für die fleißigen Handwerker«, flötete Heather, als sie eintrat, und gab beiden einen Kanten Brot.

»Danke.« Rorik meinte es aufrichtig. Heather arbeitete so emsig, um die Last der Sorgen, die ihrem Vater aufs Gemüt drückte, zu mindern. Und als genüge das nicht, hatte sie sich, kaum dass sie von seinem Vorhaben erfuhr, einen alten, nur notdürftig geflickten Webstuhl bei Margret geborgt, um ein Segel für Rorik zu weben.

Genau den Rahmen, der zerbrach, als Svein …

»Ich hoffe, ich sehe euch beim Abendessen«, mahnte sie streng und verließ den Stall. Aidan schaute ihr noch lange nach. Ertappt widmete er sich der Arbeit, als er Roriks Blick bemerkte.

»Sie gefällt dir«, stellte er nüchtern fest.

»Nein, wie … sie ist nur …«

Rorik lachte. »Glaub mir, Aidan, ich weiß genau wie ein Mann eine Frau anblickt, für die er mehr als nur freundschaftliche Zuneigung empfindet.«

»Ach ja? Wie denn?«

»So wie du, Heather.«

Aidan murmelte vor sich hin, blieb ihm eine Antwort schuldig. Nach einer Weile verließ auch er den Stall, doch Rorik wollte das schwindende Tageslicht bis zum letzten Strahl nutzen. Er hatte ihr geschworen, zurückzukehren. Und dann nähme er Rache, wie Eirik es gefordert hatte. Rache an dem Mann, den er immer als seinen treuesten Freund betrachtet hatte.

Er sah das Gesicht des blonden Knaben vor sich, die Wangen gerötet und zerkratzt von den Stöcken, mit denen sie gekämpft hatten. Wie sie sich vorstellten, erwachsene, echte Krieger zu sein – tapfer und stark. Unbesiegbar wie ihre Väter.

Bis in den Tod.

Heute wusste Rorik, dass auf Sveins Schwur kein Verlass war.

Tränen schossen in Sveins Augen, als Roriks Stock einen blutigen Striemen quer über seine Wange zog, doch er blinzelte sie weg.

Männer weinen nicht, sagte Oleif immer. Svein wollte ein Mann sein. Mehr noch: Er wollte seinen Vater stolz machen.

»Ich habe dich besiegt«, tönte Rorik, versetzte ihm einen Stoß gegen die Brust. Das Brennen auf Sveins Wange war erloschen.

»Und wenn schon«, meinte er und schleuderte den Stock in den Fjord. »Jetzt magst du mich besiegen. Wenn wir einst gegen unsere Feinde ziehen, werden sie bei der bloßen Nennung meines Namens zittern wie Mäuse.«

»Du meinst unserer Namen.«

Svein musste lachen. »Glaubst du, wir sind dann noch immer Freunde?«

»Brüder. Du meinst Brüder, Svein.«

Kurz schlossen sie sich in die Arme.

»Lass uns schwören«, schlug Svein vor, von einer Aufregung ergriffen, wie er sie noch nie zuvor verspürt hatte. »Bis in den Tod«, gelobte er mit feierlichem Ernst und streckte seine Hand aus. Rorik umfasste sein Handgelenk im Kriegergruß, wie er es sich bei Thorgrim und Oleif abgeschaut hatte. Seine blauen Augen funkelten entschlossen. »Bis in den Tod.«

Svein schrak auf. Wild trommelte sein Herz gegen seine Rippen, die Kehle war ihm zugeschnürt.

Was für ein Traum. Mit zitternden Fingern fuhr er sich durchs Haar. Flecken aus Mondlicht verwandelten das Innere der Hütte in einen Göttersaal, vertäfelt mit purem Silber.

Langsam ließ er sich zurücksinken. Sobald er die Augen schloss, sah er es vor sich: Roriks Gesicht. Nicht mehr das des Knaben vom Fjord. Älter. Bärtig. Den vorwurfsvollen Blick, als habe er ihn verraten.

Wir waren Knaben, unser Schwur nichts weiter als ein Spiel.

Er wälzte sich auf die Seite, konnte die Erinnerung jedoch nicht abschütteln. Langsam wurde Roriks Antlitz von dem seines Sohnes überlagert. Dieselben blauen Augen durchbohrten ihn, riefen anklagend: *Vatermörder! Schwurbrecher!*

Immer sah Svein den Toten in Sturla. Immer!

Es gibt nur einen Weg, diese Geister loszuwerden.

Svein war bereit, ihn zu beschreiten.

Teufelspakt

Den Korb mit der schmutzigen Wäsche unter den Arm geklemmt, trat Heather ins Freie. Das Klappern beschlagener Hufe ließ sie sich umdrehen. Ihr Herz übersprang einen Schlag, als sie die beiden Männer gewahrte, die auf ihren edlen Rössern auf sie zuhielten.

»Ah, Heather«, bemerkte Edmund fröhlich, als er seinen Braunen vor ihr zügelte und sich aus dem Sattel schwang. »Die gute Seele dieses Hauses.«

»Gott zum Gruße, werte Herren.« Demütig neigte sie das Haupt.

»Sag, meine Teure, ist dein Vater zugegen?«

»Ja, mein Herr. Er ist in der Küche.« Sie stellte den Korb ab und schickte sich an, den beiden vorauszugehen, doch Edmund winkte ab.

»Lass gut sein. In eurem *Palast* werde ich mich sicher nicht verlaufen.« Edmund strich das prächtig bestickte Wams glatt, das sich über seiner Leibesmitte spannte. »Sei doch so gut und binde die Pferde an.«

»Ja, mein Herr.« Damit übergab er ihr die Zügel und trat über die Schwelle, als gehöre die ganze Welt ihm. Zumindest klimperte seine Geldkatze bei jedem Schritt laut genug, dass sie ihm hätte gehören können. Auch Aelfric drückte ihr mit einem abscheuerregenden Lächeln auf den Lippen die Zügel seines Pferdes in die Hand. Er folgte seinem Vater, jedoch nicht, ohne Heather noch einmal mit der Hand über den Rücken zu streichen und mit seinem Blick zu entkleiden.

Ihr fröstelte noch immer, als sich die Tür längst hinter ihm geschlossen hatte. Gewissenhaft versorgte sie die Pferde, wie es ihr aufgetragen ward, dann kümmerte sie sich um den Wäscheberg, der auf sie wartete. Mehrere Leinen spannten sich zwischen Haus und Stall, auf denen bereits einige Kleidungsstücke träge im Wind schaukelten.

Heather schob ihre Ärmel hoch, dann kniete sie sich erneut vor den Waschzuber und begann zu schrubben.

»Harold, Harold, Harold«, seufzte es nach einer Weile schwer aus dem geöffneten Fenster über ihr. »Mein lieber Harold, wir kennen uns nun schon so viele Jahre. Ich dachte, ich könne dir vertrauen.«

Heather hielt in der Arbeit inne. Lauschte.

»Du bist mit der Pacht im Rückstand«, erklärte nun Aelfric in selbstgefälligem Ton. »Weit im Rückstand.«

»Meine Söhne und ich, wir arbeiten hart, unermüdlich.« Der verzweifelte Klang der Stimme ihres Vaters versetzte Heather einen Stich ins Herz. »Das Land wirft nicht genug Erträge ab, um ...«

»Der Boden ist gut«, fuhr Edmund dazwischen. Kalt. Beherrscht. »Mir scheint eher das Bauernvolk ungeeignet, es zu bestellen.«

»Mein Herr, bitte ...«, flehte Harold atemlos.

»Danke dem allmächtigen Herrn, dass ich so gnädig bin«, erklärte der andere schließlich. »Ich schlage daher vor, dass ich dir einen Aufschub gewähre. Sollte ich jedoch nicht mit der Höhe deiner Rückzahlungen zufrieden sein, dann ...« Er pausierte, als müsse er sich seine Bedingung erst noch überlegen, »... werde ich deine Tochter zu mir holen.«

Heather schlug sich die nassen, vom Waschen aufgeweichten Hände vor den Mund.

»Edmund, nehmt mir nicht meine Tochter, ich flehe Euch an.«

»Es ist deine Entscheidung, Harold. Dein Hof oder deine Tochter.« Stühle rückten.

»Herr, Ihr ...«

»Du verstehst wohl nicht, Bauerntrampel«, zischte Aelfric wütend, »mein Vater hat dir keinen Vorschlag unterbreitet. So oder so wird es kommen, wenn du deinen faulen ...«

»Genug jetzt!«, gebot Edmund seinem Sohn Einhalt. »Was sagst du dazu?«

»Ihr seid zu gütig, mein Herr«, erwiderte Harold zähneknirschend.

Die Dielen knarrten. Hufschlag, der sich entfernte.

Mit steinerner Miene widmete sich Heather wieder ihrer Arbeit. Dass Edmund so weit ging, sie als Pfand für den Hof zu fordern ... Sie schüttelte sich bei dem Gedanken, auch nur in Aelfrics Nähe leben zu müssen. Eher ...

Bedrückte Schritte. Heather blinzelte die Tränen weg, begegnete dem Blick ihres Vaters, der rasch wegsah. Traurig. Schuldbewusst, während sie vorgab, nichts von alldem, von seinem Pakt mit dem Teufel, mitbekommen zu haben.

Wellenklage

Svein schmiegte sich tiefer in die Schatten zwischen den Bäumen. Das dämmrige Zwielicht hüllte ihn ein, während er verstohlen die Wiese vor der Hütte beobachtete. Träge bahnte sich der Limfjord in der Nachmittagssonne seinen Weg an der Weide vorbei, auf der sich ein paar Schafe am frischen Grün gütlich taten. Turid schöpfte Wasser aus dem Fjord, brachte es in den Stall.

Sveins Herzschlag setzte einen Augenblick aus, als sie so nah an seinem Versteck vorbeikam, dass er das Leuchten in ihren Augen erkannte. Das Lied hörte, das sie leise vor sich hin sang: »Wenn alte Wellen singen …«

Dann machte sie sich daran, die Schafe in den Stall zu bringen. Als sie an Sturla vorbeikam, der im Gras unweit des Ufers in ein Spiel versunken war, streichelte sie ihm sanft über den dunklen Schopf.

Sveins Mund war wie ausgedörrt. Die Zunge klebte ihm am Gaumen. *Loki, steh mir bei!*

Lautlos löste er sich aus dem Halbdunkel, sobald Turid und die Schafe außer Sichtweite waren. Sie würde eine Weile beschäftigt sein.

Mit weit ausgreifenden Schritten überwand er die Distanz zwischen Waldsaum und dem spielenden Knaben. Er achtete darauf, auf die glatten Kiesel und nicht auf den weichen Erdboden unmittelbar am Ufer zu treten.

»Na, Kleiner?« Sveins langer Schatten fiel über Sturla, als er vor ihm in die Hocke ging.

»Sva! Sva!« Aufgeregt hüpfte der Junge auf und ab, als er das vertraute Gesicht erkannte. Stolz hob er die Hand, deren kleine Finger einen geschnitzten Wolf umklammerten.

»Ein schönes Spielzeug hast du da«, bemerkte der Blonde fröhlich. *Loki!*

»Magst du es mir nicht zeigen?« Er lächelte, streckte ihm die Hand entgegen.

Sturla legte den Kopf schräg, nachdenklich.

»Na komm schon.«

Vergnügt quietschend rappelte sich der Junge auf und stolperte auf den Blonden zu, der die Arme einladend ausbreitete. Seine Füßchen entlockten dem Kies nur ein Wispern.

Unschlüssig sah er Svein an, als dieser ihn hochhob.

»Deine Mutter«, erklärte er, während er langsam näher ans Wasser trat und der Kleine Halt suchend in sein Haar griff, »hat dir sicher verboten, in die Nähe des Fjords zu gehen.«

Klares Nass umspülte seine Stiefel. Er spürte Kälte. Die Kälte eines Winters, der ewig dauerte.

Behutsam setzte er Sturla ab, legte ihm einen Finger an die Lippen. Der Junge verzog das Gesicht, als das Wasser seine Kleider durchnässte, doch machte keinen Mucks. Viel zu gebannt hing er an Sveins Lippen, lauschte dem beruhigenden Klang seiner Stimme.

»Weißt du, deine Mutter ist eine kluge Frau. Sie weiß, warum sie es dir verboten hat.«

Damit drückte er den Jungen nach hinten. Wellen schwappten über sein Gesicht, der kleine Leib zuckte und zappelte unter Sveins großer Hand. Durch das klare Fjordwasser starrten ihm Sturlas blaue Augen entgegen. Derselbe stumme Vorwurf lag in ihnen wie damals in Roriks.

Weniger Luftblasen stiegen nach oben, als der Fjord nahezu allen Atem aus den Lungen drängte.

Sturla erschlaffte, als mit der letzten Luft auch das Leben aus ihm wich. Das Gesicht nur Fingerbreit unter Wasser, starrte er ins endlose Blau des Himmels. Die kraftlosen Finger hielten den Wolf noch immer umschlossen.

Turid wischte sich die Hände am Kittel ab. Ein arbeitsreicher Tag lag hinter ihr.

Sturla ist bestimmt schon hungrig.

Sie lächelte. Ihr Sohn liebte es, den ganzen Tag draußen in ihrer Nähe zu sein und mit den Holzfiguren zu spielen, die Rorik vor seinem Aufbruch geschnitzt hatte.

Der Wolf ist ihm die liebste Figur, beinahe als spüre er, dass sie die letzte war.

Verwundert hielt sie an, sah ihren Sohn nicht mehr dort sitzen, wo sie ihn zurückgelassen hatte.

Vielleicht ist er, ganz ins Spielen versunken, doch näher an den Fjord gegangen, als er darf …

Turid kämpfte die aufkeimende Beunruhigung nieder. Sie hütete den Knaben wie den kostbarsten aller Schätze, doch sie konnte nicht immer …

»Freya, steh mir bei!«

Besorgt stürzte sie los, als sie ihren Jungen am Ufer des Fjords sah.

»Sturla! Wie oft habe ich gesagt, dass du nicht so nah ans Wasser sollst?« Er hatte sich schon einmal zum Ufer vorgewagt, damals, als sie auf dem Feld arbeitete. Sie hatte geschimpft, er geweint wegen ihrer Wut. Doch er hatte verstanden.

»Sturla?« Angst verlangsamte ihre Schritte.

Warum bewegt er sich nicht?

Erst als sie näher kam, erkannte sie, warum. Sturla lag auf dem Rücken, der Oberkörper im, der Kopf unter Wasser.

»Nein!«

Turid stürzte zu ihm, schürfte sich die Knie auf, als sie neben ihn sank. Der Glanz seiner Augen erloschen, die Lippen bläulich. Mit sanften Fingern strich die Strömung durch sein Haar, ganz so wie Turid es zu tun pflegte, wenn er nicht in den Schlaf fand.

»Sturla?«, wisperte sie tränenerstickt, als sie ihren Sohn aus der sanften Umarmung des Flussbetts hob. Noch immer hielt er den Wolf in der kleinen Hand, als wolle er selbst im Tod nicht vom Andenken seines Vaters lassen.

Ihr Mund öffnete sich zu einem entsetzten Schrei, doch kein Ton kam über ihre Lippen. Es war, als raube ihr der Schmerz nicht nur den Atem, sondern auch die Stimme. Turid barg den leblosen Jungen an ihrer Brust. Presste ihn an sich, als sei er ihr Anker. Ihr Anker, der verhinderte, dass der Strudel aus Verlust und Verzweiflung sie in den Abgrund riss. Sanft schaukelte sie Sturla hin und her, als wolle sie ihn in den Schlaf wiegen. Den ewigen Schlaf, aus dem niemand mehr erwachte.

Hakon hatte gespürt, dass etwas nicht stimmte. Als Turid nicht gekommen war, wie sie versprochen hatte, da hatte er es gewusst, war – auch auf Hafrúns Drängen hin – in ein Boot gestiegen und zu ihr gefahren. Die versinkende Sonne überzog das Ufer mit einem roten Glühen.

Hakon landete an, aber wagte kaum, näherzutreten. Zitternd saß Turid auf dem kalten Boden. Sturla hielt sie fest an ihr Herz gedrückt. Sein Gesicht fahl. Die Lippen blau.

Erst der Mann. Dann der Sohn. Er konnte bloß vermuten, was geschehen war.

»Turid?« Er kniete sich neben sie, legte ihr sanft die Hand auf den Rücken. Hinter ihrem Schleier aus Verlust und Schmerz schien sie ihn gar nicht zu bemerken.

Hakon hatte selbst Mühe, die Tränen zurückzuhalten, als Turid von Schluchzern geschüttelt zu singen begann:

Wellen nahmen mir mein Lieb,
trugen es hinfort. Hinfort.
Mein verlassen Herz
ist nun ein einsam' Ort.

Warten

N ur dem stärksten Krieger harrt.« Heathers heller Klang verwob sich mit Roriks dunklen Brummen zu einem Gesang, der selbst die Walküren rührte. Ihre Zunge bändigte die fremden Worte ebenso wie die seine die Sprache der Inselbewohner. Gegenseitig hatten sie sie einander gelehrt an langen Abenden vor dem Herdfeuer.

Im Takt, den die Melodie vorgab, führte Rorik den Hobel über die Schiffsplanken, glättete Unebenheiten an der Bordwand. Wie sie so gemeinsam sangen und arbeiteten, fühlte sich Rorik zum ersten Mal seit Langem heimisch.

»Dein Lied der Wellen ist voller Sehnsucht«, seufzte Heather traurig. Um ihren Mund, der stets zu lächeln schien – unerschütterlich, zuversichtlich – wie auch immer die Nornen ihren Schicksalsfaden spinnen mochten, lag ein betrübter Zug.

Wie recht sie doch hat.

»Dass du so viel aus dem alten Kahn herausholen könntest, hielt ich nicht für möglich«, setzte sie rasch nach.

Rorik lachte. »Das ist ebenso Aidans Verdienst.«

»Die Hauptarbeit hast du vollbracht«, wehrte der junge Mann ab, »als ob dich etwas unerbittlich nach Hause zöge.«

»Jemand«, berichtigte Rorik.

Der Junge sah stur auf die Planken, als wünsche er, nie auch nur ein Sterbenswort verloren zu haben.

Unbehagen dehnte sich zwischen ihnen aus, machte die Luft dick, stickig, sodass Rorik glaubte, sie mit dem Messer schneiden zu können. Er sah Heather an, dass sie mit sich kämpfte. Schließlich fasste sie sich ein Herz: »Damals, als du aufgewacht bist … Was … Du hast …« Sie atmete tief durch. »Wer ist Turid?«

Wie ein Blitzschlag durchfuhr ihn der Klang ihres Namens. Die Silben, die er so lang nicht mehr vernommen hatte, schnürten seine Brust ein. Kurz suchte er nach Halt, musste sich abstützen, bis er sich wieder gefangen hatte.

»Sie ist mein Leben.«

»Ich wollte nicht …«

Er schüttelte den Kopf, fuhr mit dem Finger die Reling nach – sie beschrieb einen sanften Bogen, beinahe wie die Schenkel einer Frau.

»Sie ist ein Dickkopf. Störrisch. Eigensinnig. Stolz. Und meine Frau.«

Kurz schloss er die Augen, sah ihr Gesicht vor sich, die grünen Augen, doch ihr Antlitz drohte an den Rändern mehr und mehr in den Nebeln des Vergessens zu zerfließen. Er wusste kaum mehr wie ihre Stimme klang, wie sie duftete. Konnte sich kaum mehr in Erinnerung rufen, wie es sich anfühlte, ihre weiche Haut auf seiner zu spüren.

Zitternd stieß er die Luft aus, fasste sich. Aidan und Heather waren nähergetreten.

»Sie wollte mich nicht ziehen lassen.« Er schluckte. »Hatte Sorge, dass ich sie allein ließe. Sie trug unser Kind unter dem Herzen.«

Heathers Blick schmolz. »Das heißt ja …«

»Dass sie unser Kind bislang allein großzieht.«

Deutlich sah er Svein vor sich, hörte sein Versprechen, seine Drohung: *Ich werde mich um Turid und dein Kind kümmern.* Rorik ballte die Hand zur Faust. *Warum hat sich sein Gesicht in mein Gedächtnis eingebrannt, doch Turid kann ich mir kaum mehr vor Augen rufen?*

»Das Lied der Wellen: Die Frauen ihrer Sippe sangen es, wenn sie auf die Rückkehr ihrer Männer warteten.«

So wie Turid auf mich … Nein! Sie glaubt längst, ich sei tot.

»Ich schwor ihr damals, zurückzukehren.« Fest sah er den beiden in die Augen. »Das werde ich. Ich werde zurückkehren, ihr ein guter Gatte und unserem Kind ein guter Vater sein.«

»Entschuldigt mich«, flüsterte Heather und erhob sich. Ihre Augen schimmerten feucht, als sie aus dem Stall stürzte.

Besorgt sah Aidan ihr nach. Rorik war nicht entgangen, wie er sie oft ansah, wenn er sich unbeobachtet wähnte: Voller Wärme und aufrichtiger Zuneigung. Manchmal wollte er den Jungen schütteln, ihn einen Narren schelten, dass er sich bitten ließ, statt dem Mädchen, das er offenkundig begehrte, seine Zuneigung zu zeigen. *Wie unbeholfen die beiden doch sind,* fand Rorik und musste an Turid und sich denken. Gezankt hatten sie sich, jedes Mal, sogar als sie sich zum ersten Mal begegnet waren. Jedes ihrer Aufeinandertreffen hatte vor Spannung geknistert, eine Gewalt, wie wenn Wellen an einem schroffen Felsen brechen.

Doch ist es Liebe. Und Liebe – oder zumindest eine gewisse Zuneigung, die nicht von der Hand zu weisen war – sah er auch zwischen den beiden jungen Engländern.

»Na los, geh schon«, verlangte Rorik.

Unschlüssig blickte Aidan zwischen dem Boot und der Tür hin und her, dann folgte er dem Mädchen.

Rorik seufzte. *Na endlich.*

Ein paar Wochen noch, dann wäre das Schiff so weit, dass er es wagen konnte, seinen Schwur zu erfüllen. Nur wie er nachts den Kurs halten sollte, um nicht ewig auf See umherzuirren, wusste er nicht.

Der laue Sommerabend umfing Heather mit sanftem Wind, der tröstend über ihre Wangen strich. Der Boden strahlte die Wärme des Tages ab, die er aufgesogen hatte, gleich einer verblassenden Erinnerung.

Ihre Füße trugen sie zu einem ruhigen Ort hinter dem Stall. Vor ihr lagen weit offen die Felder, von einem rötlichen Schimmer überzogen wie ein Meer aus Glut.

Heather war aufgewühlt, wusste nicht, was sie fühlen, was sie denken, geschweige denn was sie tun sollte.

Schlafen, du dummes Ding. Sie wusste, dass sie nicht in den Schlaf würde finden können. Selbst wenn, würde sie doch wieder hochschrecken. Ebenso wie in den vergangenen Nächten. Würde sich im halbdunklen Zimmer umsehen und schlaftrunken feststellen, dass es bloß ein böser Traum und sie immer noch auf Vaters Hof war. Nur damit ihr dann, wenn sie zurück aufs Lager sank, die Gewissheit die Kehle zuschnürte, dass dieser Albtraum ihr Leben werden sollte.

Auch wenn Harold ihr nichts von seiner Verabredung mit Edmund erzählt hatte, fürchtete sie doch, dass der Edelmann ihren Vater schneller, als ihr lieb wäre, beim Wort nähme. Jeden Tag schrak sie zusammen, wenn sich ein Reiter dem Hof näherte oder sie Aelfric in Awesgrove sah.

Diese Ungewissheit wird mich noch in den Wahnsinn treiben!

Mit aller Macht schob sie den Gedanken beiseite. Die Arbeit mit Rorik und Aidan hatte sie eine Weile abgelenkt.

Der Nordmann hat Frau und Kind. Heather hatte bislang nur geahnt, was ihn so stark zurück in seine Heimat zog. Durch seine Erzählung wurde ihr einmal mehr bewusst, wie rasch man verlieren konnte, was man liebte.

»Hier bist du.« Aidan trat zu ihr, die Miene von ernster Besorgnis gezeichnet.

Heathers Herz machte einen schmerzhaften Satz. Aufsteigende Tränen raubten ihr fast den Atem, während die Nacht langsam ihren dunklen Schleier über der Welt ausbreitete.

»Rorik dachte, er würde zurückkehren.« Ihre Stimme brach. »Das Leben … Warum ist der Herr so grausam?«

Aidan zog sie in seine Umarmung. Fest schlang sie die Arme um seinen Nacken, weinte leise, das Gesicht an seine Brust geschmiegt.

Mein Leben stellte ich mir anders vor. Ich war zufrieden, doch jetzt …

»Was ist denn los?« Sanft fuhr Aidan mit dem Daumen ihre Wirbelsäule entlang. Seine Berührung beruhigte sie.

Heather löste sich von ihm. Rasch wischte sie sich übers Gesicht, schämte sich ihrer Tränen.

»Es ist nichts.« Ihr missglücktes Lächeln strafte ihre Worte Lügen.

»Dich bedrückt doch schon seit Tagen etwas.« Sie sah die Sorge in seinem Blick – und schließlich weihte sie Aidan ein, erzählte ihm von dem Gespräch, das sie gehört hatte.

»Harold kann dich doch nicht einfach so verschachern.« Wütend ballte er die Hand zur Faust.

»Aidan, er … er hat keine andere Wahl. Joseph und Walter könnten sicher irgendwo Anstellungen finden, aber Vater … Er hängt so sehr an diesem Hof.«

Aidan schüttelte den Kopf, fassungslos ob der Neuigkeit, die er eben vernommen hatte. »Wenn das so ist, dann werde ich doppelt so hart arbeiten, damit Edmund zufrieden ist«, versprach er leise.

»Aidan?«

»Ja?«

»Wenn ich …« Sie biss sich auf die Lippe. Konnte sie ihm sagen, dass es sie am meisten schmerzte, ihn nicht jeden Tag um sich zu haben, wenn Edmund sie zu sich holte? Es würde nichts ändern. »Ach, nichts.«

Heather blickte zu ihm auf, als er unvermittelt ihre Hand nahm. Ein scheues Lächeln stahl sich auf ihre Lippen, als sie bemerkte, dass seine Finger zitterten. Mit der anderen Hand hob Aidan sanft ihr Kinn an.

So viel Unausgesprochenes lag in seinen Augen, als sie einander ansahen. Dann küsste er sie. Kurz. Sacht. Eine flüchtige Berührung, so leicht wie ein Schmetterling auf einer Blüte landet.

Verlegen sahen sie beide zu Boden, ihre Finger noch immer ineinander verschränkt.

Manche Dinge musste man nicht aussprechen.

Gebrochen

Schon als Svein aus dem Boot stieg, beschlich ihn leises Unbehagen. Die Hütte am Fjord lag ruhig und verlassen, Fenster und Tür zugesperrt.

Langsam ging er weiter. Die Blätter des Gemüses, das auf einem schmalen Erdstreifen zwischen Hütte und Stall gedieh, wellte sich an den Blatträndern.

Als wohne hier keine Menschenseele.

Halb klagend, halb vorwurfsvoll blökte es aus dem Stall. Svein nahm sich ein Herz und versorgte zunächst die Tiere.

Hafrún und Hakon haben zwar gesagt, dass es schlecht um den Hof bestellt sei, aber …

Er scheute davor zurück, die Hütte zu betreten. Aus Furcht, was er dort vorfände.

Muffige, abgestandene Luft schlug ihm entgegen, als er die Tür dennoch öffnete. Spärlich sickerte Licht durch Ritzen in den Wänden, ansonsten füllten gähnende Schatten und der bedrohliche Widerschein eines halb heruntergebrannten Feuers das Innere der Hütte.

Svein spürte ein Stechen im Herzen, kaum gewahrte er die Gestalt, die vor dem Feuer kauerte, die Schultern hängen ließ, als drücke die Last ihrer Sorgen sie herab.

»Turid?« Sie sah nicht auf, wandte weder das Haupt, noch zeigte sie sonst eine Regung.

Langsam trat er um sie herum, sank vor ihr auf die Knie. »Ich hab deine Tiere versorgt.«

Keine Regung. Stumm starrte sie in die Flammen, die Augen in die Höhlen gesunken. Trotz des Dämmerlichts erkannte Svein, dass sie geweint hatte.

Drei Monate und sie ist noch immer nicht darüber hinweg.

Sanft legte er ihr eine Hand auf den Arm. Sie schrak auf, blinzelte, als sei sie aus langem Schlaf erwacht.

»Svein.« Sie zwang sich zu einem Lächeln.

»Turid.« Er musterte sie, doch sie wich seinem Blick aus.

»Es ist meine Schuld«, murmelte sie schwach, die Stimme erstickt. Sie sah auf ihre Hände, die den geschnitzten Wolf so fest umklammerten, dass ihre Knöchel weiß hervortraten.

»Sag das nicht.« Sanft, aber bestimmt entwand er das Spielzeug ihren Fingern.

»Ich hätte … besser achtgeben müssen.« Schluchzer schüttelten ihren Körper. Er hielt ihre Hände, damit sie sich nicht die Fingernägel in die Handflächen grub.

»Was mit Sturla geschehen ist, ist ein Unglück. Du trägst keine Schuld daran«, beschwor er sie und zog sie in seine Arme.

Hemmungslos weinte sie. Svein brach es das Herz, sie so leiden zu sehen.

Turid wird auch diesen Verlust verkraften. Ich muss ihr nur Zeit zum Trauern geben. Und dann werde ich da sein.

»Alles wird gut, Turid. Doch für eine Weile wirst du bei Hakon und Hafrún unterkommen.«

»Mein Hof …«

»Darum kümmere ich mich. Es wird nicht für lang sein.«

Ein neues Heim

Polternde Schritte in der Diele. Heather glitt die Spindel aus den Händen, als die Tür aufgestoßen wurde.

Rote Flecken auf den Wangen, die Augen Funken sprühend, baute Aelfric sich vor ihr auf.

»Komm!«, befahl er knapp.

Heather war wie erstarrt. Ihr Herz pochte hoch oben in ihrer Kehle, machte ihr die Brust eng.

»Jetzt komm!«, knurrte er und zerrte sie auf die Beine. Seine Finger gruben sich tief in ihren Oberarm. Wie man eine störrische Kuh zurück in den Stall bringt, schleifte Aelfric sie hinter sich her ins Freie.

»Was soll das?« Endlich hatte sie ihre Sprache wieder gefunden.

Aelfric wirbelte herum, fasste ihr Kinn in eisernem Griff, dass sie glaubte, ihr müsse der Kiefer brechen. Mit aller Kraft stemmte sie ihre Fäuste gegen die Brust des Mannes, doch er hielt sie unerbittlich fest.

»Wir holen uns, was uns zusteht.«

Der Pakt mit dem Teufel!

Sein Gesicht war so nah an dem ihren, dass sein Atem über ihre Wange strich. Sie roch die schwache Note von Würzwein.

»Was tust du da?« Das dunkle Brummen des Nordmanns sorgte dafür, dass Aelfric von ihr abließ. Der Dreschflegel, den Rorik in der Hand wog, tat sein übriges.

Neben ihm stand Aidan, die Sense erhoben, bereit, jeden Augenblick nach vorn zu stürzen. Noch nie hatte Heather ihn so grimmig gesehen, außer damals im Stall, als …

»Das wüsste ich allerdings auch gern«, rief Harold, der herbeigeeilt kam.

»Unser Recht einfordern«, zischte Aelfric.

»Unser?« Rorik trat einen Schritt vor. »Ich sehe hier nur ein kleines Bürschchen, das ungefragt in ein fremdes Haus eingedrungen ist.« Der Nordmann baute sich vor ihm auf, die Haltung locker, doch drohend.

Heather hatte gesehen, wozu seine Gefährten fähig waren. Sie zweifelte nicht daran, dass er ihnen in nichts nachstand.

»Ein Haus, das auf unserem Land steht.«

Zittert seine Stimme? Heather mochte sich die leise Ahnung von Unsicherheit auch nur eingebildet haben.

Aelfrics Hand glitt zum Schwertknauf.

Sie werden doch wohl nicht … Sie konnte nicht hinsehen, den Blick aber ebenso wenig abwenden.

»Aelfric!« Edmunds Stimme schallte schneidend über den Hof.

»Vater!« Mit spürbarer Erleichterung hielt er auf den anderen zu, Heather noch immer im Schlepptau.

»Sagtest du nicht, du hättest die Sache rasch erledigt?«, herrschte Edmund ihn an.

Aelfric senkte den Blick. Von seiner sonstigen Großspurigkeit blieb nicht viel. »Er hat mich bedroht, Vater.«

»So?« Edmund winkte Harold näher heran. »Deine Erklärung?«

»Ich …«

Er hob die Hand. »Harold, ich ging immer davon aus, ich könne mich auf dein Wort verlassen.«

»Das könnt Ihr.«

Heather brach es fast das Herz mit ansehen zu müssen, wie er sich vor dem anderen erniedrigte.

»Es ist das selbe, leidige Thema wie eh und je.« Seufzend schüttelte er den Kopf. »Deine Zahlungen …«

»Er arbeitet so hart, unermüdlich«, begehrte Heather auf, die nicht still hinnehmen wollte, wie Edmund mit ihrem Vater umsprang. Schmerz flammte auf ihrer Wange auf, als Edmund sie ohrfeigte.

»Nach deiner Meinung hat niemand gefragt«, blaffte er.

Aus dem Augenwinkel sah sie, wie die Sense in Aidans Hand zuckte, doch Rorik hielt ihn zurück.

»Hast du etwa vergessen, was wir für diesen Fall vereinbart haben?«

»Nein, Herr.« Tränen erstickten Harolds Stimme. »Aber ich bitte Euch: Tut es nicht.« Er sank vor ihm auf die Knie, fasste an den Saum des prächtig bestickten Wamses. »Habt ein Herz.«

Barsch schüttelte Edmund den Bittsteller ab. Er musterte ihn geringschätzig, als sei er nicht wert, dieselbe Luft zu atmen. Heather schäumte vor Wut.

»Ein Herz, Harold? Du hast unsere Geduld lang genug auf die Probe gestellt.«

»Lasst mir meine Heather, bitte. Holt sie nicht zu euch, Herr!«

»Vater!« Heather riss sich von Aelfric los, kniete sich neben Harold. Zärtlich strich sie über seine tränennassen Wangen. »Vater, ich werde mich fügen.« Wisperte sie in seiner Umarmung.

»Vergib mir, Heather. Ich dachte nicht, dass er so bald … Ich hätte es dir sagen müssen.«

Unsanft wurde sie hochgerissen. Stur heftete sie den Blick auf den Boden. Selbsicheren Schrittes ging Aelfric ihr voran, die Hand am Schwertknauf. Mit einigem Abstand folgte sie, aufrecht, nicht gewillt zuzulassen, dass der Kummer sie beugte. Sie blickte nicht auf, nicht mal als Aidan ihren Namen flüsterte. Jedes Abschiedswort würde ihren Gang nur unnötig schwer machen.

Aelfric half ihr auf den Karren. Ihr Innerstes zog sich zusammen, als seine Hand ungebührlich tief ihren Rücken hinabglitt.

Soll das nun alle Tage mein Los sein?

Sie biss sich auf die Unterlippe, schmeckte Metall auf der Zunge. Ruckend setzte sich das Gefährt in Bewegung. Erst als sie sicher war, dass man sie vom Hof aus nicht mehr sehen konnte, ließ sie ihren Tränen freien Lauf.

»Hier wirst du schlafen«, bemerkte Aelfric und stieß die Tür zur Gesindekammer auf. Ängstlich sah ihnen ein Mädchen entgegen, wenig älter als Heather. Kaum dass sie gewahrte, dass Aelfric nicht allein kam, entspannte sie sichtlich. Eilig verließ sie auf seinen Wink hin den Raum.

Strohlager, dünne Überzüge. Die Luft roch muffig, durchmischt mit den Dünsten des Abtritts, die durch das kaum schießschartengroße Fenster drangen.

Schäbig kam Heather sich in ihrem Kleid vor, als sie das prächtige Haus gesehen hatte. Alles, was sie besaß, trug sie am Leib. Hier lebte sie nun. Hier würde sie arbeiten für Edmund – für ihn weben, weil er sich davon am meisten Gewinn versprach.

Die Tür schloss sich leise. Stroh raschelte.

»Habe ich nicht gesagt«, murmelte Aelfric, als er sie von hinten umfing, »dass ich immer bekomme, was ich will?«

Den Arm um ihre Hüfte gelegt, glitt eine Hand über ihren Bauch. Sein rauer Bart schürfte an ihre Wange. Sein Atem beschleunigte sich, wurde flacher.

Mit jeder Berührung erfror Heathers Herz ein Stück mehr. Es würde erst tauen, wenn dieser Albtraum ein Ende hatte.

Begehrlich tasteten seine Finger weiter. Er mochte ihre Arbeitskraft besitzen, doch ihre Seele, ihren Willen, würde er nie sein Eigen nennen.

»Wellen nahmen mir mein Lieb, trugen es hinfort, hinfort«, sang Turid leise, während sie das Langhaus kehrte. Hild berührte sie im Vorübergehen sacht am Arm, schenkte ihr ein warmes Lächeln, ehe sie Svein zu ihrem Gatten geleitete.

Thorgrims Gemahlin hatte Turid mit offenen Armen bei sich aufgenommen, ihr eine Aufgabe gegeben, die sie von dem ablenken sollte, was sie verloren hatte.

Nur eine Mutter kann den Schmerz nachempfinden, den ich fühle.

Turid hatte oft lange mit ihr gesprochen, wenn sie abends gemeinsam vor dem prasselnden Feuer saßen. Hild ermutigte sie, erklärte ihr, dass es möglich sei, zu lernen ihr Leben weiterzuführen. Dass die Götter bisweilen grausam seien, doch einem einzelnen nie mehr aufbürdeten, als er tragen könne. Und dass es müßig sei, sich ein ums andere Mal zu fragen, was sie hätte anders machen sollen.

So viele Kinder beweinte sie schon, doch ihre Zuversicht verlor sie nie. Rorik und Sturla sind tot. Ich lebe.

Die Götter hatten ihr dieses Geschenk nicht grundlos gemacht. Seit sie nicht mehr auf dem Hof weilte, fühlte Turid sich täglich besser. Sie war stärker als ihr Kummer.

Hild war für sie da. Hafrún und Hakon. Doch während all der Zeit, in der ihre Trauer sie beinahe zerriss, wusste sie Svein an ihrer Seite: Unerschütterlich. Zuverlässig. Unverzagt.

Turid ging es besser. Zu ergründen, warum die Götter sie dazu brachten, ihr Fimbulwinterherz zu verschenken, um ihr dann zu rauben, was sie liebte, hatte sie aufgegeben.

Nur nachts, wenn sie in der Dunkelheit erwachte – das Lager neben ihr kalt und leer, keine Händchen, die nach ihr griffen – und sie der Kummer zu übermannen drohte, drückte sie den geschnitzten Wolf an ihre Brust und fühlte sich ihren Männern tröstlich nahe.

»Ist Svein …« Völlig außer Atem, das Gesicht rotgefleckt, stand Hakon vor ihr.

»Beim Jarl«, lachte sie, als der andere loseilte.

Langsam schlenderte Turid zu Hafrún, die emsig am Webstuhl arbeitete.

»Sag mal«, sie lehnte sich an die Wand, »führen die Männer wieder was im Schilde?«

»Sie sind auffällig oft hier, das stimmt.«

»Hat Hakon dir nichts verraten?«

Hafrún schüttelte den Kopf. »Ich weiß nur, dass er bald mit der *Vargr Hafs* in See stechen will.« Sie machte ein unglückliches Gesicht. Turid konnte ihre Freundin verstehen. Jede Überfahrt barg Gefahren. Sie wollte nicht erleben, dass auch Hafrún ihren Mann verlor.

Anders

Auf den Knien schrubbte Heather die Dielen. Ihre Hände rot vom kalten Wasser, die Knöchel aufgeplatzt. So sehr sie sich auch bemühte, die dunklen Flecken zu entfernen, zogen sie doch immer tiefer ins Holz, als wollten sie ihrem Zugriff entgehen. Verblassten, nur um einige Tage später dunkler zurückzukehren. *Als verhöhnten sie mich.*

Sie fragte nicht nach, wie das Blut auf die Dielen gelangt war – in solch einer rauen Menge. Im Gesinde erzählte man sich, Edmund habe einen säumigen Pächter daran erinnert, seine Schulden zügig zu tilgen. *Wenigstens bleibt Vater ein derartiges Schicksal erspart.*

Polternde Schritte. Leises Gemurmel, als Aelfric und Edmund an ihr vorbeigingen. Aelfric wandte sich noch einmal um, setzte seine Füße übertrieben stark vor ihr auf. »Meine Stiefel«, bemerkte er tonlos.

»Ja, Herr«, murmelte sie, raffte ihren Rock und rieb Schlamm und Mist vom glatten Leder. Er bedachte sie mit einem zufriedenen, gierigen Blick, ehe er sich abwandte.

Heather rann es eiskalt den Rücken herab. Sie vermied es tunlichst, sich allein mit ihm in einem Raum zu befinden, doch nicht immer wollte ihr das gelingen. Sein Interesse war ungebrochen, aber Heather hatte herausgefunden, dass auch anderen Mädchen die zweifelhafte Ehre seiner Zuneigung zuteil wurde.

»Heather!« Eine Hand in die Hüfte gestemmt, baute Ann sich drohend vor ihr auf. Wässrige Augen, die weit auseinanderstanden, blickten aus einem geröteten Gesicht. Mit dem breiten Mund erinnerte Ann Heather an eine der fetten Kröten, die sie mit ihren Brüdern nach dem Sommerregen oft in den Ackerfurchen aufgelesen hatte.

»Warum bist du nicht am Webstuhl?«

»Edmund meinte …«

»Mein Kleid für das Hochfest?«

»Wird rechtzeitig fertig«, versicherte Heather.

»Wenn nicht, setzt es was.« Voller Feindseligkeit schaute Ann auf sie herab. »Entschuldige dich!«, blaffte sie unvermutet.

»Das Kleid wird fertig, ich …«

»Das meine ich nicht.«

Grob packte Ann sie in den Haaren, zerrte so stark, dass sie Heather den Kopf in den Nacken bog.

»Tu nicht so scheinheilig. Ich weiß, dass du meinem Mann schöne Augen machst.«

Heather hätte am liebsten aufgeschrien, als Ann noch stärker an ihren Haaren zog. Tränen brannten in ihren Augen.

»Du streitest es nicht mal ab«, zischte sie. »Das ist meine erste und meine letzte Warnung: Lass deine Finger von ihm.«

Sie ließ los. Ein kalter Schwall schmutzigen Wassers entleerte sich über Heathers Haupt.

»Geh dich umziehen. Du siehst aus, als gehörtest du in den Schweinestall.« Ann rümpfte die Nase. »Du riechst auch so.«

Am Abend war Heather noch immer fassungslos, dass Ann sie für etwas bestrafte, an dem sie keine Schuld trug. Von selbst würde Aelfric bestimmt nicht von ihr ablassen.

Sie schrak auf, als er eintrat. Er malmte mit den Kiefern, schien nicht bei der Sache. »Ann verlangt nach dir. Ab morgen wirst du dich um ihr Wohlbefinden kümmern.« Damit ging er.

Verwundert sank Heather auf ihr Lager zurück. *Soll ich lachen oder weinen?* Sie hoffte, dass sie in Anns persönlichem Dienst vor Aelfric geschützt war, doch Ann nutzte gewiss jede Gelegenheit, ihr das Leben zur Hölle zu machen.

Als Svein begonnen hatte, zu packen, war Oleif gegangen. Es war nicht viel, das er mitnahm, doch er hoffte, umso mehr zurückzubringen.

Er genoss die Ruhe, die im Haus eingekehrt war. Sie war unaufdringlich, angenehm. Kein Vergleich zu dem bedrückenden Schweigen, das zwischen zwei Männern herrschte, die sich nichts mehr zu sagen hatten und nur dem Namen nach Vater und Sohn waren.

Oleif wird mir nie verzeihen, dass ich an Roriks statt zurückgekehrt bin.

Er ballte die Hand zur Faust. Es sollte ihn nicht länger scheren, was der Alte von ihm dachte. Wichtig war nur, was Thorgrim ihm vor wenigen Tagen im Vertrauen erzählt hatte: Dass Svein sich gemacht habe und er große Stücke auf ihn hielte. Dass der Jarl, kinderlos wie er geblieben war, unter seinen Kriegern nach einem möglichen Nachfolger suchte, war ein offenes Geheimnis.

Svein schloss die Augen, rieb sich die Nasenwurzel.

Zartes Klopfen an der Tür.

Er seufzte.

»Ja?«

Er hörte das Knarren der Tür. Die Schritte, die zögerlich näher kamen.

»Du segelst mit ihnen.«

Beim Klang der vertrauten Stimme erhob er sich und wandte sich um.

Turid stand im Türrahmen. Sonnenlicht badete ihr Antlitz in flüssigem Gold. Ernst sah sie auf Axt und Schild, die an der Wand lehnten, dann in seine Augen.

»Wundert dich das?« Er trat um den Hocker herum, wollte den Abstand zwischen ihnen veringern.

»Nein«, entgegnete sie lachend, doch es klang angestrengt. »Hakon erzählte, ihr würdet erneut nach … «, sie schluckte, »… nach England fahren.« Eine Sorgenfalte furchte ihre Stirn.

Svein nickte, als er sich näherte. »Das Land ist reich an Schätzen. Wenn wir nur halb so viel nach Limgard bringen wie beim letzten Mal …« Er biss sich auf die Zunge, als er das Flackern in ihrem Blick bemerkte. Anklagend, als ginge ihr durch den Kopf: *Meinen Mann habt ihr dortgelassen. Nicht einmal einen Leichnam hatte ich, den ich bestatten konnte.*

»Die Überfahrt ist gefährlich«, meinte sie.

»Turid, ich bitte dich.« Er machte eine wegwerfende Handbewegung. »Das ist jede.«

»Bis England ist es ein weiter Weg.«

Will sie mir die Víking ausreden?

Turids Kinn zitterte leicht. »Du sollst nur gut auf dich Acht geben, Svein.«

Er wusste, dass es unangebracht war, zu lächeln, doch er konnte das Zucken um seine Mundwinkel nicht unterdrücken. *Sie sorgt sich um mich.*

»Das werde ich.« Sacht fuhr er mit dem Finger über ihre Wange. Sie zuckte zurück, ließ ihn jedoch gewähren.

Als hätte sie ihn mit einem Zauberbann belegt, konnte er den Blick nicht mehr von ihren Augen lösen. Sein Herz schlug schwer in seiner Brust.

Wenn nicht jetzt …

Er küsste sie. Zärtlich. Innig. Turid erwiderte den Kuss, doch dann stieß sie ihn von sich.

»Ich … verzeih mir«, war alles, was sie sagte, ehe sie aus dem Raum stürzte. Der Schrecken über das, was sie getan hatte, stand ihr so deutlich ins Gesicht geschrieben, dass ihr entsetzter Ausdruck Svein wohl noch lange verfolgen würde.

Er griff zur Axt. Der glatte Schaft schmiegte sich in seinen Griff wie eigens für ihn erschaffen.

Selbst im Tod ist Rorik mir noch immer voraus.

Mit einem Brüllen machte er seiner Wut Luft, während er auf den Hocker einhieb.

Meinen besten Freund habe ich getötet.

Das Holz splitterte unter dem nächsten Hieb.

Ihren Sohn.

Er packte die Bruchstücke, schleuderte sie ebenso gegen die Wand wie seine Frage: »Und wozu?«

Erschöpft sank er auf die Knie.

Für die Liebe einer Frau, die niemals die meine sein wird.

Heimsuchung

rödel nicht, dummes Ding«, zeterte Ann und schleifte Heather am Arm mit sich.

Sie stolperte, als sie sich umwandte, den Hals verrenkte, um einen letzten Blick auf den Mann zu erhaschen, der am Ende der Gasse stand. Schmächtig, doch mit unverkennbaren Locken galt seine Aufmerksamkeit allein ihr.

Kühle Luft prickelte auf Heathers Haut, als sie hinter Edmund und Aelfric die Kirche betrat. Das Klacken ihrer Eisen beschlagenen Stiefel hallte von den hohen Wänden wider.

Sie schlug das Kreuzzeichen, als sie den Dreien folgte.

»Bruder Cuthbert«, grüßte Edmund. Seine Stimme trug weit.

»Gott zum Gruße, werter Herr.« Mit wehender Kutte eilte er ihnen entgegen, ließ die Schar Kaufleute, mit denen er eben noch gesprochen hatte, stehen. Der Mönch nickte ihnen zu, bedachte Heather mit einem mitfühlenden Blick.

In großer Geste, damit sie niemandem der Versammelten entging, zog Edmund eine Börse unter dem Umhang hervor. »Für das kommende Hochfest.«

»Der Herr wird es Euch danken«, gelobte der Kirchenmann und erging sich in einem Lobpreis auf die Güte des edlen Spenders, die gewiss auch auf seinen Sohn übergegangen sei.

Er braucht das Geld so dringend. In der Nähe von Awesgrove gab es nur wenige, die so reichlich zu geben vermochten wie Edmund. Dieser tat es gern, rückte er so doch sein gottgefälliges, freigebiges Leben ins rechte Licht, damit es der Gemeinde nicht verborgen blieb.

»Ihr schmeichelt mir, Bruder«, wehrte dieser ab, doch suhlte sich im Lob des Gottesmannes wie ein Schwein in einem Pfuhl.

Cuthbert setzte zu einer Erwiderung an, als ihm ein Schrei zuvorkam, der durch das geöffnete Portal zu ihnen wehte.

Ein Schatten verfinsterte die Sonne und die Augen des Mönchs weiteten sich vor ungläubigem Staunen. Heathers Blut gefror, als sie sich umwandte.

Im Durchgang stand ein Mann. Groß und breit wie ein Baum, schlenderte er langsam durch den Mittelgang auf sie zu, eine Axt in der Hand. Mit einem Mal erfüllte beklemmende Stille das Gotteshaus, in der das stete Tropfen der Flüssigkeit, die zäh vom Axtblatt rann, umso lauter nachhallte.

Einer der Händler trat dem Fremden entgegen. »Was wollt Ihr …« Worte zerflossen zu einem Stöhnen, ehe er zur Seite kippte.

Ann schrie auf, dann fiel sie in Ohnmacht. Eben noch so gelang es Aelfric, seine Gattin aufzufangen.

Achtlos stieg der Krieger über den Gefallenen hinweg. Heather bemühte sich, ihre aufkeimende Angst so gut es ging herunterzuschlucken. Aber das irre Funkeln in den Augen des Fremden war ihr allzu vertraut.

Leblos kippte der Mann zur Seite, als Svein mit einem Ruck die Axt aus dessen Unterleib befreite.

Ein sonderbarer Brauch, den Tempel ohne Waffen zu betreten.

Er stieg über den Leichnam, ein wölfisches Grinsen auf den Lippen. Sein bloßer Anblick genügte, dass eine Frau das Bewusstsein verlor. Einige Männer suchten das Weite.

So gefällt mir das: Lauft nur, euer Verhängnis ist über euch gekommen.

Der Tempel leerte sich, bis Svein sich nur noch fünf Engländern gegenübersah.

Ein aschfahler Dicker schlug ein Zeichen vor der Brust, als wolle er einen bösen Geist vertreiben. Daneben ein zitternder Jüngling, der achtlos die Ohnmächtige fallen ließ. Ein älterer Mann – vermutlich der Vater des Feiglings – dem der Schrecken ins aufgedunsene Gesicht gemeißelt stand und …

Er erstarrte. Ein Mädchen. Dunkle Haare. Augen von einem Braun wie das Fell eines Kitzes.

Sieh an. Die Kleine von damals. Das Mädchen, um das Rorik mich brachte.

Sein Griff um den Axtschaft verstärkte sich.

Svein las die Angst in ihrem Blick, sah, dass sie ihn gleichfalls erkannte. Etwas regte sich in ihm, ein wildes, gieriges Verlangen. Seine Gedanken schienen ihm überdeutlich ins Antlitz geschrieben zu stehen, denn ihre Augen weiteten sich.

Nur noch wenige Schritte trennten ihn von der Gruppe. Der Rothaarige musste bemerkt haben, was Svein beabsichtigte, denn er packte das Mädchen, schubste es zu ihm und macht sich dann, dicht gefolgt von seinem Vater, von dannen. Die Ohnmächtige ließ er achtlos liegen.

Der Dicke ergriff die Hand der Dunkelhaarigen, stellte sich schützend vor sie. Die Hände erhoben, sprach er laut, mit Nachdruck, als verfluche er Svein, während sie langsam rückwärts gingen und einen großen Steinblock zwischen sich und den Krieger brachten.

Oder fleht er zu seinem Gott? Als ob er mich mit Worten aufhalten könne.

Sie waren ihm in die Falle gegangen.

Immer schneller, immer verzweifelter floss das Gebet über die Lippen des Priesters.

»Mutig«, bemerkte Svein aufrichtig. *Um ein Vielfaches mutiger als der andere, den nur die eigene Haut kümmerte.*

Beinahe tat es ihm leid, als er dem Mann mit einem lockeren Schwung des Handgelenks die Kehle aufschlitzte.

Wie ein Schwein auf der Schlachtbank verblutete der Priester vor den Augen des wimmernden Mädchens.

Ein wütender Aufschrei in Sveins Rücken. Einen Knüppel hoch über den Kopf erhoben, stürmte ein Junge auf ihn zu. Die dunklen Locken wippten bei jedem Schritt, seine Züge zu einer grimmigen Maske verzerrt.

Svein verlagerte das Gewicht, breitete die Arme einladend, herausfordernd aus. Im letzten Augenblick drehte er sich halb links. Sein Angreifer sah seine Bewegung nicht voraus, stürmte an ihm vorbei und rammte den Steinblock.

Keuchend fuhr er herum, packte den Knüppel fester.

Der Bursche ist zäher als er aussieht.

Er deckte Svein mit einer Reihe von Schlägen ein, die er mit mehr Wut denn Treffsicherheit führte. Dennoch zwang die Wucht seines Angriffs Svein einige Schritt zurück. Er genoss es, den Jüngling zu reizen, ihn herauszufordern. Doch bald langweilte ihn sein Spiel. Ein Stoß mit dem Axtstil gegen seine Schläfe und er sackte zusammen.

Schreiend schlug sich das Mädchen die Hand vor den Mund. Die Augen schreckgeweitet, wollte sie zu dem Lockenkopf stürzen, doch Svein hinderte sie daran.

»Stell dich nicht so an.« Er packte sie am Arm, zerrte sie mit sich. Sie schlug um sich. Kratzte ihn. Sträubte sich gegen seinen Griff.

»Hör mir gut zu.« Dicht hielt er das Axtblatt vor ihre Nase, das gefärbt war vom Blut ihres Beschützers. »Sei still – sonst geht es dir wie ihm.«

Er wusste, dass sie seine Sprache nicht verstand, doch die Drohung war unmissverständlich. Trotzig begegnete sie seinem Blick, ein Lodern in den tränennassen Augen, das ihm klar machte, dass er sich ihrer Verachtung sicher sein konnte.

Svein spürte seine Erregung wachsen, stellte sich vor, ihr das Kleid hochzuschieben, sie hier und jetzt …

Nein. Meinen Sieg will und werde ich genießen. Ich …

Sie nutze seine kurze Unachtsamkeit und verpasste ihm eine Ohrfeige.

»Das, meine Liebe«, knurrte er, als sie vor ihm zurück stolperte, »hättest du besser nicht getan.« Sie schrie, weinte, trommelte mit den Fäusten auf seine Brust, als sich seine Finger langsam um ihren Hals schlossen.

Ihr Protest schwächte ab, ihr Körper erschlaffte, als sie das Bewusstsein verlor. Kurzerhand warf Svein sie sich über die Schulter und trat in den klaren Mittag.

»Da bist du …« Hakon verstummte, runzelte irritiert die Stirn.

»Diesmal«, erklärte Svein, »nehme ich mir nur eine Beutefrau.«

Schon am Morgen, als Aidan nach Awesgrove gegangen war, hatte Rorik geahnt, dass der Tag anders enden würde, als es der zarte Sonnenaufgang versprach.

Vielleicht lag es an seiner Erfahrung als Krieger, vielleicht an seinem sechsten Sinn, dass es ihn nicht überraschte, als Aidan aufgebracht und mitgenommen in den Stall stürzte.

»Plünderer!«, stieß er zwischen zwei keuchenden Atemzügen hervor.

Roriks Hand griff zum Messerknauf, den er unter dem Hemd verborgen trug. »Auf dem Hof?«

»In Awesgrove.«

»Beruhig dich, Junge.« Er legte ihm eine Hand auf den Rücken, musterte ernst die Schrammen an Armen und Kinn, die Haut an seiner Schläfe, die sich dunkel verfärbte. *Er hat ganz schön eingesteckt.*

»Sie … sie kamen übers Meer. Eine Handvoll Krieger.«

Rorik horchte auf. »Hast du ihr Schiff gesehen?«

»Ihr …« Verständnislos sah Aidan ihn an. »Was tut das zur Sache? Sie haben Heather.« Er ballte die Hand zur Faust. Hilflose Wut stand ihm ins Gesicht geschrieben. »Aelfric, dieser räudige … davongelaufen ist er, hat sie einfach diesem Schlächter überlassen.«

Rorik empfand Mitleid mit dem Schicksal des Mädchens. Er stand noch immer in ihrer Schuld.

»Aidan, hast du ihr Schiff gesehen?«, beschwor er den Jungen, der zitternd vor ihm stand, eindringlich.

Dieser schüttelte den Kopf. »Aber die Männer. Der, der Heather verschleppt hat, war blond und trug Zöpfe in seinem Bart.«

Rorik schluckte. *Kann das wirklich …*

»Da war noch ein anderer. Der Schädel kahlrasiert und mit Hautbildern überzogen.«

Hakon! Rorik durchfuhr es wie ein Blitz. Die Limgarder waren ein zweites Mal in Awesgrove gelandet. Seine Freunde – und Svein. Wäre er mit Aidan ins Dorf gegangen … Seine Rache war zum Greifen nah!

»… wieder zu mir kam, waren sie längst abgesegelt. Sie könnten sie weiß Gott wohin bringen!«

»Nein«, meinte Rorik gefährlich leise. »Sie bringen sie nach Limgard.«

Aidan sah ihn verständnislos an.

»Meine Heimat«, setzte er nach.

»Das sind deine *Freunde*?«

»Nicht jeder von ihnen, aber ja, das sind sie. Heather wird nichts geschehen, das wird Hakon nicht zulassen. Sie nehmen sie mit, aber wenn mein Schiff fertig ist …«

»… werden wir ihnen folgen«, ergänzte Aidan entschlossen.

»Du willst mich begleiten?«

»Bei Gott, ja!«

Heimathafen

Der Hornstoß, der über das Wasser schallte, beflügelte die Mannschaft. Mit neuer Kraft legte sie sich in die Riemen, trieb das Schiff voran.

Sie kommen nach Hause. So viel folgerte Heather aus den Gesprächsfetzen, die sie aufschnappte.

Heather reckte den Hals, doch konnte kaum mehr als zwei Finger breit über die Reling schauen. Man hatte sie ans Heck verfrachtet, wo sie den Männern nicht im Weg war. Ihre Schultern schmerzten von der ungewohnten Haltung und das Seil, mit dem man ihr die Hände vor dem Bauch gefesselt hatte, schnitt in ihre Haut.

Ein Ruck ging durch das Schiff, als sie anlandeten. Aufgeregte Rufe erhoben sich, sobald die ersten Krieger von Bord gingen.

Danke, Herr, betete sie stumm. Sie war froh, die Überfahrt unbeschadet überstanden zu haben. Auch wenn sie nicht wusste, was sie an Land erwartete, hatte der Herr ihr Leben verschont. Nicht so Cuthberts. Und Aidans. Trauer, vermischt mit ohnmächtiger Wut schnürte ihre Kehle zu.

Vergiss, was war, Heather, mahnte sie sich. *Wenigstens muss ich nicht länger mit so vielen Männern auf so engem Raum ausharren.*

Die lüsternen Blicke und anzüglichen Bemerkungen, wenn sie über ihren Körper sprachen. Darüber, ob eine englische Frau anders liebte als eine aus ihrer Heimat – weiß Gott, das würde sie nicht vermissen.

Ich mag nicht viel von ihrer Sprache verstehen, aber genug. Die ganze Überfahrt lang hatte sie sich das Gerede der Krieger anhören müssen, ohne sich anmerken lassen zu dürfen, wie viel davon sie verstand.

Gerade, als Heather glaubte, man habe sie an Bord vergessen, kehrte der Kahlköpfige zurück. Er ging vor ihr in die Hocke, ein beruhigendes Lächeln auf den Lippen, und löste ihre Fesseln.

Heather ließ ihn nicht aus den Augen. Auch wenn der Anblick der dunklen Linien, die sich über seinen Schädel zogen, sie zunächst mit Furcht erfüllt hatte, war er dennoch der einzige der Nordmänner, den

Heather schätzte. Er schien aufrichtig um ihr Wohl besorgt, nicht wie Svein, der den anderen gegenüber seinen Anspruch auf sie als seine Beutefrau unablässig geltend gemacht hatte.

»Hakon, komm endlich.«

Heather presste sich enger an die Bordwand, als Svein hinter dem Schiffsführer erschien. Sein Blick kalt, ohne Mitgefühl. Wenn sie ihn ansah, dann war sie wieder in Awesgrove. Im Altarraum. Cuthberts Blut zu ihren Füßen und …

Grob riss er sie auf die Beine und hinter sich her.

Warum hat mich ausgerechnet der Mann zu seiner Beutefrau erkoren, der Ro…

Heather glitt auf der unebenen Planke aus, doch der Blonde schleifte sie unbeeindruckt weiter. Sie hielt den Blick gesenkt, ertrug kaum, dass alle, die gekommen waren, um die Männer willkommen zu heißen, sie begafften. Sie hörte das Flüstern, als Svein sie durch die Menge zerrte, spürte die gierigen Finger, die sich nach ihr ausstreckten.

Herr, steh mir bei!

Erst, als der Nordmann sie ein Stück abseits brachte, beruhigte sich ihr wild pochendes Herz.

»Svein!« Eine Frau fiel ihm um den Hals und er ließ Heather los. »Du bist zurück.« Sie strich ihm über die Wange, voller Vertrautheit. Ihre grünen Augen strahlten, doch dann zuckte sie zurück, beinahe als habe sie sich verbrannt. Die Fremde war hübsch, auch wenn ihre Züge eine unnahbare Strenge trugen.

»Wie versprochen.«

»Und du kommst nicht mit leeren Händen.« Sorgenfalten zeichneten ihre Stirn. Mitgefühl lag in ihrem Blick.

Sanft berührte sie die roten Striemen an Heathers Handgelenken, doch diese wich zurück.

»Keine Angst.« Sie lächelte, warm, herzlich und wandte sich dann dem anderen zu. »Das arme Ding! Musstest du sie mitnehmen?«, zischte sie.

Mit Genugtuung bemerkte Heather, dass die Frau den gestandenen Krieger einschüchterte.

Sie ist mutig.

»Das ist allein meine Sache.«

Eine Kälte dehnte sich zwischen den beiden aus, die Heather frösteln ließ.

»Behandle sie gut«, forderte die Fremde mit Nachdruck, als Svein Heather am Arm packte und mit sich zog.

»Lass das meine Sorge sein, Turid«, knurrte er.

Heather musste sich zusammennehmen, damit ihr die Gesichtszüge nicht entglitten.

Turid?

Sie wandte den Kopf zur Dunkelhaarigen zurück, die ihnen nachblickte.

Ob sie die Turid ist?

Wendungen

Aus weit aufgerissenen, braunen Augen sah sie ihn an, wollte oder wagte nicht, den Blick abzuwenden.

Bei Thors Hammer, diese Furcht.

Svein spürte das angenehme Pochen in der Lendengegend. Flink schob er ihren Rock hoch.

Diesmal wirst du mich nicht behexen.

Grob drehte er sie auf den Bauch, fühlte die Wärme ihrer Haut. Drängend pochte sein Verlangen, als er die Finger in ihr Haar grub. Sog ihren Duft ein, der ihm noch immer fremd, doch auch vertraut war. Er erinnerte ihn an die See, an England, an … seinen Verrat.

Sein Verlangen erlosch so rasch, wie sie es entfacht hatte.

Stöhnend wälzte er sich von ihr, legte die Hand über die Augen.

Stoff raschelte, als sich die Engländerin wieder bedeckte. Nur ihr zitternder Atem füllte die Stille.

»Thors Hammer!« Wütend hieb er aufs Lager, dass das Mädchen zusammenzuckte. »Ich gehe aus«, brummte er, als er sich ungelenk erhob, deutete auf die Tür.

Sie sagte nichts, sah ihn nur an mit ihren erschrockenen Rehaugen.

Ihm war gleich, ob sie ihn verstanden hatte. Er wollte nur raus aus der Hütte, weg von dem Mädchen, das ihm seine Manneskraft raubte.

Tief sog er die klare Luft ein, als er in den Nachmittag trat, wütend und frustriert.

Irgendetwas stimmt nicht mit mir.

So etwas hatte er noch nie erlebt. Frau um Frau hatte er genommen – mochte sie auch noch so hässlich sein, solange er im Halbdunkel nicht auf ihr Gesicht achtete, war es ihm gleich.

Es muss an ihr liegen.

Unansehnlich war die Engländerin bei Weitem nicht, sonst hätte er sie nicht mit nach Limgard gebracht. Wie sich zeigte, war sie fügsam, tüchtig und verfügte über eine schnelle Auffassungsgabe.

Ich dachte, sie sei eine Abwechslung, ein netter Zeitvertreib, doch nichts da.

Seitdem sie bei ihm war, schwächelte seine Männlichkeit. *Als behexe sie mich mit ihren Rehaugen.*

Svein wusste, dass er sich etwas vormachte. Er wusste, warum er das Lager nicht mit der Engländerin teilen konnte, auch wenn er sie noch so sehr begehrte: Immer sah er Turid vor sich, erinnerte sich daran, was er getan hatte – wie sollte er dann noch …? Er hatte nach Ablenkung von ihr gesucht und das Gegenteil gefunden.

Loki, lass mich vergessen.

Doch das Vergessen würde er diesmal nicht zwischen den Schenkeln einer Frau finden. Vielleicht aber auf dem Grund eines Bechers Met.

Er war wütend.

Er ist immer wütend, wenn er das Lager mit mir teilen will.

Erst, als Sveins Schritte verklangen, wagte Heather, aufzustehen.

Der Nordmann war ruppig und hart, doch behandelte sie anständig. *Besser als Aelfric allemal.*

Aelfric hatte nie gewagt, mit ihr zusammenzuliegen, wie es sich nur für Mann und Frau geziemte, die sich vor Gott die Treue geschworen hatten. Der Krieger wollte es, aber konnte nicht.

Wenigstens lässt er seine Wut nicht an mir aus.

Der Schrecken, der ihr durch alle Glieder gefahren war, als er es erneut hatte versuchen wollen, machte ihre Beine noch immer zittrig. Aber es gab noch einiges zu erledigen. Sie wollte ihrem neuen Herrn keinen Anlass geben, sie irgendwann doch seinen Zorn spüren zu lassen.

Heather machte sich auf den Weg zu der Stelle am Fjord, wo die Frauen aus dem Dorf ihre Wäsche wuschen. Die Weite der fremden Landschaft beeindruckte sie jedes Mal von Neuem. Wenn sie die kleine Hütte und das Dorf hinter sich ließ, dann war es, als lockere sich das Band, das ihr die Brust eng machte, mit jedem Schritt ein bisschen mehr.

Kälte durchfuhr sie, als sie eines von Sveins Hemden ins Wasser tauchte. Ihre Finger röteten sich.

Bestimmt sind sie wieder rau und taub, wenn ich fertig bin.

Kleiderrascheln in ihrem Rücken.

»Ich wollte nicht neugierig sein, aber ich bin dir gefolgt, als ich dich in Limgard entdeckte.« Turid nahm eines der Gewänder und ging ihr zur Hand.

Heather lächelte unentwegt. Ein Lächeln, das Aufmerksamkeit verriet, aber ebenso gut Verlegenheit bedeuten mochte, weil die Jütländerin glauben musste, dass sie sie nicht verstand.

»Weißt du, ich komme gern hier heraus. Der Limfjord fließt so ruhig, so besonnen, als könne ihn nie etwas aus der Ruhe bringen. Als bräuchte es einen Gott, ihn dazu zu bewegen, sein Bett zu verlassen.«

Wie gut ich das weiß.

»Ich wohne selbst am Fjord, in der Hütte meines Mannes. Also … zur Zeit nicht, aber bald wieder, hoffentlich.« Sie seufzte.

Heather biss sich auf die Zungenspitze. Hielt mühsam die Worte zurück, die darauf tanzten.

»Mein Mann liebte das Meer, ich ebenso. Aber die Wellen nahmen mir, was ich noch mehr liebte als sie.« Sie seufzte schwer. Heather spürte ihren Schmerz. Einen Schmerz, der auch in ihrer Brust nistete, Sehnsucht in ihr Herz säte. »Sie nahmen mir meinen Sohn Sturla und meinen Mann Rorik.«

Heather wankte, doch konnte sich rechtzeitig abstützen. *Sie ist es.*

Sie bekam kaum mehr mit, was Turid ihr erzählte, gefangen im wirbelnden Strudel ihrer Gedanken. *Wenn ich es ihr sage – was ändert es? Es bringt ihr Rorik nicht zurück und raubt ihr dazu den Mann, der ihr Halt gibt – mag es auch ein trügerischer sein.*

Konnte sie mit ihrem Gewissen vereinbaren, dass Turid einem Mann vertraute, der so etwas Schändliches getan hatte?

Rorik und Aidan legten letzte Hand ans Schiff an, als ein gellender Schrei die gemächliche Stille des Nachmittags zerriss.

»Was war das?«

Einen Finger an die Lippen gelegt, nahm Rorik seine Axt und bedeutete dem anderen, ihm zu folgen. Beim Herausgehen griff Aidan nach der Sense, die an die Wand gelehnt stand.

Langsam überquerte Rorik die freie Fläche zwischen Stall und Hof. Prickelnd stellten sich die feinen Härchen in seinem Nacken auf.

Ich wittere Ärger.

Ein ähnlich ungutes Gefühl wie vor wenigen Wochen, als Svein und die anderen Limgarder das Dorf plünderten, beschlich ihn.

»Dreckige Ratte!« Drang es wütend aus der offen stehenden Tür des Wohnhauses. Die Stimme war Rorik vertraut-verhasst. Leises Wimmern folgte dumpfem Schmatzen. Das unverkennbare Knacken eines brechenden Knochens. »Glaubst wohl, uns um das betrügen zu können, was uns zusteht«, merkte ein weiterer Mann deutlich beherrschter an.

»Edmund«, wisperte Aidan. Sein Blick flackerte, seine Züge wurden hart. Er packte die Sense fester.

Beim Anblick der Stiefel, die über die Schwelle ragten, ahnte Rorik Schlimmes. Achtlos stieg er über den Toten hinweg, würdigte das bis zur Unkenntlichkeit geprügelte Gesicht bloß eines flüchtigen Blickes.

»Walter«, keuchte Aidan.

Wut wallte in Rorik auf, als sie auch Roland fanden. An die Wand gelehnt saß er da, der Kopf zur Seite gekippt. Das Hemd getränkt von seinem eigenen Blut.

Ohne zu zögern, stürmte Rorik in die Wohnstube. Zorn ließ seine Axt einen blitzenden Bogen beschreiben, als er erst den einen, dann den anderen von Edmunds bewaffneten Schergen fällte, die Harolds schlaffen Körper an den Armen hielten.

»Was?« Edmunds Augen weiteten sich, als er Rorik gewahrte. Aelfric zog sein Schwert, stürzte vor, doch Aidan fing den Hieb mit dem Sensenblatt ab.

»Für deine Gier wirst du bezahlen«, knurrte Rorik und kappte Edmunds Lebensfaden mit einem gezielten Schlag.

Der Krieger wirbelte herum, doch Aidan schien der Lage Herr zu sein.

Er las die Genugtuung im Blick des Jungen, als er Aelfric die Sense tiefer in die Eingeweide trieb und die Waffe mitsamt des leblosen Körpers von sich schleuderte. »Feigling!« Verächtlich spuckte Aidan aus, betrachtete sein Werk. Seine Gesichtsfarbe wandelte sich zu einem kränklichen Grün und er stürzte aus dem Raum.

Rorik ging neben Harold in die Hocke, hörte, wie Aidan sich draußen übergab. *Er atmet nicht.* Rorik seufzte schwer. *So gute Menschen haben solch ein Ende nicht verdient.*

Er konnte nur mutmaßen, was sich zugetragen hatte. Nach Heathers Verschleppung musste die Abmachung in Edmunds Augen nichtig geworden sein. Vermutlich kamen sie, um ihr Geld einzutreiben. Harold und seine Söhne mussten sich gewehrt haben – falls Edmund ihnen Gelegenheit dazu gelassen hatte. Rorik ballte die Hand zur Faust. Wenn er nicht so mit dem Boot beschäftigt gewesen wäre … Vielleicht hätte er dann …

Entschieden schüttelte er die Zweifel ab. Er musste einen klaren Kopf bewahren. Edmunds Verschwinden bliebe gewiss nicht lange unentdeckt. Es gab nur Weniges, was er tun konnte. Rasch machte er sich daran, die Vorratskammer auszuräumen.

»Was machst du?«, wollte Aidan wissen. Er war noch etwas wackelig auf den Beinen, stützte sich mit einer Hand an die Wand.

Jeder kämpft mit dem ersten Mal, da er einem Mann das Leben nimmt. Mir ging es nicht anders.

»Wir müssen aufbrechen. Man wird nach den beiden suchen.«

Aidan nickte. Mit der Entschlossenheit eines Mannes, der alles verloren hatte, half er Rorik bei den Vorbereitungen.

»Wir haben kein Segel«, bemerkte er niedergeschlagen, als sie das Schiff mit dem Nötigsten beluden.

»Doch, haben wir.«

Staunend betrachtete er das Segeltuch, das Rorik aus seinem Versteck hervorholte. »Woher …«

»Frag nicht.«

Aidan nickte, die Lippen zu einem schmalen Strich gepresst. Rorik sah ihm an, dass er es nicht guthieß, dass er das Tuch von Margret gestohlen hatte. Doch die Flucht war ihm wichtiger.

In England erwartete ihn nichts weiter als der Tod.

In die schweren Schleier der Nacht gehüllt trugen sie das Schiff an den Strand. Die Brandung umspülte Roriks Beine, so wie damals, als er hier gelegen und darauf gewartet hatte, dass die Walküren seine Seele holten. Damals hatte Heather ihn errettet. Nun würde er ihr helfen.

Höher und höher stieg das Wasser, je weiter er das Boot auf See schob. Er hievte sich über die Bordwand, tauchte das Ruder ins Meer. Weiter und weiter entfernten sie sich vom Festland.

Der Widerschein eines Feuers spiegelte sich in Aidans dunklen Augen. Rorik wandte sich noch einmal um. Flammen leckten gierig am Nachthimmel, verschlangen den Hof, Edmund und Aelfric. Harold und seine Söhne hatten sie beigesetzt, während Aidan zu ihrem Gott gebetet hatte.

Die Glocken von Awesgrove läuteten. Klagend hallte ihr Klang über die Wellen, als man den Brand entdeckte.

»Das Schiff braucht einen Namen«, bemerkte Aidan, als das Feuer zu einem roten Funken am Horizont schmolz.

»Woran denkst du?«

»Wie heißt euer Rachegott?«

»Vali.«

Heimkehr

Die Engländerin tat Turid leid, wie sie in einer der Nischen im Langhaus saß, die Hände im Schoß gefaltet, den Blick auf den Boden geheftet.

Warum Svein sie wohl mitgenommen hat?

Dem armen Ding blieb nichts Anderes übrig, als auf ihn zu warten, während er sich mit Thorgrim unterredete.

»Sollen wir sie zu uns holen?«

Hafrún sah kurz von ihrer Webarbeit auf, nickte.

Turid legte das Webschiffchen beiseite, hielt der Beutefrau die Hand hin, als sie vor ihr stand.

Diese sah auf, lächelte scheu.

Hübsch, ohne Frage. Nicht verwunderlich, dass Svein ein Auge auf sie geworfen hat. Aber dass er sie gleich ihrer Familie entreißen musste …

»Ich bin Turid.« Sie tippte sich auf die Brust, dann deutete sie auf das Mädchen. »Du?«

»Heather.«

»Heather«, wiederholte sie, kostete den fremden Klang. *Wenn ich ihren Namen ausspreche, klingt er härter, als wenn sie es tut.*

»Hafrún«, stellte sich auch die andere vor, sobald sie neben sie traten. Turid entging nicht, mit wie viel Sehnsucht die Engländerin den Webstuhl betrachtete. Sanft, mit einem verzückten Ausdruck, fuhr sie die Fäden mit dem Finger nach.

»Magst du?« Freudestrahlend nahm sie das Schiffchen entgegen, das Turid ihr reichte. Flink ließ sie es über die Bahnen schnellen.

»Sie stellt sich geschickt an«, bewunderte Hafrún ihre Arbeit, »geschickter als du.«

»Ja, ja«, brummte Turid und brachte ihre Freundin zum Lachen. »Solange ihr mit Weben beschäftigt seid, kann ich mich ja anderweitig nützlich machen.«

Sie griff zum Besen und begann wie gewöhnlich zu summen. Bald nahm Hafrún den Klang auf. Schon sangen sie: »Wenn alte Wellen singen …«

Polternd glitt der Besen Turid aus der Hand, als sich eine dritte Stimme in ihren Gesang mischte. Zart, die Aussprache des schweren Zungenschlags stolpernd.

Auch Hafrún verstummte erstaunt, während Heather unbeirrt weiter sang, ganz ins Weben vertieft.

»Woher kennst du dieses Lied?« Langsam trat Turid näher, konnte den Blick nicht von dem Mädchen lassen, das ertappt zusammenzuckte.

»Woher?«, verlangte sie mit Nachdruck zu wissen.

»I-ich …«, stammelte die Engländerin.

»Du sprichst unsere Sprache.«

Sie nickte. Sanft fasste Turid sie bei den Schultern, sah sie an. »Heather, fürchte dich nicht. Sag mir nur, wer dich diesen Gesang lehrte.«

Es gibt nur eine Antwort. Turid wollte mit eigenen Ohren hören, worauf sie kaum zu hoffen wagte.

»Rorik brachte ihn mir bei.«

Turid blieb für einen Herzschlag die Luft weg und auch Hafrún keuchte hörbar auf. *Rorik!* Ein Sturm von Gefühlen, die sie nicht zu benennen vermochte, brach sich Bahn. Fassungslos schüttelte sie den Kopf, wusste nicht, ob sie sich erlauben sollte, erlauben *durfte*, den Worten der anderen Glauben zu schenken. Doch als sie in Heathers aufrichtiges Antlitz blickte, empfand sie vor allem eines: Erleichterung.

»Freya sei Dank, er lebt!«, wisperte Turid.

Mein Gefühl hat mich nicht getrogen.

»Wie … wie geht es ihm? Ist er wohlauf?«

Die Engländerin nickte. »Rorik geht es gut.« Heather senkte den Blick, als hielte sie etwas zurück. »Er … setzt alles daran, zu dir zurückzukehren.«

Turids Herz machte einen Satz. Ihr Gemahl lebte. *Wenn Hakon und Svein das geahnt hätten … Svein muss ihn damals fälschlicherweise für tot gehalten haben.* Unweigerlich fragte sie sich, wie knapp Rorik die *Meereswolf* auf ihrer letzten Fahrt nach England wohl verpasst haben mochte. Wenn das Schiff nicht nur Heather, sondern auch ihn zurückgebracht hätte …

»Wir müssen erneut nach England segeln!«, beschloss Turid. Jeder Tag, jeder Augenblick, den sie von Rorik getrennt war, schien ihr zu lang, jetzt da sie wusste, dass er noch lebte. »Wie sich erst Hakon und Svein freuen werden, wenn ich ...«

Heathers sachte Berührung bremste ihren Tatendrang. In ihrem Blick sah Turid Unausgesprochenes.

»Vielleicht«, begann die andere zögerlich, »wäre es besser, wenn du ...«

»Wenn sie was?«, forschte Hafrún argwöhnisch nach.

»Na ja, wenn du vorerst ...«

»Weib?« Unterdrückte Wut grollte in Sveins Stimme.

Heather zuckte zusammen, wagte nicht, den Krieger warten zu lassen. Eilig folgte sie ihm aus dem Langhaus, blickte jedoch noch einmal über die Schulter zu Turid zurück. Sorgenvoll. Bittend.

Turid wollte dem Blonden nachgehen, ihm sagen, was sie erfahren hatte. Ihm sagen, dass Odin ihren Gemahl, seinen Freund und Gefährten, noch nicht zu sich befohlen hatte. Doch irgendetwas an Heathers Verhalten, an ihrem warnenden Blick hatte Zweifel in Turids Herz gesät.

Beinahe lautlos glitt die *Vali* durch das ruhige Wasser. Rorik lenkte das Boot in einen Seitenarm des Limfjords. Die untergehende Sonne ließ die Wellen wie flüssiges Feuer glühen.

Heimat.

Gierig sog er den vertrauten Duft ein.

Als sie in der vergangenen Nacht nach ihrer langen Überfahrt die Lichter von Limgard entdeckt hatten, hatte er sich kaum im Zaum halten können.

Gekleidet in den Umhang der Nacht waren Aidan und er am Dorf vorbei und ein Stück den Fjord hinauf gerudert, hatten sich und die *Vali* im Dickicht des Waldes versteckt.

Wenn Rorik erfüllen wollte, was er Eirik versprochen hatte, mussten sie besonnen vorgehen. Es gab nur einen Menschen, dem er in dieser

Lage vertrauen konnte. Nur einen, der ihn in seinem Vorhaben unterstützen konnte.

Geborgenheit durchfloss ihn, als sie anlandeten. Eilig verbargen sie das Boot in einem Busch, zu groß die Gefahr, dass es trotz der späten Stunde Fragen aufwerfen könnte, sollte man es entdecken.

Den Rest des Weges legten sie schweigend zurück. Rorik spürte Aidans Anspannung, obwohl er hinter ihm ging. Beinahe greifbar strahlte sie von ihm aus.

Ein fremdes Land. Neue Eindrücke. Männer, die eine fremde Sprache sprechen. Er hatte am eigenen Leib erfahren, wie sich der Engländer fühlte. Ihm war es ähnlich ergangen – doch für Aidan stand weit mehr auf dem Spiel. Eine Rückkehr nach Awesgrove – für ihn undenkbar.

Roriks Herz schlug sorgenschwer in seiner Brust. So viel Zeit war vergangen, so viele Monate hatte er in England verloren. Monate, in denen Turid ihr gemeinsames Kind großzog. Monate, in denen … Er ballte die Hand zur Faust. *Nein, ich will mir gar nicht vorstellen, wie Svein meine Abwesenheit genutzt hat.*

Hammerschlag hallte ihnen entgegen. Sie mussten ganz in der Nähe der Hütte sein.

Rorik lächelte, als er den Mann zwischen den sich lichtenden Stämmen ausmachte.

»Emsig wie immer«, bemerkte er mit belegter Stimme und löste sich aus dem Schatten des Waldes.

Der andere wirbelte herum, ließ das Werkzeug fallen.

»Thors Hammer!« Ungläubig strich sich Hakon über den kahlen Schädel, schüttelte den Kopf, als traue er seinen Augen kaum. »Odin muss ein Narr sein, einen Einherjer wie dich ziehen zu lassen«, raunte er fassungslos, ehe sich ein Strahlen über sein Gesicht ausbreitete.

»Hab ihm wohl zu viel gesoffen.«

»Das glaube ich gern«, entgegnete er lachend.

Die Männer fielen sich in die Arme, klopften sich überschwänglich auf den Rücken.

Wie gut es sich anfühlt, wieder hier zu sein.

»Aber ... wie bei den Nornen ist es nur möglich, dass du nun vor mir stehst? Und was ist mit ihm?« Hakon deutete auf Aidan. Erneut fuhr er sich über den Schädel. Rorik erkannte mit einem Blick, dass die Hautbilder gewachsen waren, sein Freund an Gewicht zugelegt hatte.

»Aidan, ein guter Mann – und Freund.«

»Hakon!« Der aufgeregte Ruf einer Frau kam von der anderen Seite der Hütte.

»Ist das etwa Hafrún?«

Der andere nickte langsam, ein breites Grinsen auf den Lippen.

Wer hätte das gedacht.

»Hakon, ich muss dir etwas Wichtiges sagen. Heute habe ich erfahren, dass ...« Stolpernd blieb die Blonde stehen, als sie die Männer erblickte. »... Rorik lebt. Aber das weißt du offenbar schon.«

Erleichtert schloss sie Rorik in die Arme. »Dank sei den Göttern«, murmelte sie.

»Gute Nachrichten verbreiten sich wohl schneller als ein Rabe fliegt«, bemerkte Hakon.

»Sag Hafrún: Hat uns jemand entdeckt, als wir gestern ...«

Sie schüttelte den Kopf. »Sei unbesorgt. Bis eben wusste ich nur, dass du noch unter den Lebenden weilst. Aber dich hier anzutreffen ...« Rasch wischte sie eine Träne weg, räusperte sich.

»Woher weißt du davon?«

»Sveins Beutefrau hat es uns verraten. Was ist in England geschehen? Svein sagte ...«

Rorik ballte die Hand zur Faust bei der Erwähnung seines einstigen Bruders. Die Wut, die er in sich aufwallen spürte, musste ihm so deutlich ins Gesicht geschrieben stehen, dass Hafrún einlenkte: »Kommt erstmal herein. Ihr müsst sicher hungrig sein.« Sie schenkte Aidan, der sich etwas abseits hielt, ein aufmunterndes Lächeln.

Während Hafrún ihnen Fisch und Gemüse auftrug, berichtete Rorik, was ihm widerfahren war.

»Dieser räudige ...« Hakon ballte die Hand zur Faust. Polternd fiel sein Schemel zu Boden, auf dem ihn nichts mehr hielt. »Wie kann er es wagen, seinen besten Freund so zu betrügen, seinen Bruder!« Sein Blick sprühte Funken. »Angelogen hat er uns. Uns allen etwas vorgemacht, diese niederträchtige Ratte.« Mit grimmiger Miene stützte er sich auf den Tisch, knurrte ungehalten: »Was auch immer du mit ihm vorhast: Ich bin an deiner Seite.«

Rorik nickte ernst. »Deine Unterstützung bedeutet mir viel, aber wir sollten nichts überstürzen.«

Hakon schnaubte, doch setzte sich. Nicht auf der Stelle ins Dorf zu stürmen und Svein zur Rede zu stellen, fiel ihm sichtlich schwer. *Ich verstehe ihn so gut.*

»Hafrún, sag mir«, bat Rorik schließlich mit ungewisser Zuversicht, »wie geht es Turid? Wie geht es unserem Kind?«

»Sie hat gelernt, mit ihrem Verlust zu leben.« Die Freundin biss sich auf die Lippe.

Unruhig rutschte Rorik auf seinem Sitz hin und her, als sie fortfuhr: »Sturla hat sich prächtig entwickelt.«

Sturla! Roriks Herz machte einen Satz, vermochte das Gefühl puren Glücks, das dieser Name ihm bescherte, kaum zu fassen. *Mein Sohn!*

»Wie sieht er aus? Ist er ein guter Junge? Macht er seine Mutter stolz?«

Hafrún wich seinem Blick aus und Hakon ergriff an ihrer statt das Wort: »Rorik, dein Sohn ist im Fjord ertrunken.«

»Nein!« Er schüttelte den Kopf. Das konnte, das durfte nicht wahr sein! So lange hatte er darauf hingearbeitet, zu seiner kleinen Familie zurückzukehren. *Mein Sohn … tot.* Nicht einmal hatte er seine kleine Hand gehalten. Ihn getröstet, wenn er sich fürchtete, oder sein Lachen vernommen, wenn er sich freute. Die schreckliche Erkenntnis, dass die Nornen ihnen keine gemeinsame Zeit zugedacht hatten, traf ihn härter, verletzte ihn tiefer, als es Waffen vermochten.

»Es war ein furchtbarer Unfall.«

»So wie mein Tod?«

»Du willst doch nicht sagen …?«

Rorik scheute nicht davor zurück, auszusprechen, was Hakon nicht wagte: »Ich traue Svein mittlerweile alles zu.«

»Dann«, erklärte Hakon bedeutungsschwer, »müssen wir dafür Sorge tragen, dass er bestraft wird.«

»Das wird er«, versicherte Rorik ihm. Sein ganzer Leib bebte vor unterdrückter Wut. »Doch vorher gilt es, neue Kräfte zu sammeln und einen Plan zu schmieden.« Obwohl alles in ihm danach verlangte, sie zu sehen, bat er: »Sagt Turid nicht, dass ich hier bin. Ich muss Svein unvorbereitet treffen.«

Dann wird er für all das bezahlen, was er ihr angetan hat.

Valis Tag

Das Langhaus brummte, erfüllt von Stimmengewirr. Svein lehnte abseits an der Wand, nippte am Met. Von seinem Platz aus hatte er alles im Blick.

Ungewöhnlich zäh schien ihm die Luft an diesem Nachmittag. Obwohl das Tor offen stand, fiel ihm das Atmen schwer. Der Rauch der vielen Feuer brannte in den Augen.

Ob es daran lag, dass sich neben den Männern aus Limgard auch die tapfersten Krieger aus Hordaland nebst Jarl Halvdan höchstpersönlich im Langhaus eingefunden hatten?

Seit ihr Bruder angelandet war, kam ihm auch Turid wie ausgewechselt vor. Sie lachte, war gelöster – auch wenn sie sich mieden.

Weil ich ihre Zurückweisung nicht verwinden kann.

Grimmig verstärkte er den Griff um den Becher, trank einen Schluck. *Sogar der Met schmeckt heute schal.*

Er fing den Blick seines Vaters auf, der bei den Jarls stand. Oleif wandte sich mit unverhohlener Verachtung ab.

Hakons Herz flatterte mit unsteten Schlägen wie ein junger Vogel, der Fliegen zu lernen versucht.

Wer hätte gedacht, dass so etwas aus meiner Reise nach Haithabu erwächst?

Halvdan war aus Dorsteinn gekommen, angelockt von den Erzählungen über die Insel im Westen und ihre Reichtümer. Thorgrim und er wollten an das alte Bündnis mit Eirik anknüpfen. Sie planten, gemeinsam eine Flotte nach England zu schicken. Nun lag es an Hakon, Turids Bruder davon zu überzeugen, dass das Unterfangen lohnenswert war.

»Trinkst du den noch?« Er nahm Svein den Becher aus der Hand, an dem dieser schon eine Weile lustlos genippt hatte, und leerte ihn in einem Zug. Der Met ertränkte Hakons Aufregung, dämpfte das

Verlangen, den Blonden hier und jetzt … *Wenn ich nur daran denke, was er getan hat!*

»Du wirkst angespannt«, merkte der andere an.

Hakon entging das unstete Flackern im Blick seines früheren Freundes nicht, als fühle auch er sich unbehaglich.

»Heute sind viele wichtige Männer in diesem Raum versammelt.« Er drückte ihm den leeren Becher in die Hand. »Von diesem Tag werden die Skalden noch lange singen.«

Der unverkennbare Geruch von Rauch, Met und Männern schlug Turid entgegen, als sie das Langhaus betrat. Halvdan schenkte ihr ein flüchtiges Lächeln, wandte sich dann aber wieder Thorgrim zu.

Mein Bruder ist ein einflussreicher Mann. Nicht ohne Stolz sah sie, wie gut er sich als Jarl schlug. *Vater wäre zufrieden.*

Turid hielt Ausschau nach ihrer Vertrauten, entdeckte jedoch zuerst Heather. Die Engländerin wirkte verloren inmitten der rauen Nordmänner. Sie nahm das Mädchen bei der Hand und zog es hinter sich her zu Hafrún, die ihr zuwinkte.

Warum sie bloß darauf bestanden hat, dass ich der Versammlung beiwohne?

»Du bist spät dran«, wurde sie von ihrer Freundin begrüßt.

»Früh genug, dafür, dass ich gar nicht kommen wollte.«

»Du hättest es bereut, glaub mir.«

Sie gewahrte Svein in der Menge, die Miene steinern, und schenkte ihm ein freundliches Lächeln. Er ging ihr aus dem Weg, das merkte sie. Wenn Turid ehrlich zu sich war, musste sie sich eingestehen, dass auch sie sich in den vergangenen Tagen zurückgezogen hatte. *Dass Rorik noch immer lebt …* Beim bloßen Gedanken an ihn beschleunigte sich ihr Herzschlag. So vieles ging ihr durch den Kopf. Bang fragte sie sich, wie sehr sich ihr Gemahl in den Monaten der Trennung verändert haben mochte. Wie sehr sie sich selbst verändert hatte.

Auch Hafrún verhielt sich in letzter Zeit seltsam. Als Turid in einem unbeobachteten Augenblick mit der Freundin über Heathers

Offenbarung gesprochen hatte, war sie ungewohnt wortkarg gewesen. Hafrún hatte sie sanft, aber bestimmt davon abgehalten, Hakon und Svein einzuweihen. Warum? Glaubte sie nicht daran, dass Rorik noch lebte? Wollte sie keine falschen Hoffnungen wecken? Doch Turid fühlte eine unumstößliche Gewissheit. Rorik war am Leben und sie konnte und wollte die Wahrheit nicht länger vor Hakon und Svein verbergen.

Sie müssen es erfahren! Nach der Versammlung würde sie mit Svein sprechen, ihm endlich erzählen, dass Rorik noch lebte. Hakon und er könnten dann noch einmal nach England segeln – und ihr den größten Schatz nach Hause bringen, den die Insel zu bieten hatte.

»Von diesem Tag werden die Skalden noch lange singen.« Damit wandte Hakon sich um, trat ins Zentrum der Aufmerksamkeit. Tatsächlich gelang es ihm, das Gemurmel zum Verstummen zu bringen.

Seltsam, dachte Svein, versuchte, in den Zügen seines Freundes zu lesen, der sich nun an die Jarls und die Männer richtete. *Hakon war schon immer ein komischer Kauz, aber heute …*

Er bezweifelte, dass die Anspannung seines Freundes allein dem Anlass zuzuschreiben war. Da musste noch mehr sein. Aber was scherte es ihn? Seit er das Langhaus betreten hatte, wich seine eigene Vorfreude wachsendem Unbehagen. Er fühlte sich rastlos, ruhelos. Am liebsten wäre er aus der überfüllten Halle gestürzt, um einmal frei durchzuatmen, doch vor den Jarls wollte er sich diese Blöße nicht geben.

Vor Thorgrim das Gesicht zu verlieren, darf ich mir nicht erlauben. Er hat Großes mit mir vor.

Als hätte der Jarl seine Gedanken vernommen, prostete er Svein zu. Dieser erwiderte den Gruß. *Vielleicht lässt Einauge mich den Platz einnehmen, den er Rorik zugedacht hat. Vater wird es bereuen, mich so behandelt zu haben. Wenn ich erst …*

Sein Blick schweifte durch den Raum. Andächtig lauschten sie, Männer wie Frauen, Limgarder wie Hordaländer, Hakons Berichten, die jedem, der die Überfahrt, die Insel nicht selbst erlebt hatte, wie die abenteuerlichen Erlebnisse eines Gottes anmuten mussten.

Nanu. Heather stand bei Hafrún und Turid. Sie erweckten den Eindruck, als redete eine der beiden auf sein Weib ein.

Seit wann kommen die drei so gut miteinander aus, wo die Kleine doch kaum ein Wort unserer Sprache versteht?

Er bekam keine Gelegenheit, sich darüber weiter den Kopf zu zerbrechen. Hakon winkte ihn schon zu sich heran, damit er seine Sicht der Ereignisse berichtete und die Schilderungen seines Freundes bestätigte.

»In der Tat«, hob er an, weil er glaubte, so nichts verkehrt machen zu können, »die Insel ist ein hervorragendes Ziel. Reichtümer, wohin das Auge schaut, schöne Frauen.« Er zwinkerte und erntete Gelächter. »Ein Ort voller unerwarteter …«

»Svein!«, donnerte eine Stimme, die aus den Tiefen Hels zu steigen schien. Eisig rieselte es seinen Rücken herunter. Die Männer erstarrten allesamt, nur Svein wandte sich langsam um. Blinzelte gegen das Sonnenlicht, das durch die Tore flutete und den dunklen Umriss einer breitschultrigen Gestalt scharf umzeichnete.

Rorik. Er war von den Toten zurückgekehrt, ihn heimzusuchen.

Turid sprang das Herz beinahe aus der Brust, als jemand voller Ingrimm Sveins Namen donnerte – eine Stimme, die zu hören sie kaum mehr zu träumen gewagt hatte.

»Er ist gekommen«, wisperte sie und tat einen Schritt nach vorn, doch Hafrún und Heather hielten sie zurück.

Sie konnte sich kaum sattsehen an den vertrauten, vermissten Zügen ihres Mannes. Er trug die Haare kürzer, nur wenig Bart, aber sein Antlitz zeigte die alte Entschlossenheit und Stärke.

»Tag und Nacht hat er an einem Schiff gearbeitet, weil er zu dir zurückwollte«, raunte Heather ihr zu, wollte etwas ergänzen, doch keuchte erstaunt auf. »Aidan!«

Ein weiterer Mann trat ein. Das blanke Schwert in seiner Hand funkelte verwegen. Verglichen mit Rorik wirkte er schmächtig, doch nicht weniger entschlossen.

Svein zog seine Axt.

Was geht hier nur vor? Ein Blick zu Heather, die unerbittliche Wut auf Roriks Zügen genügten, dass sie verstand. *Nur Odin weiß, wie viel Blut er an diesem Tag fordern wird,* dachte Turid mit bangem Herzen.

Allein Sveins entsetztes Gesicht zu sehen, war die vergangenen Strapazen mehr als wert gewesen.

Rorik wusste, dass er viel wagte, wenn er in eine Versammlung zweier Jarls voller bewaffneter Krieger platzte. Er vertraute auf sein Kriegsglück – und Aidan, der ihm den Rücken freihielte, käme es hart auf hart.

Svein fing sich rasch, die Axt leicht erhoben, bereit, jeden Augenblick anzugreifen.

»Haltet ein!« Ehrfurchtgebietend rollte Thorgrims Stimme über ihre Köpfe hinweg wie Donner über Land. Nur das Knistern und Zischen der brennenden Holzscheite vernahm man in der folgenden Stille.

»Rorik, dich hier zu sehen …« Sein verbliebenes Auge glänzte feucht, doch Thorgrim war Manns genug, sich nicht von Gefühlen überwältigen zu lassen.

»Welch göttliche Fügung, bei Odin!«, merkte auch Halvdan fassungslos an.

Der Jarl von Limgard räusperte sich: »Nun denn, wir alle, denke ich, würden gern erfahren, wie die Nornen dein Schicksal sponnen, dass du nun leibhaftig vor uns stehst. Als die *Meereswolf* von ihrer ersten Víking nach England zurückkehrte – ohne dich … Svein berichtete von einem englischen Hinterhalt.«

»Hat er das?« Rorik trat gemessenen Schrittes weiter in den Raum. Er wollte, dass jede Frau und jeder Mann ihn sähen, er sich ihrer Aufmerksamkeit sicher sein konnte.

»In einen Hinterhalt bin ich geraten, aber keinesfalls in einen englischen.«

Raunen erhob sich.

»Es war die Hand eines Mannes, den ich liebte wie einen Bruder, die mich hinterrücks mit gestohlenem englischen Stahl verwundete.«

Überraschte Rufe wurden laut, doch sie verstummten auf ein Zeichen Thorgrims hin.

»Das sind schwere Anschuldigungen, die du erhebst.«

»Thorgrim, hattest du jemals Grund, an meinem Wort zu zweifeln?«

»Nein. Ebenso wenig an Sveins.«

»Hätte ich gewusst, dass du noch lebst ...«, knurrte der Blonde feindselig.

»Was hättest du getan«, zischte Rorik, baute sich drohend vor ihm auf, »hättest du gewusst, dass ein Mädchen deinen Verrat sieht, mich zu sich nimmt und gesund pflegt?«

Sveins Augen weiteten sich. »Was für ein Mädchen?«

»Eben dasjenige, das du auf der letzten Überfahrt geraubt hast.«

Svein schüttelte den Kopf. Langsam. Fassungslos.

»Aber sprich doch weiter. Du warst gerade dabei, uns zu sagen, was du getan hättest, hättest du gewusst, dass ich noch nicht tot bin.«

Ein gefährliches Funkeln trat in seine Augen, als er ihm eisig die Worte ins Gesicht spie: »Ich hätte dich nicht elendig verrecken lassen, sondern dir sofort ein Ende gemacht.«

Entsetztes Aufkeuchen.

»Losgeworden bin ich dich dennoch nicht. Selbst tot hast du mir nichts als Scherereien gemacht – du und deine Brut!« Svein brüllte seine Wut mit den Worten heraus, die Züge zu einer Fratze verzerrt, die kaum mehr etwas mit dem Mann gemein hatte, den Rorik einst einen Freund, einen Bruder genannt hatte. Dass er all die Jahre nicht erkannt hatte, dass er Svein nach und nach an den Wahn verloren hatte ...

»Dich und deine Nachkommen wollte ich auslöschen!«

Roriks Herz erstarrte. *Er hat meinen Sohn getötet. Mir die Zeit genommen, die ich mit ihm hätte verbringen können.*

Ein schriller Schrei gellte durch die Halle, als der Verräter die grausame Wahrheit offenbarte.

Turid! Roriks Herz schlug schneller. Sorge lenkte ihn einen Wimpernschlag lang ab – lang genug, dass Svein mit der Axt auf ihn losging.

Sengender Schmerz flammte in seinem Oberarm auf, als das Axtblatt durch seine Haut in den Muskel schnitt.

Der verletzte Arm versagte ihm den Dienst. Umständlich musste er mit der anderen Hand die Axt hinter dem Gürtel hervorziehen, während Svein ihm nachsetzte.

Der nächste Hieb des Blonden glitt am Axtschaft ab. Rorik rammte ihm das Knie in den Bauch, brachte wieder Abstand zwischen sich und den Krieger.

»Gib auf, Svein«, beschwor er seinen alten Freund, »bewahr dir den letzten Rest deiner Würde.«

»Deine Gnade brauche ich nicht.« Der Blonde spuckte verächtlich aus, dann ging er in die Knie.

Halvdan ragte hinter ihm auf, setzte ihm das Langmesser an die Kehle.

»Das Leid, das du meiner Schwester zugefügt hast«, knurrte der Jarl, »wirst du doppelt bezahlen.«

Die Entschlossenheit und Unerbittlichkeit, die Rorik in seinem Blick las, ließen ihn erschaudern.

Eisig schnitt die Klinge in sein Fleisch.

Warum habe ich ihn sich selbst überlassen? Warum habe ich nicht dafür gesorgt, dass er tot ist?

Alles, was er sich seit der ersten Überfahrt nach England erarbeitet hatte: zunichtegemacht.

Loki, bereitet es dir Freude, mich ebenso tief fallen zu sehen, wie du einst fielst?

Die Nordmänner redeten miteinander. Svein wusste, dass Thorgrim und Halvdan über sein Schicksal berieten. Es war ihm gleichgültig.

Er konnte den Blick nicht abwenden von Roriks Gesicht, suchte die Gefühle und Gedanken des anderen zu lesen, wie er es seit jeher vermochte.

Keine Genugtuung.

Sann Rorik etwa nicht auf Rache? Schwerer noch als vor den Männern seines Dorfes und denen Halvdans im Staub zu knien, wog das unverkennbare Mitgefühl, das in Roriks Blick lag, als wolle er sagen: *Sieh, wohin dich eine falsche Entscheidung brachte, Bruder.*

Grob wurde er hochgerissen, schnappte etwas von *einsperren* auf, von *Zeit,* die man sich nehmen wollte, um zu beraten, wie mit ihm zu verfahren sei.

Das Atmen fiel ihm schwerer und schwerer. Die Luft wurde zäher und zäher, stickiger. Gesichter verschwammen zu einer einheitlichen Masse, als man ihn nach draußen führte. Zu einer Masse, aus der kurz das Gesicht seines Vaters auftauchte. Seine Wange flammte auf, als ihn Oleifs flache Hand traf. Sein Vater spuckte ihm vor die Füße.

Ich habe alles verloren. Auch den Rückhalt meiner Sippe.

Er war ein Verstoßener, ein Todgeweihter, doch das war er schon an jenem Tag am englischen Strand gewesen, als die Nornen entschieden, dass er nicht unbescholten davonkommen sollte. Nicht glücklich werden sollte mit der Frau, für die er all dies in Kauf genommen hatte – und deren Verachtung nun so sein Herz zerfetzte, dass es ihn wunderte, wie er noch immer am Leben sein konnte.

Langsam nur beruhigte sich Turids Herzschlag, der lauter als Trommelschläge in ihren Ohren dröhnte. Sveins Worte hatten die zerbrechliche, zarte Eisschicht, unter der sie den reißenden Schmerz über Sturlas Verlust versenkt hatte, aufbrechen lassen. *Er wollte mir den Mann rauben. Hat uns allen ins Gesicht gelogen, als er von dem englischen Hinterhalt erzählte. All die Zeit hat er mich glauben lassen, Sturlas Tod sei ein Unfall gewesen.*

Glühend heiß wallte die Wut in ihr. Ihr Blick fiel auf das Messer, das einer der Männer neben ihr an der Hüfte trug. Ein Griff, ein rascher Ausfall und sie würde Sveins Untaten mit seinem eigenen Blut vergelten.

»Turid«, beschwor Hafrún sie mahnend, schlang die Arme um ihren bebenden Leib und zog die Freundin an sich. »Beruhig dich, bitte.« Turid gab ein klagendes Heulen von sich und bäumte sich im Griff der Freundin auf. Sie wollte sich auf den Verräter, den Mörder stürzen, den sie für ihren Freund gehalten hatte und der jetzt Rorik immer weiter in die Defensive drängte. Sie bangte um ihren Gemahl. Fürchtete, Odin würde ihr nehmen, was er ihr eben erst zurückgegeben hatte.

Svein hat mich mit meinen Schuldgefühlen leben, mich in den Abgrund blicken lassen. Hat mich glauben lassen, ihm vertrauen zu können. Ein heftiges Schluchzen schüttelte Turids Körper und alle Kraft schien aus ihr herauszufließen. Sie empfand Abscheu sich selbst gegenüber. Wie hatte sie ihm nur glauben können? Wie hatte sie eine Weile tatsächlich erwägen können, sich auf Svein einzulassen?

Mit einem Mal sank der Blonde auf die Knie. Halvdans Gestalt ragte hinter ihm auf, die Züge wutverzerrt.

Turid hielt es nicht mehr länger an ihrem Platz. Sie machte sich von Hafrún los, drängte sich durch die massigen Krieger.

»Rorik!« Sie stolperte in seine Arme, als sich die Menge vor ihr teilte, und er zog sie an sich.

Gierig sog sie den vertrauten, ersehnten Duft ein, blendete alles um sich herum aus – den Lärm, die Versammelten, den Rauch der Feuer. Klammerte sich an Rorik, als sei er das Einzige von Bestand in diesen schweren, stürmischen Zeiten.

Rorik hielt sie so fest, so sicher, dass Turid zum ersten Mal seit Ewigkeiten nicht das Gefühl hatte, in tausend Scherben zerspringen zu müssen. Je länger er sie so hielt, umso mehr fühlte sie sich wieder … ganz.

»Meine Turid«, flüsterte er, schob sie ein Stück von sich, legte ihr den Finger unters Kinn und sah sie an. Seine tiefen, blauen Augen glänzten. »Mein Herz. Mein Leben.«

Sie küssten sich. Zärtlich. Vorsichtig. Wie Mädchen und Junge, die sich zum ersten Mal nahe kamen.

»Svein Oleifsson«, brach Thorgrim den Lärm und holte Turid unsanft in die Gegenwart zurück, »wir werden dich in Gewahrsam nehmen, ehe wir entscheiden, was mit dir geschieht.«

Turid fing Sveins Blick auf, als Halvdan ihn nach draußen führte. Was auch immer sie einst für ihn empfunden haben mochte: Nun hatte sie nichts als Hass für ihn übrig.

»Verräter! Kindsmörder!«, schrie sie außer sich und wollte sich auf ihn stürzen, doch Rorik hielt sie fest. »Mögen die Götter dich bestrafen, wie sie es mit Loki taten!«

Erschöpft sank Turid gegen Roriks Brust, krallte die Finger in sein Wams. Fand dort den Halt und Trost, den sie so lange entbehren musste.

»Ich unterbreche euch nur ungern,« Halvdan räusperte sich, »aber was machen wir mit ihm?« Er deutete auf den Fremden, der Rorik begleitet hatte und den die Krieger des Jarls nun umstellten.

Sie werden doch nicht ... Mit Entsetzen sah Heather, wie eine Schar Nordmänner Aidan umstellte, der ihnen ohne Gegenwehr seine Waffe aushändigte.

»Wir können ihm vertrauen«, erklärte Rorik für alle vernehmbar. »Ohne ihn stünde ich heute nicht vor euch – doch noch weniger ohne Heather.«

Hafrún versetzte ihr einen sachten Schubs, der sie nach vorn stolpern ließ. »Na los, geh schon.«

Heather fühlte sich unbehaglich. Überdeutlich spürte sie die Blicke der Anwesenden auf sich, die ihre Schritte lähmten.

»Sveins Beutefrau«, bemerkte Thorgrim nüchtern.

»Sie ist mehr als das«, wandte Rorik ein, »und sie sollte mehr als das sein.«

»Wie gedenkst du, sollen wir mit ihr verfahren – mit ihr und dem anderen?«, fragte Halvdan skeptisch. »Sie ist Sveins Eigentum.«

»Nicht mehr lange, wenn wir ihn zur Rechenschaft gezogen haben«, gab Thorgrim zu bedenken.

»Jarl, sei gnädig«, sagte Heather in das nachdenkliche Schweigen, das folgte. Schwer wie Kiesel rollten die ungewohnten Worte von ihrer Zungenspitze. »Verfahr mit mir, wie du es wünschst, aber lass Aidan unbehelligt.«

Thorgrim verengte das verbliebene Auge zu einem Schlitz. »Du sprichst unsere Sprache, Frau.«

Heather schluckte ihr Herz herunter, doch hielt seinem Blick stand. »Braucht es noch mehr Beweise für das, was Rorik erzählte?«

»Thorgrim, ich bitte inständig für die beiden Engländer«, beschwor ihn Rorik. »Für das, was sie für mich getan haben, verdienen sie etwas Besseres als die Knechtschaft.«

Heather las auf den Zügen des Jarls, dass er Roriks Bitte erwog. Seine Miene verlor an Härte, als er erklärte: »Der Preis eines Lebens lässt sich mit Dank kaum aufwiegen.«

Erleichtert sah sie, dass Halvdan seinen Männern mit einem Wink bedeutete, von Aidan abzulassen.

»Ich danke dir, Thorgim.«

Er nickte. »Es gilt noch immer zu klären, was nun mit Svein geschieht.«

Rorik nickte ernst.

Turid berührte Heather am Arm. »Wir sollten gehen. Das ist etwas, das die Männer allein zu bereden haben.«

Sie folgte ihr nach draußen, spürte Turids Erleichterung. Sie wirkte einige Zoll größer als am Morgen, als sei ihr mit Roriks Rückkehr eine Last von den Schultern genommen worden.

»Ich bin dir dankbar für alles, das du für meinen Gatten, das du für uns getan hast.« Sie drückte Heather fest an ihr Herz.

Diese wusste nichts zu erwidern, löste sich von ihr, als sie eine Stimme ihren Namen rufen hörte.

Aidan zog sie in eine Umarmung, noch fester als die Turids.

»Meine liebe, liebe Heather«, murmelte er und trat einen Schritt zurück. »Hat er …« Wut flackerte in seinem Blick.

»Svein hat mich anständig behandelt«, versicherte sie ihm. »Aber du … ich dachte, er hätte dich getötet. Was machst du in Limgard? Warum bist du hergekommen?«

»Deinetwegen.«

Ihr Herz setzte einen Schlag aus, als er ihr einen Kuss auf die Lippen hauchte.

»Aidan!«

Er legte ihr den Finger an die Lippen. »Awesgrove war nur solange meine Heimat, wie du dort warst.«

Seine Worte ließen ihr Herz flattern. *Sei endlich ehrlich zu dir, Heather. Du mochtest ihn schon lange.*

»Was hat Vater dazu gesagt, dass du mit Rorik segelst?«

Ein Schatten verfinsterte Aidans Miene.

Nein!

Sie barg das Gesicht an seiner Brust, lauschte mit wachsendem Entsetzen seinem geflüsterten Bericht und suchte Trost in seiner Wärme.

Schon eine Weile saßen sie sich gegenüber, der Jarl und sein Gefangener. Thorgrims Blick hart, unerbittlich. Ein Blick, der genügte, ganze Heere in die Knie zu zwingen. Svein war entschlossen, nicht klein beizugeben. Noch vor wenigen Tagen hatte der Jarl ihn wie einen engen Vertrauten behandelt. Und nun?

»Er war wie ein Bruder zu dir«, brach Thorgrim schließlich das Schweigen, die Miene steinern.

Der andere zuckte mit den Schultern. »Dir bin ich keine Rechenschaft schuldig.« Wollte er wirklich erst seine Beweggründe kennen, bevor er ihm seine Strafe verriet?

Thorgrim erhob sich, neigte sich bedrohlich über ihn. »Ich bin immer noch dein Jarl, Svein!«, erklärte er gefährlich ruhig. »Aber für dich scheint Treue, scheint Ehre keine Bedeutung zu haben …«

Er fletschte die Zähne zu einem süffisanten Lächeln. »Wenn du das denkst, *Jarl*.«

Eine Ader an Thorgrims Schläfe begann zu pulsieren. Nicht mehr viel, und er verlöre die Beherrschung.

»Du bist ein Lügner, Svein. Ein Verräter«, erklärte er, als er sich rückwärts von ihm entfernte. »Jemanden wie dich dulden wir nicht in unserer Gemeinschaft.«

»So? Und wie gedenkst du, nun mit mir zu verfahren, he? Halvdan, Rorik und du, ihr seid doch sicher übereingekommen, was meine Strafe angeht, *Jarl*.«

Bedauern huschte über die Miene des Einäugigen. »Für das, was du getan hast, gibt es nur eine Strafe.«

Halbdunkel füllte die Kammer. Schwaches Licht sickerte zwischen den Brettern hindurch, gerade hell genug, dass Svein die Fesseln um seine Handgelenke erkannte.

Wie ein räudiger Verbrecher hockte er seit Stunden in diesem Loch, konnte nicht mit Bestimmtheit sagen, wie lange es her war, dass Thorgrim zu ihm gekommen war.

Er riss die Hände vors Gesicht, als gleißendes Licht die Kammer füllte, das rasch verschwand, als wer auch immer eingetreten war und die Tür hinter sich schloss.

Flecken tanzten in seinem Blickfeld.

»Was willst du?«, brummte er mürrisch, als sich seine Augen wieder ans Halbdunkel gewöhnten.

»Reden.«

Er schnaubte verächtlich. *Unverkennbar Rorik. Sein Besuch hat nur den einen Grund: Sein eigenes Gewissen zu erleichtern.*

»Warum, Svein?«

»Du weißt genau, warum.«

»Nur Turids wegen.« Rorik schüttelte den Kopf, verständnislos.

»Du weißt so gut wie ich, dass du ebenfalls alles getan hättest, um sie zu bekommen.«

Rorik fuhr zusammen.

Ich habe Recht.

»Aber Sturla … unser Sohn.«

Svein zuckte mit den Schultern. »Er stand mir im Weg.«

»Er war ein Kind!«, brüllte Rorik, die Miene wutverzerrt. Seine Nasenflügel blähten sich. Svein kannte ihn lange genug, um zu wissen, dass er kurz davor stand, die Beherrschung zu verlieren.

»Einerlei«, meinte Svein ruhig, »er war genau so ein Quälgeist wie du.«

»Bereust du denn gar nicht, was du getan hast?«

Da ist er wieder, dieser mitleidige Blick.

Langsam schüttelte Svein den Kopf. »Versuch nicht, mich zu retten, Rorik, um dein Gewissen zu beruhigen. Mein Leben ist verwirkt – durch meine eigene Hand.«

Ein eingelöstes Versprechen

Rorik fasste Svein am Arm, half ihm dabei, aus dem Boot zu steigen und das Gleichgewicht zu halten, obwohl seine Hände hinter dem Rücken gefesselt waren.

Er versetzte ihm einen Stoß und der Blonde stolperte voran, zwischen die Bäume des Waldes, den gewundenen Pfad entlang.

Rorik achtete kaum auf die Umgebung, hatte den Blick stur auf den Rücken seines einstigen Freundes geheftet.

Mit jedem Schritt wog sein Herz, wog die Axt an seinem Gürtel schwerer. Sogar der Gesang der Vögel, der den Weg der beiden Männer begleitete, schien an diesem Tag ungewöhnlich ernst.

Es hätte nicht so weit kommen müssen.

Die ganze vergangene Nacht lang hatte Rorik Gedanken gewälzt, sich gefragt, was er hätte anders machen, wie er hätte verhindern können, dass sich sein Freund – sein Bruder! – so weit von ihm entfernte.

Warum habe ich es nicht bemerkt?

Ihm war sogar entgangen, dass Svein damals um Turid geworben hatte, dabei hatten sie doch immer mit ihren Weibergeschichten voreinander geprahlt. Wie er es auch drehen und wenden mochte: Es war nicht an ihm, das Schicksal neu zu knüpfen.

Sie erreichten den Vé. Die letzte Erinnerung, die er mit der Stätte verband, war sein Treueschwur Turid gegenüber. Nun würde er einen anderen brechen müssen.

»Da wären wir also. Am Ende«, meinte Svein gefasst, wandte sich zu Rorik um. Ein trauriges Lächeln spielte um seine Mundwinkel. Dann sank er langsam vor ihm auf die Knie. »Bring es hinter dich.«

Rorik zog die Axt aus der Schlaufe, drückte den Kopf des anderen nach vorn, sodass der Nacken entblößt war.

»Nicht bewegen«, mahnte er.

»Das werde ich nicht.«

Rorik wog die Waffe in der Hand. Sie schien ihm schwerer als sonst. Zu schwer, als dass er sie allein hätte führen können.

Das Blut so vieler tapferer Krieger hatte sie getrunken. Doch nie das eines Freundes.

Thorgrim hat es in meine Hand gelegt, die Strafe zu vollstrecken. Für das, was Svein getan hat, gibt es nur diese eine.

Rorik hob die Axt. Blitzend lief das Sonnenlicht über die Schneide.

Deutlich trat eine Erinnerung vor seine Augen. Ein blonder Knabe, der ihm die Hand entgegenstreckte. »Bis in den Tod.«

Seine Hand, die Sveins ergriff. Die Worte, die sie an einander banden, als er sie wiederholte – *bis in den Tod* – und sie noch heute verbanden.

Rorik ließ die Axt sinken, trennte Sveins Fesseln durch.

»Geh.«

»Aber …« Verdutzt sah der Blonde ihn an.

»Geh! Lass dich nie wieder hier in der Gegend blicken. Und wenn doch, dann – bei Odin – werde ich dein Leben eigenhändig beenden. Geh!«

Svein sah ihm fest in die Augen, nickte, dann schlug er sich in die Wälder.

Rorik wusste, dass sein Freund es ohne Sippe schwer haben würde. Doch er war nicht wie Svein. Er würde nicht damit leben können, wenn das Blut seines Bruders an seinen Händen klebte, eine Schuld, die ihn bis in den Tod heimsuchte.

Eirik würde ihn verstehen.

Der Fjord stand in Flammen, als die Sonne sank.

Turid saß auf der Bank vor der Hütte am Wasser, die sie wieder gemeinsam mit Rorik bezogen hatte.

Einiges war noch zu tun, bis ihr altes Heim wieder so wohnlich wäre wie einst.

Turid erhob sich. Ein Boot näherte sich langsam.

Bedrückt trat sie ans Ufer, während Rorik anlandete.

Sie umarmten sich, lang und innig. Turid wurde leichter ums Herz, als sie in seiner Miene las. *Er hat es nicht getan.*

Dafür liebte sie ihren wundervollen, dickköpfigen, unmöglichen Rorik. Er war ein Mann, der zu seinem Wort stand.

»Er hat seine gerechte Strafe bekommen«, erklärte er gefasst.

Turid nickte. Sie wusste, dass er es nicht übers Herz gebracht hätte, Svein zu töten. Nicht, ohne selbst daran zu zerbrechen.

»Du machst mich zur glücklichsten Frau auf der Welt, weil du zurückgekehrt bist.«

Er lächelte. »Ich habe es dir versprochen, Turid Eiriksdóttir. Ich halte meine Versprechen.«

Rorik nahm ihr Gesicht in seine Hände. »Ich verspreche dir, ich werde dich immer lieben.«

»Auch wenn wir streiten?«

»Besonders dann.« Er lachte erneut, küsste sie, zog sie an sich. »Alles wird gut, Turid.«

Turid fühlte sich geborgen und sicher. Sie wusste, dass er alles tun würde, sein Versprechen wahr zu machen.

ENDE

Danksagung

Liebe Leserin, lieber Leser,
nun hältst du »Wellensang« in den Händen. Damit hat sich für mich ein lang gehegter Traum, meinen ersten Roman zu veröffentlichen, erfüllt. Aus einem Funken, einer Idee, einem einzigen Gedanken eine Erzählung zu weben, ist ein langwieriges, abenteuerliches Unterfangen. Eine Reise, bei der ich eine Vielzahl von Menschen an meiner Seite wusste, die die Segel meines Schiffs mit *byrr*, günstigem Fahrtwind füllten – angefangen im November 2015, als ich das erste Wort an »Wellensang« schrieb, bis heute.

Zunächst gilt mein Dank meiner Verlegerin Jana Hoffhenke. Ohne deine Begeisterung wäre ich nie das Wagnis eingegangen, aus den Handlungsfäden einer Kurzgeschichte einen kompletten Roman zu spinnen. Bei dir hat meine Reise ihren Anfang genommen. Bei dir im Burgenwelt Verlag haben meine Nordmänner einen Hafen gefunden, in dem sie anlanden können. Danke, dass du mir die Chance gibst, mein Debüt bei dir zu veröffentlichen.

Ebenso danke ich meiner Lektorin Juliane Stadler. Mit sicherer Hand hast du mich durch Untiefen und an Logiklöchern vorbei gelenkt – und das Bestmögliche aus diesem Roman herausgelockt. Danke für die angenehme und konstruktive Zusammenarbeit.

Dank gebührt auch Detlef Klewer. Du hast meine Turid in ein Gewand gekleidet, das meine kühnsten Erwartungen übertrifft und die Atmosphäre des Romans wunderbar einfängt.

Besonderen – wenn nicht sogar den größten – Dank schulde ich meinem Betaleser Nico. Ohne deine tatkräftige Unterstützung gäbe es diesen Roman vielleicht nicht. Ich kann dir gar nicht oft genug sagen, wie froh und glücklich ich bin, dass du Turid und mich vom Beginn dieser Reise an begleitet hast. Mit Rat, Aufmunterung und dem ein oder anderen Tritt in den Hintern bringst du das Schiff – und den Plot – wieder auf Kurs, wenn es abzudriften droht. Danke für deinen unerschütterlichen Glauben an mich und meine Geschichten.

Auch bei Steffi möchte ich mich für die inspirierende Zeitreise ins mittelalterliche Dänemark, auf die du mich entführt hast, bedanken. Die Geduld, mit der du erträgst, wenn Nico und ich übers Schreiben und unsere Projekte reden, ist unvergleichlich.

Ich möchte nicht versäumen, mich auch bei den Menschen zu bedanken, die meinen Traum vom Schreiben unterstützen, mich darin bestärken und ihn von Beginn an gemeinsam mit mir träumen: Bei meinen liebevollen Eltern.

Papa, danke, dass du beständig dafür sorgst, dass mein Proviant nie zur Neige geht. Dich so stolz zu sehen, dass du jedem von diesem Roman erzählst, macht mich überglücklich.

Mama, danke, dass du mir geduldig zuhörst, wenn ich Knoten im Plot zu entwirren versuche. Danke für deine Neugierde, dein Interesse und deine unermüdliche Unterstützung. Danke, dass du die offensichtlichen Dinge benennst, wenn ich sie nicht sehe.

Zuletzt gilt mein Dank dir, liebe Leserin, lieber Leser. Danke, dass du dich auf diese Reise in die Ära der Wikinger eingelassen hast. Ich hoffe, sie hat dir Freude gemacht.

Wenn du Zeit findest, würde ich mich sehr über eine Rezension oder kurzes Feedback zu »Wellensang« freuen. Falls du Fragen oder Anregungen hast, kannst du mich gern über Instagram, Twitter oder meine Homepage kontaktieren. Dort halte ich dich auch über weitere Schreibprojekte auf dem Laufenden.

Anna Eichenbach
www.weltaustinteundpapier.wordpress.com

Historisches Nachwort

Obwohl die Wikinger ein Phänomen des Mittelalters sind, faszinieren die nordische Lebensweise, Mythen und Kultur auch heutige Generationen. Der altnordische Begriff des *víkingr*, der einer ganzen Epoche ihren Namen gab, bezeichnete ursprünglich einen Seeräuber. Bis heute beeinflusst er jedoch unsere Vorstellung von den Wikingern als zur See fahrende Krieger, die Städte, Klöster und Kirchen plünderten und brandschatzten. Dabei umfasst diese Beschreibung nur einen Teil der Einwohner Skandinaviens vom Ende des 8. bis zur Mitte des 11. Jahrhunderts, die wir als „die Wikinger" zu kennen glauben.

Helme mit Hörnern sowie Drachenschiffe, mit denen sie bis nach Amerika gerudert sein sollen, gehören sicherlich zu den Dingen, die man auf Anhieb mit den Nordmännern verbindet. Allerdings sind sie eher dem Bereich des populärer werdenden Wikingermythos zuzuordnen als den historischen Fakten.

Doch warum nimmt man die Wikinger noch immer vor allem als brutale Seeräuber wahr? Hier lohnt ein Blick in die Vergangenheit. Denn unser Wissen über die Nordmänner beruht im Wesentlichen auf schriftlichen Quellen, die in den Jahrhunderten nach der Wikingerzeit von Augenzeugen, Nachfahren oder mittelalterlichen Chronisten verfasst wurden. Wie weit die Autoren zeitlich und räumlich von den geschilderten Ereignissen entfernt und wie stark sie von ihnen betroffen waren, beeinflusst den Aussagewert ihrer Darstellungen ebenso wie die Absicht, mit der sie die Texte geschrieben haben.

Einer der frühesten Wikingereinfälle wird im *Anglo-Saxon Chronicle* erwähnt. Dessen Verfasser zählt den Überfall auf das englische Kloster Lindisfarne im Jahr 793 zu einer Reihe schlechter Vorzeichen, die den baldigen Tod Papst Hadrians I. ankündigten. Obwohl die Plünderung des Klosters gemeinhin als Beginn der Wikingerzeit gilt, belegen schriftliche Zeugnisse, dass die Skandinavier die Engländer nicht nur bereits zuvor angegriffen hatten, sondern auch Handelsbeziehungen mit ihnen pflegten.

Unter anderem ist von einer Schar von Norwegern aus Hordaland – Turids Heimat – die Rede, die 789 den königlichen Vogt Beaduheard in Dorchester erschlug. Ob die Besatzung der drei Schiffe gen England segelte, um Handel zu treiben, und den Vogt womöglich im Streit tötete, oder ob sie auf Raubzug war, kann nicht mehr geklärt werden. Während der Herrschaft des angelsächsischen Königs Egbert von Wessex häuften sich die Wikingereinfälle, die nun vor allem von Dänemark ausgingen.

Den Sommer über auf Víking zu ziehen, an fremden Gestaden zu plündern und vor Winteranfang in die Heimat zurückzukehren, wie es auch Rorik, Svein und Hakon tun, war in erster Linie die Beschäftigung eines kleinen Teils der Männer. Die Wikinger bloß auf ihre Raubzüge zu reduzieren, wird ihnen nicht gerecht.

Vielmehr erwiesen sich die Nordmänner als geschickte Händler: Im Laufe der Jahre gelang es ihnen, ein weit gespanntes Handelsnetz zu knüpfen, das wiederum zum Aufstieg der dänischen Stadt Haithabu zu einem der wichtigsten Handelszentren beitrug.

Doch ohne die stolzen, hoch entwickelten Schiffe, die den Nordmännern neue Horizonte eröffneten, wären weder die Víking noch der Handel möglich gewesen. Dank gut erhaltener Wrackfunde weiß man heutzutage, wie die seetüchtigen Kriegs- und Handelsschiffe ausgesehen und funktioniert haben. Schriftliche Quellen überliefern zudem eine Vielzahl an Schiffsnamen oder poetischen Umschreibungen – die sogenannten *Kenningar* – für Schiffe aus der Skaldendichtung. Einige Namen leiteten sich z. B. von den Verzierungen des Schiffskörpers ab, am häufigsten werden die Schiffe jedoch mit Pferden, Vögeln, Hunden oder Wölfen verglichen. Auch *Windpferd*, *Meereswolf* und *Goldbrust* sind als *Kenningar* in der Skaldendichtung belegt.

Die Handlung des Romans lässt sich grob an der Wende vom 8. zum 9. Jahrhundert verorten, der Anfangsphase der Wikingereinfälle in England. Schauplätze, Überfahrten und Alltagsleben werden so geschichtsnah wie möglich geschildert, können aber nur eine Annäherung an die historische Wirklichkeit bleiben. Lücken in der Überlieferung werden durch eigene Vorstellungen ausgefüllt, die vor dem

Hintergrund der Quellen plausibel erscheinen und einen Rückgriff auf populäre Mythen vermeiden.

Alles, was im Roman geschieht, hätte sich damals tatsächlich so oder ähnlich ereignen können. Obwohl Turids Geschichte ebenso fiktiv ist wie die Charaktere und ihre Heimatorte, habe ich darauf Wert gelegt, dass sie sich natürlich in den historischen Hintergrund einfügen und im Einklang mit den gesicherten historischen Fakten stehen. Dennoch bleibt »Wellensang« in erster Linie ein Roman, der als solcher andere Ansprüche an die Darstellung der Vergangenheit stellt als ein Geschichtswerk. Größeren Freiraum habe ich mir vor allem bei der Gestaltung von Turids Rolle innerhalb der limgarder Gesellschaft erlaubt. Über die Rolle der Frauen bei den Wikingern ist nur wenig bekannt. Archäologische Funde und schriftliche Zeugnisse sprechen dafür, dass sich diese von Zeit zu Zeit und von Region zu Region unterschied. Neuere Untersuchungen einer Grabstelle im schwedischen Birka ergaben jedoch, dass es unter den Wikingerfrauen durchaus auch Kriegerinnen gab, die mit den Männern als Schildmaiden auf Víking zogen oder einen hohen Rang innerhalb der Gesellschaft bekleideten.

Ein historischer Roman lebt besonders von seinen Details: Authentische Schiffsnamen, die vereinzelte Nennung altnordischer Begriffe und Verweise auf die komplexen religiös-mythischen Vorstellungen der Wikingerzeit (alle in einem Glossar erklärt) tragen zur Atmosphäre bei. Im besten Fall sorgen sie dafür, dass die Wikingerzeit in der Vorstellung der Leserinnen und Leser – zumindest für eine gewisse Zeit – zu neuem Leben erwacht.

Anna Eichenbach im März 2019

Glossar

Asen (myth.) – Sterbliches Göttergeschlecht, das in Asgard wohnt. Die Asen, zu denen auch Odin und Thor gehören, werden als kriegerisch und herrschend beschrieben.

Asgard (myth.) – Wohnort der Asen.

Balder (myth.) – Gott des Lichts und der Gerechtigkeit, Sohn Odins. Angestiftet durch Loki schießt der blinde Hödur mit einem Mistelzweig auf ihn, wodurch er ihn tötet.

Bragi (myth.) – Gott der Dichtkunst.

byrr **(altnordisch)** – Günstiger Fahrtwind.

Einherjer (myth.) – Die Gefallenen, die von den Walküren nach Valhalla gebracht werden.

Faxi Byrjar – *Windpferd*, ein Schiffsname

Fenriswolf (myth.) – Dämon in Wolfsgestalt, der zur Zeit von Ragnarök die Sonne verschlingen und Odin auffressen wird.

Fimbulwinter (myth.) – Eine Eiszeit mit Schnee, strengem Frost und kalten Stürmen, die drei Winter lang dauert, ohne dass sie vom Sommer unterbrochen wird. Der Fimbulwinter kündigt Ragnarök an.

Folkwang (myth.) – Wohnsitz der Freya in Asgard, in dem sie den Teil der Einherjer aufnimmt, der nicht nach Valhalla gelangt.

Freya (myth.) – Göttin der Fruchtbarkeit und der Liebe, Gemahlin Odins.

Freyr (myth.) – Gott der Fruchtbarkeit, der Ernte und des Wohlstands.

Frigg (myth.) – Schutzgöttin des Lebens und der Ehe.

Gefjon (myth.) – Eine Riesin. Göttin der Jungfräulichkeit.

Gullbringa – *Goldbrust*, ein Schiffsname.

Heidrun (myth.) – Unsterbliche Ziege, aus deren Euter Met für die Einherjer in Valhalla fließt.

Hel (myth.) – Göttin des Todes.

Helheim (myth.) – Totenreich.

Hödur (myth.) – Blinder Gott, der – angestiftet von Loki – seinen Bruder Balder mit einem Mistelzweig erschießt.

Hugin (myth.) – Einer der Raben, die Odin begleiten und ihm zutragen, was sie auf ihren Flügen über die Welt erkundet haben.

Idunn (myth.) – Göttin der Fruchtbarkeit. Ihre goldenen Äpfel verleihen den Asen bis Ragnarök ewige Jugend.

Jarl – Altnordischer Herrschertitel. Vergleichbar mit dem deutschen Grafen.

Loki (myth.) – Hinterlistiger Gott.

Munin (myth.) – Einer der Raben, die Odin begleiten und ihm zutragen, was sie auf ihren Flügen über die Welt erkundet haben.

Njörd (myth.) – Gott des Windes und des Meeres.

Nornen (myth.) – Schicksalsgöttinnen. Die drei Schwestern Urd, Verdandi und Skuld spinnen den Schicksalsfaden der Menschen und Götter.

Odin (myth.) – Göttervater der Asen. Gott des Krieges und des Todes.

Ragnarök (myth.) – Ende der Welt.

Saehrímnir (myth.) – Eber, dessen Fleisch den Einherjer in Valhalla täglich serviert wird, sich aber immer wieder erneuert.

Sigyn (myth.) – Göttin und Gemahlin Lokis.

Skalde – Dichter und Sänger.

Thor (myth.) – Gott des Donners.

Valhalla (myth.) – Wohnsitz des Odin in Asgard, in dem er den Teil der Einherjer aufnimmt, die nicht nach Folkwang gelangen.

Vali (myth.) – Gott der Rache.

Vargr Hafs – *Meereswolf*, ein Schiffsname.

Vé (altnordisch) – Heiligtum.

Víking (altnordisch) – Weite Schiffsreise, Raubzug.

Walküre (myth.) – Jungfräuliche Kriegerinnen, die auf Geheiß Odins die im Kampf gefallenen Einherjer nach Valhalla bringen.

Weltenesche (myth.) – s. Yggdrasil.

Yggdrasil (myth.) – Weltenesche, die Asgard, Midgard (Menschenwelt) und die übrigen sieben Welten miteinander verbindet.

Ute Zembsch

HENKERSWEIB
Historischer Roman

Preis 13,90 €
Taschenbuch, 266 Seiten
Burgenwelt Verlag
ISBN 978-3-943531-80-0

»Eine Leibeigene ist rechtlos, ein Henkersweib ehrlos.«

Marburg im 13. Jahrhundert – Die junge Magd Runhild träumt von Freiheit und Liebe. Doch ihr Alltag als Leibeigene auf dem Hof des Bauern Kunolf ist bestimmt von harter Arbeit

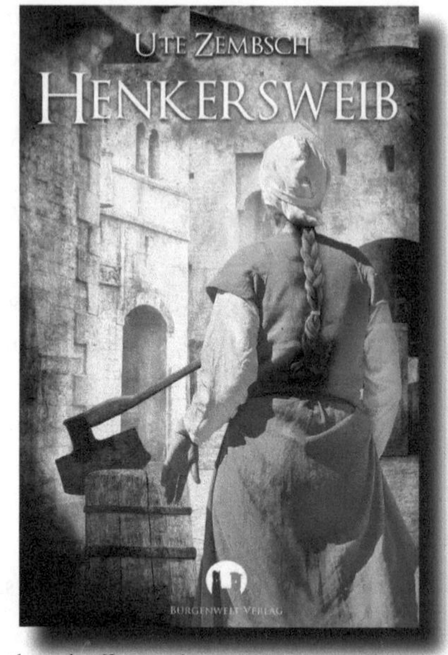

und Missbrauch. Verzweifelt angesichts ihres hoffnungslosen Daseins und zudem mit einem düsteren Geheimnis auf dem Gewissen, gelingt ihr schließlich die Flucht nach Marburg.

Statt Sicherheit und Heilung erwartet Runhild indes neues Übel in der Stadt an der Lahn: Sie wird von einem unbekannten Widersacher verraten und wegen Ketzerei angeklagt. Nur die Heirat mit dem Henker kann sie jetzt noch vor dem Tode bewahren …

Ute Zembsch erzählt in ihrem historischen Roman »Henkersweib« die ergreifende Geschichte einer jungen Magd, die trotz zahlreicher Schicksalsschläge den Mut und die Hoffnung auf ein glückliches Leben nie aufgibt.

Auch als Ebook erhältlich! 4,99€

Yngra Wieland

DAS GEHEIMNIS
DER FLÖSSERIN
Historischer Roman

Preis 13,90 €
Taschenbuch, 338 Seiten
Burgenwelt Verlag
ISBN 978-3-943531-68-8

**Drei Schicksale –
ein gefährliches Geheimnis**

München im Jahre 1471 – Ein Unfall in der rauen Isar führt Fronica, Tochter des Floßmeisters Resch, den Steinmetzgesellen Gabriel und den Flößerlehrling Lambert zueinander. Fortan sind ihre Schicksale miteinander verwoben.
Während Lambert das lebensgefährliche Dasein als Flößer satt hat und mit dem Aufbau eines Handelsbetriebes der bitteren Armut zu entkommen versucht, will Gabriel sich mit einer unvergleichlichen Steinfigur für die gerade im Bau befindliche Kirche zu Unserer Lieben Frau einen Namen machen. Beide Männer haben einen beschwerlichen Weg vor sich, und zu allem Überfluss macht die heimliche Liebe zu Fronica sie auch noch zu Konkurrenten.

Die Flößertochter indes hat ihre eigenen Herausforderungen zu meistern. Sie besitzt die Gabe Träume zu deuten und kann die Zukunft voraussehen. Eine heikle Fähigkeit, die sich keine geringere als Sidonie, Mätresse des Herzogs Albrecht IV. von Bayern, zunutze machen will. Dabei kommt die Flößertochter einem gefährlichen Geheimnis auf die Spur, das tiefer reicht als die reißenden Wasser der Isar …

Yngra Wieland – Autorin der Erfolgsbücher »Der Tanz der Schäfflerin« und »Das Schicksal der Schäfflerin« verwebt in ihrem Roman geschickt die Schicksale ihrer Protagonisten zu einem spannenden Abenteuer vor einer bildgewaltigen historischen Kulisse.

Auch als Ebook erhältlich! 4,99€